从庞贝城到大溪地

一个人文学者的旅行札记

[美] 李力 ◎ 著

深圳出版社

版权登记号　　图字：19-2024-299

图书在版编目（CIP）数据

从庞贝城到大溪地 ： 一个人文学者的旅行札记 /
（美）李力著. -- 深圳 ： 深圳出版社，2025．1．
ISBN 978-7-5507-4162-1

Ⅰ．Ⅰ712.65

中国国家版本馆CIP数据核字第2024J0Q111号

从庞贝城到大溪地：一个人文学者的旅行札记

CONG PANGBEICHENG DAO DAXIDI: YIGE RENWEN XUEZHE DE LÜXING ZHAJI

出 品 人　聂雄前
责任编辑　何旭升　胡小跃
责任技编　梁立新
封面设计　花间鹿行

出版发行　深圳出版社
地　　址　深圳市彩田南路海天综合大厦（518033）
网　　址　www.htph.com.cn
服务电话　0755-83460239（邮购、团购）
设计制作　深圳市龙瀚文化传播有限公司（0755-33133493）
印　　刷　深圳市华信图文印务有限公司
开　　本　787mm×1092mm 1/16
印　　张　16.75
字　　数　224 千
版　　次　2025 年 1 月第 1 版
印　　次　2025 年 1 月第 1 次
定　　价　58.00 元

谨以此书献给 R. B. P. ——一个永不倦怠的行路人。

目录

前言：远方、风景与时空旅行

> 真正的地方是在地图上找不到的。
>
> ——赫尔曼·梅尔维尔[①]《白鲸》

　　小时候住在川西坝子中央的成都。这座古城得天独厚，风调雨顺，人文资源丰裕且多元。南郊有三国的武侯祠，展示着"治国平天下"的智慧、心机和策略。我现在还记得十多岁时站在武侯祠的中堂外，趁暮色赶抄的一副对联——"能攻心则反侧自消，从古知兵非好战；不审势则宽严皆误，后来治蜀要深思"——尽管那时对其含义毫不领会。西郊的草堂寺住过诗圣杜甫，代表着中华人文悲天悯人的主流。每次去都得站在那个破旧的圆顶茅草棚前，结结巴巴地诵读杜甫的《茅屋为秋风所破歌》，因为与我同行的总是酷爱写格律诗的姨婆朱蕴华——我的文学启蒙老师。当时成都的老百姓尽管还生活在"文革"中，但是比其他大城市的人更有享用餐饮之乐。市郊乡镇的集市星罗棋布，周末去赶集是让小娃儿们最开心的事。记得最喜欢的是天回镇的集市：大人们在那儿分文必争地讨价还价；小孩儿则从农人的竹筐里抓几个水蜜桃、杏儿或李子什么的来尝新，却从不成问题。每每蹭过几个摊位，小肚子就饱了。麦芽糖、杏仁饼、花生酥是最诱人的零食，而由麦秆编的笼子中的蟋蟀、萤火虫点亮的纸灯笼、

---

① 赫尔曼·梅尔维尔（1819—1891），19世纪美国最伟大的小说家之一，代表作《白鲸》。

鸡毛毽子、由木头削成的响簧则是大家伙儿最爱的玩具。成都小说家李劼人的《死水微澜》就是以天回镇为场景，与沙汀的《抓壮丁》一样，记载着川西坝子的方言、趣事和民间的智慧，展示了川西文化的本土脉络，犹如麻辣川菜，源远流长。

唯一遗憾的是，成都平原交通不便。四周出路被陡峭的山脉切断，出川只有一条蜀道，被李白用一个形容词钉死——"难"："蜀道之难，难于上青天"。二十世纪七八十年代坐火车从成都去秦岭外的关中一带要十多个小时，票价三十多块钱，相当于那时一个学徒工两个月的工资。很多很多年，出蜀道去远方只是一场夜夜都做的梦。

好在那时住的地方离成都的北门火车站不远，夜晚躺在床上听火车鸣笛，仿佛是听世界上最美妙的音乐，长长短短，高高低低，激活着对远方的想象，若即若离，却又源源不断。后来，去火车站，花五分钱买张站台票，看为数有限的几列火车进站出站，竟成了父母送的生日礼物。1977 年末，我从插队了两年多的蒲江霖雨公社返城。生产队结账时，除了分给我几袋雪白的大米外，居然还有一百多块现金。这笔额外之钱让全家喜出望外，仿佛中了彩票。母亲立马就开了一张长长的购物单，除了要买几斤高价肉给全家打牙祭之外，还要添置冬夏的衣物和日常用品。满足家庭需求，我能理解，可我打死也不愿意把钱交出来充公，和母亲横眉冷对地僵持了好些天。去远方——这个萦绕多年的梦想，居然替我打赢了我与母亲之间最大的一仗——我终于坐上了出蜀道的火车。

快满二十岁的我，第一次远行！

芸芸众生，恐怕没有人不向往远方。远方是一个渴念，一种迷思，一种无法抗拒的感召，诱惑我们投入新的未知。远方也是一种慰藉，是另一段想象的起点，或者，一个无法到达的终点。可它支撑着我们摆脱平庸的此时此地，走向人生的下一站。因为有了远方，我们不断地旅行着，出发或抵达；不断地跳出当下的陷阱，把自己投递给未来；不断地作别熟悉的居所，走进下一个异乡，下一处没有路标的大街或小巷，没有地界的荒原或山林。

对远方感兴趣的人大抵有两类：观光客和旅行者。这两类人都想亲眼看到异域的景物，体验异乡人的风俗文化；所不同的是，观光客满足于旅游指南所推荐的，能给自己快感的景观，而旅行者则按自己所听到的内心召唤去发现和体验未知。

观光客花大价钱雇导游，顺着安排好的路线，乘大巴去选定的景点打卡、打卡、再打卡……由此得到旅游指南和商业广告上所许诺的快感。让他们心满意足的"收据"往往是一张张照片，照片上的他们以排练过的姿态、塑料般的笑容来证明本人于某年某月某日到某地一游。得空时，用手机传给亲朋好友，甚至上传到互联网上，期待一夜间成为"网红"。

旅行者则专注于远方那些前所未见、对自己有特殊意义的景物。他们的旅行环境和路线无法复制，大多没有向导可以依靠，甚至无法为个人的安全打包票。旅行者常常迷路，还时常遭遇道路阻断、恶劣天气、野生动物的袭击或其他意外，但正是迷失、身陷困境甚至侥幸存活的经历给了他们发现自我的契机。美国作家丽贝卡·索尔尼特（Rebecca Solnit）写了本书，取名叫作《迷路指南》，专讲自己怎样利用陌生环境，从迷途中发现自我的故事。她认为旅行者应该允许自己迷路——不仅是个体在空间里失去方向，也包括个人心灵的迷失——因为迷失是一种悬浮型的心灵状态，是发现未知自我的必经关口。"只有失去自我，才能找到自我"——她对这个悖论深信不疑。

观光客喜欢热闹，往往前呼后应，随团队跑来跑去，看似兴高采烈，自由度却有限得很；旅行者要么独行，要么与二三知己同行，看上去沉默孤独，但有充分的自由，包括面对危机时，独自做决定的自由。写《金银岛》的英国冒险小说家罗伯特·史蒂文森（Robert Stevenson）深谙孤独的自由是旅行者所必需的，因为他们必须随着自己获得的灵感和心情，自由决定是停下脚步还是继续前进，是走熟悉的路还是人迹罕至的。只有怀抱孤独的自由，旅行者才能步入人迹罕至之处，注意到周围的万物怎样用各自的声调，抑扬顿挫地与自己交流：泉水叮咚，狂风呜呜，夜莺婉转，雷声隆隆。而朝阳拨云初现，夕阳灿烂告别，水仙花迎风起舞，秃鹰在空山里展翅盘旋，都是为了得到旅行者的青睐，为了证实他们的来访、他们的在场、他们此时此刻的存在，为了鼓励他们摇身摆脱俗世的日常烦恼，全身心地去约会内在的自我——那个更善感、更清澈、更纯粹、更有童趣和诗意的自我。就像迷失才能发现一样，孤独才能拥有整个世界。只有真正的旅行家才能领悟这个悖论。

远方总是与地域分不开的。作为个体的人各自生活在地球上某地域中的某个具体"地点"，这个"地点"又与许多其他"地点"——像每天清晨去取饮用水的那条溪流，每天傍晚去拾柴禾的那片小树林，祖先下葬的那块墓地，或者祭奠神明的那座庙宇——交错连接，构成了地貌不同、风格千差万别、无以数计的"地方"，而生于斯长于斯的各类人对"地""地域"和"地方"的看法大不相同。从十七世纪欧洲"启蒙主义"逐渐演化成西方人文传统的奠基性话语以来，人与自然、主体与客体主要被理解为二元对立：哲学、宗教、文学、美学、艺术、音乐等与人的内在世界有关，而自然地理——常被泛称为"地貌""地景""地方""地区""景观""环境"等——则被视为客观世界，是人类赖以栖身之地，并提供满足人类功利需求的各种资源。

在这个二元对立的框架中，传统地理学集中于研究某地方的地质成因和地貌形态，最多不过涉及地质地貌对该地农业的影响，或在经济发展中的作用等，却忽略了人类的信仰、情感、语言、图像及其构成的文化实践，譬如文学、绘画、雕塑、建筑、音乐、电影等对一个地方的形成和变化有些什么影响。二十世纪七十年代，地理学家索尔

（Carl Sauer）创立的伯克利人文地理学派在"地理环境""地貌""景观"等传统地理学概念之外，特地提出了"文化景观"的概念，把人的信仰和情感、语言和图像实践等文化活动对大地的影响和再创造作为研究对象。

索尔学派的弟子段义孚（Yi-Fu Tuan 1930—2022）是人文地理学的集大成者。段义孚是一个华裔地理学家，自小浸润于深厚的东方人文传统之中，总是从人的情感和心智的发挥出发来观察地理问题。他认为"爱"与"怕"是人类最基本的两类情感，并先后写了两本专著来探讨这两类情感在人文地理中的表现，一本叫《恋地情结》，另一本叫《恐惧景观》，认为人类对一个地方的想象和建构是对环境的美学和情感反应。当自然仅仅作为人类行动的外在客体，不被人关注，不被人感受，没有人类情感的熏陶，没有被人类用某种特定的媒介加以描述，这个客观环境只是一个地点、一片地域、一种地貌或一个地方，无所谓"美"或"不美"。只有当这个客观环境被内在化，即被人体验，被人感受，并进一步被人用文字、图像、音乐等媒介表现出来时，才升华为一个"文化景观"，成为外乡游子心目中的"远方"，吸引持续不断的关注和心智发挥。

段义孚的论文《语言与地方建构》远没有上面提到的两部专著那样引人注目，但却是研究"文化景观"是怎样被人建构出来的重要文献之一。他在此文中讨论了人类建构地方的几种方式：给地方命名是一个普遍的实践，与一个地方的特定文化传统密不可分；家人或邻居间饭后茶余的闲聊，还有同乡之间的文字交流，也是想象地方（故乡）的途径；尤为重要的是家人、族人或同乡中那些个能言会写的成员所留下的口头传说、书写文本和视听文本——小说、诗歌、日记、游记、民谣、绘画、雕塑、照片和电影——对同时代人对地方的想象有更为广泛、更为持久的影响，往往成为后人继续想象或再想象一个特定地方的奠基性文本。段义孚认为，语言（书面语、口语，尤其是地方方言）所凝聚的情感力量和象征功能不仅得以展示，还足以"召唤"出一个"文化景观"，一个被人美化、内在化的实体性地方。简言之，人文地理学家认为，大地和空间不仅是为人类提供生存资源的储藏库，也不仅是人类进行政治、经济、军事、科技活动的舞台，还是被人类不断"塑造"的对象。这种塑造，如地理学家唐晓峰所概括："不仅是寻求功能上的效益，也伴随着浓厚的审美趣味与价值取向。也就是说，人们既有利用大地为自己服务的一面，又有在大地上表现自身的一面。文化景观是人的自我表现，研究文化景观就是研究人。"

由芝加哥大学教授米切尔（W.J.T. Mitchell）结集出版的论文集《风景与权力》是段义孚之后的一组人文学者的力作，把"伯克利学派"所提出的"文化景观"发展成为一个更具批评性的文化概念——"风景"。米切尔在该书"前言"中开宗明义，说明"此论文集的目的在于把'风景'从名词变成动词"，即把"风景"变成"风景化"。在米切尔们的批评视野中，"风景"不仅是供人观看的自然景物，还是调解、沟通、平衡自然与文化、个人与他人、美感与社会价值观之间的媒介；而某个普通地域"风景化"的过程，则是该地区的种族、社会群体或国家在历史上获得其主体性的过程。在这个过程中，构成风景的自然物质（如树木、流水、石头、太阳、月光，等等）常被看成与宗教、心理、政治、美学等有关的象征符号来构成或解构特定的文化价值。本书中交替使用"伯克利学派"的"文化景观"一词和米切尔等学者所谓的风景。

风景的形成不仅来自人类的认知装置，即上面所说的心性、信仰、价值取向、身份认同等，同时也是人类所具备的审美装置的结果。譬如，站在哪个地点，从什么角度观看更利于构成一个美学框架，把一片地貌看成一幅风景？怎样描述所看到的风景，是"崇高"，还是"似画"？这都取决于创造者和观看者在各自文化传统中所受的视觉训练和审美决策。在现代社会里，人类的认知和审美装置还不断因为新技术发展而扩展和更新，如克劳德镜凸面镜之于风景摄影的创作，摄影机之于用蒙太奇特技来模拟自然。视觉艺术家还有越来越多的便利去"勘景""造景"，甚至在全球营造"虚拟景观"。遗憾的是，现代人所建构的大量消费型文化景观虽然带给人感官和心理上的愉悦，甚至创造出知性的满足，但大多无助于填补人与自然和自然环境之间的沟壑。

特定的风景（或文化景观），是人类写在大地上的文本，常与书写文本、口头文本被并列，视为人类储存知识和传播知识的三大文本之一。这是因为风景不仅是某个人群，或某个事件发生时所占据的一部分地理空间，也积淀了时间旅行者们在历史上用文字、音符、画面、雕塑、蒙太奇或其他媒介塑造出的形形色色的故事，折射出各自的心性、三观、道德情操、审美趣味、个人修养、学问及其现实生活状态的多棱角光谱。由此风景不但具有描述性，而且具有相当的阐释功能。当然，"风景"对人的意识与情感的影响远不像政治、革命、战争那样直接、猛烈，黑白分明，而是微妙且宽泛、潜移默化、源远流长。的确，"看一个地方的文化地理，不上下左右看不行，还要在解释上下功夫，要说明景观的来历、内涵、意义等"（唐晓峰语），而阅读写在各种媒介上的故事，细观故事中的方方面面，是发现隐藏在风景中的人文经络的最有效途径。

这本书中讲述的是作者近年来的几次旅行——目的地都是拥有世界性意义的文化景观或"风景"。作者所关心的不是提供一般"旅游指南"中所详尽描述的信息，比如从 A 到 B 走哪条路线，乘火车还是坐大巴，晚上在哪个旅店过夜更好之类。作者提到的地方有的在一般"旅游指南"上名不见经传，在这儿却是重点，如英国湖区的构成和地名；有的在各种指南上被大书特书（如茜茜公主曾住在维也纳城外的美泉宫），此书却未提及，而少为人知的"环形大道"却占了整章的篇幅。美国的西部既是一个地理概念，更是一个文化和审美概念，是美国发展成为民族国家的关键。本书所竭力探索的这几个地方在历史上都是被不同种族、不同文化或生活在不同时代的人类所梦想过、感受过、所久久纠结，长时间思考、反复阐释并产生过有世界影响的文学和艺术创作，进而被召唤出的"风景"。作者想要厘清的是这些景观在特定历史中的来龙去脉，它们所呈现的多元象征意义，如生与死、荣与衰、统治与被统治、殖民扩张与痛失家园等，以及它们如何通过作家和艺术家的想象，借助于各种表现媒介的精彩营造而成为闻名于世的"风景"的。一句话，本书着力于通过大大小小的故事——个人的、国家的、社会的、宗教的、诗人的、画家的、历史的、现实的、黑色的、金色的、血腥的、浪漫的——来厘清自然、人文和历史如何在"风景"中盘根错节，塑造人类对自然环境的情感。

中国人文传统中早有"破万卷书，行万里路"之说。这是因为读书固然为人们大脑中的认知装置提供新的知识，而行路不但为人类输入新知识，还让人的感官尤其是心灵不断激发出对生命的直接感悟。只有当我们把心灵、感官、认知器官都充分打开，准备好接受远方带来的惶恐或惊奇，拥抱未知的事物，投入全新的感受时，出发才被赋予了意义。

远方在召唤——让我们出发吧！

第一章

庞贝古城：火山岩灰下的景观

从庞贝古城废墟看维苏威火山

有人说世界将毁灭于火，有人说毁灭于冰。
———罗伯特·弗罗斯特①《火与冰》

通向地狱的入口

攀登，攀登，再往前，再往上……

艰难地度过了两年多新冠病毒感染疫情封闭期，国际旅行一开放，我就订了去庞贝的机票。这个举动让家人感到不解：世界还没完全摆脱疫情的死亡阴影呢，干吗又投身另一个人类集体毁灭的坟场？要换换心情，不能找个充满生命的阳光地带吗？我自己也说不出什么理由，只是听到时断时续的呼唤，来自庞贝的呼唤……此刻，我正随着意大利房东蒂洛深一脚浅一脚地踩着火山砂，往维苏威山的火山口爬。山不高，但天气多变：我们早上从城内出发时彩云满天，一片微笑的邀请，到山腰下车开始登山时，乌云慢慢聚集起来，在路旁裸露的山脊投下斑斑阴影，让我们一路上都担心淋雨。

历史上无数不惧危险的科学家、文人、画家都沿着这条路攀登过维苏威火山，德国浪漫主义大诗人歌德就是其中之一。歌德相信诗歌与科学相同，他除了写诗作文以外，在地质学和昆虫学方面也颇有造诣。1787 年 3 月 1 日，他就是踩着我脚下的这条小路来维苏威火山考察的。他在《那不勒斯游记》中记载了当天的上山体验："一片纯净的天幕下，躺着最诡谲的表土 —— 难以想象的奢华和伤痛的废墟；沸腾的泉水，弥漫的硫黄味，火山岩石的废渣压着冒出的新芽，看上

———
① 罗伯特·弗罗斯特（1874—1963），美国著名诗人。

去光秃秃的，周围的小径都被关闭了，不对行人开放。最后，我终于看到一片极为茂盛的植物，爬过那些没有生命的石块，覆盖了深坑浅坡，伸向周围的小溪和湖泊，滋润着蔓延在这个亘古的火山口边际的栎树。"歌德所描绘的景象与我此刻所见差别不大，但时间已匆匆走过了两个多世纪！

　　歌德说这片地上布满了世上"最诡谲的表土"，不是夸张。由于火山砂氧化程度不同，这条路上有些路段呈赤红色，也有些呈土黄色，但大多路段仍呈黑色。火山砂中夹杂着大大小小的岩石，有棱角的一类叫凝灰岩，非常尖利；外周圆滑一些的则由火山熔岩变化而来。路面看上去都松软平坦，脚踩下去却深浅不一，稍不小心便会扭伤脚踝。跋涉了三个多小时，火山口才慢慢进入我们的眼帘，与视线持平，看似一段残墙。继续往上爬，增加一些高度，然后小心翼翼地找到一处依凭往下看，才见到那张巨大无比、令人恐惧的贪婪的"嘴"，通过长达一千多米的粗脖子，直通地球心脏，吞吐着宇宙间最原始的力。昔日巨蛇似的狂奔的火舌，因为半个多世纪的沉寂，已成了无数杂乱的、记载着毁灭和死亡的灰黑轨道，而在其间则生长出了一片片黄绿交加的苔藓，甚至匍匐在地上的灌木，开始讲述又一轮生命和成长的故事。

　　我找了个土坡坐下，在棉花团般层层堆积的雨云下极目四望：山脚下的古庞贝遗址与新庞贝城仅一街相隔，教堂的钟声响起来，因为穿不透浓厚的雨云，听起来闷闷的。可以看见刚做完晚礼拜的人们走出教堂，如一个个小黑点散布在广场上。西望阿马尔菲海岸，五颜六色的房屋沿海岸蔓延着，在暗淡的暮色中也仍然色彩斑斓；对面的苏莲托半岛变得半明半暗，而更远些的卡布里岛已经消失在云雾中，如同海市蜃楼。生命持续着，蔓延着。

　　维苏威山是世界上最有名的活火山之一。从有史记载的公元62年到1944年，前后爆发过五十多次。十八和十九两个世纪中爆发得最频繁，二十世纪慢了下来。它会不会再度爆发？生命是在大自然中

《喷发中的维苏威火山》，作者为英国画家约瑟夫·莱特

产生的，是自然中最神秘的部分，但人类能与大自然和平共处吗？怎样共处？大自然中蕴藏的原动力会不会像摧毁庞贝古城那样最终彻底摧毁人类？以什么样的形式摧毁？此时，诗人弗罗斯特对这个古老问题的回答似乎从天幕中浮现出来：

> 有人说世界将毁灭于火，
> 有人说毁灭于冰。
> 根据我对于欲望的体验，
> 我同意毁灭于火的观点。
> 但如果它必须毁灭两次，
> 则我想我对于恨有足够的认识
> 可以说在破坏一方面，冰

也同样伟大，

　　且能够胜任。

（余光中译）

　　脑子里萦绕着弗罗斯特的诗句，想着火与冰的问题，我们踏上归途。在夜色朦胧中，路两旁熠熠闪亮的火山砂石点燃了我的心灵之眼，千点万点，火红滚烫，混乱冲撞，从地上升腾至天空，拖着我回到公元 79 年那恐怖的二十四小时。

在火红的天穹下

　　摄影机反转。

　　聚焦地点：维苏威火山脚下三十里外的庞贝城。

　　时间：公元 79 年夏秋之交的一天。（英国 BBC 世界新闻在 2018 年 10 月 26 日的报道中说，新的研究证明火山爆发时间为 8 月 24 日，但一些考古学家提出新证据说火山爆发是在那年 10 月的一天。）

　　场景：这天的早晨和以往一样，城中心的集市熙熙攘攘，人们谈论着今年的收成，大声讨价还价。城里街道两旁的零售店铺刚刚开门，店主和伙计们忙着往货架上或橱柜里添加货物。靠门的橱柜上摆着新送来的水果、各类香草、作料，而自家做的各类火腿、腊肉则从靠墙的天花板上倒挂下来，在摆着一排排长酒瓶、橄榄油瓶、香醋瓶的柜子顶上摇晃着。小饭馆刚开门，送货的人忙着从骡子背上取下一捆捆的菜蔬和面粉袋之类，堆放在门口。

　　事件：上午，大地震了一下，但没引起人们的注意。大家都忙着呢，而且大大小小的震动对庞贝人来说并不是件新鲜事儿。下午一点多钟，维苏威火山的山顶开始冒浓烟，居民们这才慌乱起来，想办法出城。他们有的步行，有的用牛车、马车或骡车载着家当和家小，都抢路朝北外逃。到了次日早晨六点左右，情况急剧恶化：维苏威火山开始朝天喷浮石，几千吨大大小小的滚烫浮石冲向高空，集聚成巨大的天柱，然后急速向四周扩散，形如日本广岛原子弹爆炸时形成的巨大蘑菇云。通红的浮石漫天落下来，砸在城里居民区的房顶上、墙垣上、街道上。据专家推论，置庞贝于死地的最后一击是由超热火山灰构成的巨大气流，其喷射速度快如闪电，十多分钟就把庞贝这个有上万人居住的海滨之城封死在六英尺（约两米）之深的地下，长达上千年之久。

　　历史文献记载：这次历史上的顶级自然灾害只留下一份由幸存者亲自书写的信函，这就是后来成为罗马帝国著名历史散文家的小普林尼（Gaius Plinius Caecilius，英语文献中简称 Pling the Younger）在悲剧发生二十五年后写给一位历史学教授的信。小普林尼的舅舅老普林尼（Gaius Plinius Secundus）当时是意大利地中海舰队司令，也是一位杰出的科学家，写了长达三十七卷的巨著《自然史》。据小普林尼回忆，他舅舅在火山爆发前就注意到维苏威火山上的云朵异常。正在他准备出门登高观测时，他收到了附近居民的求援信息，便立即命令他所管辖的船只赶去灾区救援。但海上惊涛骇浪，根本无法行船。维苏威火山顶上火焰越喷越高，硫黄味越来越重，滚烫的火山浮石漫天乱飞。老普林尼在救援途中中毒窒息而死。年仅十八岁的小普林尼只好带着母亲，冒死外逃，侥幸脱险。据他的描述："浓黑可怕的烟团被扭曲着，上升的火焰撕碎着，升腾至天空，如闪电般疾速，但规模大得多……黑烟密布空间，什么都看不见，满天遍地都是滚烫的火山浮石，很多人倒在地上，爬起来又跌倒，跌倒后便被后面撞上来的人踩在脚下，直到再也爬不起来了。"两千多名遇难者中的大多数死于逃向城门的路上。所有文字史籍都被烧毁，谁也不确知庞贝城那时人口是多少，社会结构怎样，面积有多大，城区地界在哪儿。

　　哀哉，庞贝！人类历史上一个永远无法愈合的伤口，大自然中一个不可言述的秘密，生命的一片巨大缺席……

千年死寂的废墟

话说庞贝城被火山熔岩埋在地下之后的一个半世纪里，除了一些半途而废的小型民间盗墓活动之外，没有任何由政府资助的、有计划的发掘。众所周知，维苏威火山爆发时，罗马帝国在政治和经济上都极为强盛，且以修建巨大土木工程著称于世。现在的观光客们游历罗马必看的圆形大剧场就是在同一时期修建的。为了让观众能目睹壮观的海战，大剧场中建有一个巨大的湖来模拟海战效果。此外，古罗马城在历史上多次遭受大规模的火灾，但都得以及时重建。那为什么在长达一百五十多年的岁月里，罗马帝国根本无意去挖掘庞贝呢？

民间对此的流行解释是：庞贝的厄运大大动摇了自以为是天之骄子的罗马人的信心。尽管那时的罗马军团所向无敌，建立了世界上疆土最辽阔的帝国，但火山让罗马人亲眼看到原始自然力之强大，天命之不可违。也有人从经济角度出发，认为庞贝虽是罗马帝国的度假胜地，很多贵族和富商在那里购有别墅，但除了出口海鲜类产品之外，并没有其他产业，不值得帝国花费巨资进行发掘。曾任教于美国加州大学伯克利分校的作家安娜丽·纽伊茨（Annalee Newitz）写的《四座消失的古城》是一本雅俗共赏之作，其行文生动有趣，书中包括了世界各地考古学家、历史学家的最新研究成果。纽伊茨在《四座消失的古城》中提到的新西兰女地质学家克里普纳（Janine Krippner）的研究结果，可能是至今最具说服力的。克里普纳教授研究火山多年，她证明每立方米火山岩灰重七百到三千二百公斤。在没有推土机的古罗马，全靠人力搬走覆盖全城的火山岩灰和浮石，几乎完全不可能。另外，火山喷发时满溢的岩灰和浮石搅和在一起，高达三百四十摄氏度，很长时间都不能冷却，且持续释放有毒气体，并随风波及整个那不勒斯海湾，根本不可能在庞贝周围地区作业。

还有一个鲜为人知的史实：火山爆发后，刚登基几个月的罗马皇帝提图斯（Titus）便冒着危险，亲自巡视了尚在滚滚浓烟中的庞贝废墟。次年，他又去庞贝视察了一次，可就在他第二次视察期间，罗马发生了历史上最大的一次火灾，烧了三天三夜，烧掉了罗马三分之一的建筑，包括不少著名庙宇。重建首都罗马城迫在眉睫，哪还顾得上去挖掘庞贝？皇帝只出资修复了那不勒斯周围的一些小镇，让有亲友的地震灾民去投亲靠友，无亲无故的人则去修复的小镇聚居，重起炉灶。除了皇室对难民的资助之外，有许多与庞贝有联系的富商也慷慨解囊，安顿难民。

　　一个地方的消逝，不仅是其原有地貌的消失，也是由于其所具有的社会文化标记在人们的集体记忆中被逐步抹灭。庞贝在历史上的千年沉寂，也是罗马人和庞贝幸存居民的后裔故意忘却的结果。纽伊茨在书中也介绍了迈阿密大学的古典学者塔克（Steven Tuck）关于幸存者的研究成果。塔克教授专门研究庞贝难民的去向。他通过对那不勒斯及周围城镇里的墓碑上的姓名的考察，认为逃出庞贝的难民大多为自由民，因为自由民受雇工作的地方分散，行动自由，不像奴隶被限制在其主人的领地上，即使灾祸来临，也没有离开的自由。更进一步说，很多逃离者被其原主人解放不久，属第一代自由人，所以他们的姓名与原主人有千丝万缕的联系，身份容易被认证。但这些人的下一代却生长在一个新的地理文化环境中，在逃难到他乡后，采用新的姓名，切断自己与祖辈的关系，想方设法地忘掉其祖先曾沦落为奴的阴暗记忆。

　　罗马皇帝狄奥多西一世在四世纪把基督教立为国教，强迫罗马帝国切断其远古时期对古希腊、罗马诸神的崇拜，尤其是生殖崇拜的文化血脉，沿着基督教的信仰轨道发展。基督教对地狱和天堂进行了严格界定，只有虔诚信仰上帝者才可以升入天堂，而纵欲享受的人死后则会被打入地狱。正如意大利诗人但丁在《神曲·地狱篇》中所提到的：好色者死后打入地狱第二层，贪婪者下放到第四层，而信邪教的人更往下，囚禁在第六层。在后世信奉基督教的罗马人眼里，庞贝所遭遇的灭顶之灾常被解释为古庞贝人淫乱放纵、奢侈挥霍的报应。随着基督教文化在罗马帝国的发展，古庞贝文化成了意大利正统文化中的一大禁忌，成了罗马人不堪回首的过去。对庞贝的记忆逐渐被压抑在罗马人的集体无意识之中，一过就是上千年。

重见天日的古城

到了 1599 年，一位意大利工程师在挖掘输水道时意外挖到了一些器物和建筑结构，这让人们想起了消失已久的庞贝。可是直到 1748 年，那不勒斯王卡洛斯才拨款资助发掘工程。其实，那时的挖掘者们尚不确认他们脚下的这片荒地是不是庞贝古城，直到 1763 年出土了一块有文献作用的石碑，才让他们心安理得。但真正的突破又过了将近一百年，意大利考古学家费奥雷利（Giuseppe Fiorelli）于 1860 年正式出任发掘庞贝的总指挥，发明了一系列新技术。维苏威火山的受难者瞬间被火山灰严严实实地包裹起来；人体不久就熔蚀了，但包裹人体的火山灰所凝结的模壳则记录了人们在生命最后时刻挣扎的体态，甚至面部表情。费奥雷利团队在挖掘时发现很多这样的人体模壳，便试着用管子往其中注入石膏液，待石膏液凝固后再剥去火山灰凝结成的模壳，便成了一座座真人石膏雕塑，把远古灾难的瞬间活生生地呈现在今人眼前。

公元 79 年的火山爆发把庞贝从地球上一把抹去，没有留下任何地图和街道名称。费奥雷利和他的同事们根据出土器物和重铸的人体、动物模壳，对这座被埋葬了一千多年的城市进行了全新想象和系统整理，代表了现代考古学的杰出成就。

1924—1961 年，另一位著名挖掘专家马如日（Amedeo Maiuri）接手主持发掘工程。到 1990 年时，三分之二的庞贝古城被发掘出来了。

马如日的重要贡献之一是将庞贝的大街小巷、民居和公共场所都重新编号或命名，赋予这座地下冥城以新的地理身份。发掘者发现埋在地下的这座废墟原来是一座建筑规整、商业发达的城市。由于对发掘出来的房屋及其房主都没有任何记载，发掘者便用他们在房子里找到的器物或铭刻在墙上的文字来揣测房主的职业爱好，进而为该房子命名，如"悲剧诗人之家""外科手术师之屋"等，而城市的街名则分别用各段时期发掘群组的代号来命名。在发掘出的众多房屋中，只有几处是用真实人物名命名的，而"朱丽安·腓力克之别墅"是其中最著名的一座。

　　从挖掘场所的东门进入，人们所能参观的第一座民居即朱丽安的豪宅，其面积横跨几个街口，离斜对面的环形剧场只有百米之遥。发掘者在房屋临街的墙上找到一则广告，是火山爆发的当天写的。广告内容如下："致有诚意的租房人：这座房产属斯普瑞斯之女朱丽安·腓力克所有，包括一个供体面客人用的浴室，两层楼的店铺和公寓。租期五年（即从今年八月十三日到六年后的同一日），租约在第五年年底失效。"这则广告实为珍贵，透露了很多当时庞贝的社会情况和信息。

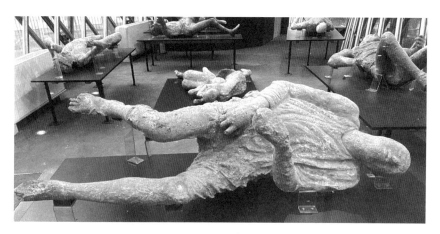

人体模壳

根据这座豪宅的位置和规模，考古学家和历史学家们确定朱丽安不是贵族，而是一个富商的继承人。发掘人在花园里找到一具遇难者的尸体残骸，其所佩戴的珠宝尚完整可辨。一些学者认为这就是房主朱丽安的遗体残骸，但对该豪宅中发掘出的器物及内部设置苦心研究了四十多年的考古学家帕斯罗（Christopher Parslow）教授却认为戴珠宝的残骸并不是房主本人。他的主要论点为：豪宅虽大，但里面没有卧室，这说明朱丽安另有房产居住。发掘出的这座豪宅很可能是朱丽安的投资房产，其功能集进餐、饮酒（店铺）、娱乐（浴室）、客人留宿（公寓）于一体。他的研究不只是让后世了解到朱丽安的个人情况，更有意义的是帮助我们了解庞贝城内房屋功能以及民居结构的一般情况。

考古学家们在发掘庞贝之初，设想会找到一些非凡的建筑物，如纪念碑、大型神庙和皇家别墅等，但出土的是一个富裕、繁华却非常平民化的城市。要是你手上有一张考古学家们在近一个世纪的挖掘、考察和研究之后画出来的庞贝地图，就不难看到地图上标示最多的是小酒店，一共有一百六十多个。当时城里的常住人口估计有一万两千多人。按此计算，平时起码要有百分之十的人光顾，这些小酒店才能保住生意。那么这些人是谁呢？社会学家的研究表明，贵族们有身为奴隶的厨师和仆人在家提供膳食，一般不外出就餐；而贫穷的自由市民又没有经济能力经常外出消费，因此这些小酒店的常客往往是城市商贩、经营服务业的人，还有相当一部分是从罗马来庞贝出差的商人和度假的富裕游客。

根据发掘出的各种器皿，研究者们还进一步断定这类现被译为酒馆的店铺的功能既不等同于现代的酒吧，也不等同于餐馆，而是集餐馆、酒店、杂货铺、娱乐甚至客栈等功能于一体。庞贝虽然离罗马只有二百四十多公里，但与崇尚军事霸权和权势内卷的罗马的社会环境大不一样，它是一个以商业、贸易、个人享乐为荣的消费社会，是零售商的天堂。在这些小酒馆里什么都买得到：从远东进口的香料到本地产的新鲜蔬菜水果，从本店自制的腊肉到从外地运来的锅碗瓢盆，从各种各样的酒、作料和橄榄油到刚烧热的水，不一而足。难怪这样的小酒馆遍布全城，不乏人光顾，因为它们是庞贝经济和市民日常生活的命脉。把这些地方叫作"酒馆"显然是挂一漏万，但在中文和英文里都找不到与原文完全对等的名词。其实，不只是这些小酒馆具有多种用途，庞贝城里大多数房屋虽为私宅，但也兼具商业用途：富裕商人的家宅和其经商的设施往往在一幢楼里的不同楼层；而不太富裕的买卖人、制造器物或首饰的匠人、餐馆伙计、厨师甚至老板，夜间大多住在他们白天干活的地方。

感性、性感与原始生殖崇拜

自 1748 年第一批文物从火山灰下被发掘出来以后，陆续出土的绘画残片一幅比一幅更性感，各类雕刻对"性"的塑造一个比一个更露骨。信奉天主教的意大利保守得连离婚也不许可，堕胎更是非法，为什么在远古竟如此肉欲横流？这个现象让历史学家们惊叹不已。后来发掘出的希腊式多立克神庙（Doric Temple）把庞贝古城的历史推到了前六世纪。城里还有崇拜天神宙斯、爱神维纳斯和太阳神阿波罗的庙宇，而酒神狄俄尼索斯、生殖力和丰裕之神普里阿普斯的雕塑更是比比皆是。这些证明庞贝原属古希腊的一部分，深浸于古希腊异教文化之中。虽然后来被改信基督教不久的罗马帝国吞并，但在维苏威火山爆发前的庞贝因处于帝国的边缘，将令有所不从，信仰的仍是古希腊的诸神，支撑社会的是消费性经济。

庞贝的消费性经济决定了当地起主导作用的消费型文化，尤其是以肉体和感官满足为核心的享乐性文化。说白了，这个文化离不开"三美"，即美食、美酒、美人，外加泡温泉，因此以愉悦感官、激活性感为目的的纯视觉艺术，如壁画、大小雕塑、舞蹈表演、涂鸦，还有以身体和语言为媒介的戏剧都极为丰富。庞贝这样一个小城，就有两座世界级的公共室外剧场，更不用说布满城区的公共广场、浴室和富人的豪宅也都设有专供各类表演之场所。希腊神话中的诸神及其所标榜的享乐图景不但是高端艺术品，也混杂于庞贝人的日常生活中：酒神狄俄尼索斯式的暴饮狂欢、丰满性感的维纳斯四处发射爱情之箭，而象征生殖力和丰裕之神普里阿普斯的形体，尤其是他那个极度夸大的生殖器在妓院、温泉浴场、神庙里随处可见。阳具和性交的场景被刻在梳子、骨质发针、首饰盒、酒杯、吊灯灯罩、花瓶及各种各样的日常生活物件上，尤其是一种身体呈阳具形的"阳具鸟"风铃被人们视为幸运物，象征男人在政治经济生活中的绝对主宰地位。这可以解释为什么五花八门的阳具图像和铸造品不仅出现在私人浴室、妓院等性活动常见之场所，甚至也是广场、商店、上层官僚的门廊、大户人家的客厅中常用的装饰品。性能力是男人在社会生活中自吹自擂的资本，竞选时，参选人的房事技能有时甚至与其从政能力相提并论。政治家演说时把"阳具鸟"挂在广场上，祈求的是提职升官；店主们把它挂在进门处，盼望的是招财进宝。考古学家后来从富商维提的豪宅"维提之屋"里发掘出一个巨大的陶制生殖器，看来，庞贝人相信阳具与发财的关联还真有据可查。

　　古庞贝社会流动性很大，妇女有相当的社会地位，可以在公共场合抛头露面，单独旅行，也可以自己经营珠宝、餐饮、温泉浴室之类的商业。臭名昭著的皇帝尼禄以残暴治国著称，不管是自己的母亲、姐妹还是外人，只要对他有威胁，就格杀勿论。但他却提倡妇女参加社会活动，尤其是戏剧表演。这让一些杰出的女演员不但在戏剧界有较高地位，成为剧场经理或赞助人，在社交界也颇有名望，游说周旋于王公贵族之间，尽管这些并不意味着妇女在政治方面享有与男人同等的地位。社交、调情、性交在庞贝社会中没有严格界限，而庙会、公共剧场、酒馆、温泉以及妓院都给形形色色的越界创造条件。这里数量上仅次于多功能小酒馆的公共建筑便是温泉浴场。公共浴场是非正式的社交场合，庞贝市民在这里调情、交友、约会。但有些公共浴场，如著名的司坦碧安，也有提供商业性性活动的角落，跟妓院没有多大差别。

古庞贝人的富有、对肉体享乐的沉溺和对生殖力的膜拜把庞贝变成了罗马帝国里最豪华奢侈、纵情无度的享乐之都。有人从庞贝墙上的涂鸦中选了一千条来编了一本书，此书书名，也就是从所选涂鸦中得到的结论，叫"庞贝：极乐之城！"。德国文豪歌德在 1787 年住在那不勒斯的那段时间中，不时游弋于尚在挖掘的庞贝废墟旁，他在游记中心悦诚服地首肯了民间流行的一句话："玩过了那不勒斯，死也瞑目了。"庞贝体现了那不勒斯地区生活的精髓，这句话用来形容古庞贝人的安乐而富于感性的生活，显然更合适。

从现代观点来看，商业运作中的色情因素是为了赚钱盈利，但特别有意思的是，为什么在古庞贝色情性爱的图景不但出现在商业场合，也频繁出现在普通市民的家宅中？庞贝考古发掘博物馆经过多年筹备，在 2022 年 5 月举办了一个以"艺术与感官愉悦"为题的展览。我有幸赶在闭馆前的最后几天里参观了这个展览。展出物品不多，但其主题和所选展览物件别开生面，让我对庞贝文化里的"感性"和"性感"两个层次颇有感悟。

从展览中看到，熏陶感性、挑惹情欲不仅发生在庞贝的情色服务业，也是公共场合以及私宅设计与室内装修的重点。在庞贝城里，上层人家的私宅大都由门厅、庭院、卧室和正厅构成，而每个空间都离不开情色艺术品的装饰。从前院进门之后第一个房间是门厅。门厅连接院子和正厅，一般较小，用来摆放小型的神祇雕像和祭祀祖先。发掘出的房屋展示在庞贝被埋葬时，不少家庭的前厅内都摆设着源于希腊的绘画和雕塑装饰。其中展示的一个住宅的前厅墙上有一幅很大的裸体壁画，上面是希腊神话中顾影自怜的美少年。另外，房间里还摆放着生殖力和丰裕之神普里阿普斯的裸体雕塑。前厅的两侧有若干个卧室，但卧室不仅为睡觉而设计，也可作为看书写字、化妆试衣、秘密谈话、游戏甚至调情做爱的场所。四周摆设的性感艺术品显然是为挑逗情欲营造气氛。

　　这次展出的还有考古队在 2018 年发掘的一幢住宅。住宅卧室的屋顶塌落在地上，屋顶上画的是另一个有名的希腊神话故事《丽达与天鹅》中的场景。这个暴力色情的故事讲的是天神宙斯假天鹅之形，勾引并强暴了斯巴达王后丽达。爱尔兰诗人叶芝的名诗《丽达与天鹅》就是以这个神话传说为原型，因此这幢住宅被命名为"丽达之屋"。两性或同性交媾的图像在现代人眼里多半出现在妓院里，但这次展览却展示出私人家宅里也有用这类题材来做装饰的。这些源于希腊传说的故事在庞贝被埋葬前显然是为庞贝人所熟知的，被世人戏仿和追随。

　　上层人家豪宅中最重要的房间被叫作三角宴会厅，也是从希腊借鉴来的。三角指的不是房间的形状，而是房中配置有三张低矮的沙发，通常摆成三角形。这些沙发宽大而舒适，主人和客人可以躺在上面大吃大喝，夸夸其谈。当时流行的豪宅采用的也是希腊人的周柱建筑风格，华丽的舞会就在宽大的列柱廊上进行。所不同的是，在罗马帝国，男女主客都可以在三角宴会厅里有一席座位，而在希腊只有上层社会的男人才有资格在三角宴会厅里有一席位置。更有意思的是，邀请来献艺的女歌唱家和高级妓女均被视为专业人士，也有资格和男人平起平坐。而男主人家中的女主人和尊小姐们则无权参加。当然，三角宴会厅内的色感基调也是刻意安排的，通常有一位英俊却略带女性羞涩神情的男童在门旁举着一盏半明半暗的油灯，持灯娈童的功能不但是为了照亮宴会厅，也为了愉悦来客的感官，挑惹情欲。

　　自四世纪以来，罗马权势者和教皇不遗余力地在四海之内推广基督教信仰，督促人们按教义行事，清心寡欲，做个好基督徒。但是，1748 年第一批发掘出的文物却让人们大为汗颜，一出土便被定为是淫荡污秽之物。所幸的是，后来做了国王的弗朗西斯科一世（Francisco I）及时指示将这批历史文物完整保存起来，长期存放在一个地方博物馆的特别展室中，只有持特许证的成年男子才能参观。1860 年费奥雷利担任庞贝出土工程的总指挥之后，采用科学定义对这批文物实行了重新分类，将其定性为"情色物件"。1976 年这批文物挪到著名的那不勒斯考古博物馆进行展览，不久又因进行修复而关闭。2020 年，该博物馆在原有基础上加入了一些新近出土的文物，在二楼一个叫"秘密小屋"的展厅对公众开放。我去参观时，看见门口挂了一张告示，让人啼笑皆非。这张告示说未成年学生可以用馆内材料完成学校布置的有关作业，但必须向馆员出示作业的题目和要求，而且得有成人陪同才可入内。

　　这个来之不易的展览分成"神话题材绘画""花园装饰"和"妓院绘图"三部分。神话题材绘画描绘了希腊神话诸神在原初混沌中的情爱追逐，比如爱神维纳斯遭遇战神马尔斯；居于山林水泽的仙女达芙妮变成一棵桂花树以逃脱太阳神阿波罗的追逐；耽于酒色、半人半羊的森林之神萨提尔与小仙女们之间的闹剧以及天神宙斯变成天鹅之形诱奸斯巴达王后丽达。按古希腊神话，性爱属于酒神狄俄尼索斯与爱神维纳斯所司的职权范围，但界限不分明，所以神话中又出现了雌雄混杂的双性人。这些绘画有的浪漫，有的颇有性暴力之嫌，但都是裸体，可以说是直观的欲望表现。

　　第二部分展示的是花园里的各类装饰物。花园在希腊神话、罗马神话和社会生活中占有至高无上的地位，是生殖力和丰裕之神普利阿普斯的圣地。普利阿普斯的体形姿态，包括他那巨大的阳具，都被认为是由远东的枣树树枝转化而来，所以他也是花园和森林的守护神。森林、田园和花园是诸神的神秘栖居地。远古时罗马人接受希腊神话和文化，主要因为对其中所包含的自然因素，如山林、水泽、田园和花园的认同，而以希腊神话为原本的雕塑和各种挂物给花园增加了远古的神秘色彩。

最后一部分展示了挖掘出的妓院墙上的绘画。与前两类相比，这类绘图没有田园式背景和浪漫氛围，而是直接集中表现性交场景。这部分展出了大大小小、各式各样的阳具风铃。长话短说，出土的艺术装饰，如街道和建筑都展示古庞贝是古希腊传统的异教文化，诸神崇拜与已颇具规模的零售型消费文化的结合。这些在后来的基督教文化中被定义为下流亵渎的裸体艺术和偏于自然本能的行为方式，描绘的是早期人类自然本能，天真无邪、无拘无束、崇尚感官享受的生活，就像在伊甸园中的亚当和夏娃那样。这是历史上一次少见的、原汁原味的远古文化盛宴。

画布上的火山: 重现远古悲剧

维苏威火山和出土的庞贝古城成为后人创作思考的灵感源泉，画家、文学家和音乐家之间交互影响，用各自擅长的媒介对这座废墟进行解释。而他们用各自的想象对庞贝重构，通过展览、书刊、大型音乐会和电影影响了后代人对庞贝的文化想象，使庞贝成为人类生存境况的象征。最早描绘维苏威火山和面临灭顶之灾那一瞬间的庞贝的是一批油画。自从公元 79 年那次摧毁性的爆发之后的一千多年中，维苏威火山陆陆续续地爆发了四十余次。后来产生的油画，显然不是公元 79 年爆发的实录，但很多画家都耐人寻味地硬给自己的作品贴上"公元 79 年"的标签，试图对"公元 79 年"这个特定的历史悲剧作出诠释。1770 年间，在苏格兰享有盛名的风景画家摩尔（Jacob More）为了画维苏威火山而迁居意大利。他的《喷发中的维苏威火山》（1780 年）完全是根据他亲眼所见的 1779 年的爆发创作的，但为了获得历史记录者的称号，他在画面前景上添加了一个垂死的老者，说那是在死于逃难途中的老普林尼，以此与公元79年挂上钩。英国画家马丁（John Martin）的《庞贝之毁灭》（1821年）也是打着记录历史的招牌。据考察，马丁所画的火山场景取自一位参加过"欧洲大旅行"的旅行者的日记。十八世纪时，不少英国上层绅士都热衷于参加这个以寻访古代文化旧址、寻找如画般的风景以及杰出艺术品的"欧洲大旅行"，将其视为拓展知识面的途径，开了团队旅游之先河，这显然也给了画家马丁灵感。

布莱洛夫（Karl Bryullov）的《庞贝末日》对后世画家、作家、音乐家的影响最为深远。布莱洛夫生于俄罗斯，1823年和表兄结伴去意大利学画，闯生路。《庞贝末日》跟其他描绘维苏威火山的画不同，画面上的聚焦点不是火山，而是火山强光刺穿庞贝城的一个街区时，一群惊慌失措的人。人们的惊恐通过人体及面部表现得惟妙惟肖，展示了画家受过新古典主义绘画技巧的严格训练。而从画面右上角射入的火山光热则具有高度戏剧性，表现了画家对正在兴起的浪漫主义的尝试。两种画风在这幅画中携手登场，在当时颇引起了一些争议，却被后世公认为创新之举，让布莱洛夫成为第一个被欧洲同行认可的俄国画家。和不少画家一样，布莱洛夫想再现的不是其他任何一次维苏威火山的爆发，而是吞噬庞贝城的那次。这个意图不但可以从题目看出来，而且画上那群绝望的市民所在的位置也有史可证：那是城里最热闹的街区，火山爆发时死亡人数最多，因此被考古挖掘者命名为"坟墓街"。据说布莱洛夫于1827年初访庞贝时，震惊于在那条街上所见的人形石膏模壳，当时便决定要创作一幅名为《庞贝末日》的画。

法国画家沃莱尔（Pierre-Jacques Volair）很早就从庞贝被摧毁的悲剧中认识到了火山爆发这个题材的潜在吸引力。为了近观维苏威火山，他迁居到意大利，并建立了自己的画室，专心琢磨怎样为火山题

布莱洛夫所作《庞贝末日》未直接聚焦于正在喷发的火山，而是聚焦于庞贝人的惊恐之态，对后代作家、艺术家影响深远

材作品找到形式上的一致性。他一共画了三十多幅以维苏威火山为题材的油画，大多卖给了来意大利旅行的富裕英国人，过着颇为丰裕的生活。他常用的技巧是对照：画面上一边是常态的大自然，比如平静的海面上映着银色的月亮，而另一边则是火山爆发的瞬间 —— 通天塔般的黑烟、火红的天穹、充满暴力和恐惧。喷发的火山都定位在中距离处，让观众有一定的在场感，但又不至于产生恐惧。经过这群画家的集体努力，以火山为题材的画在十九世纪成了意大利尤其是那不勒斯地区特有的风景画类别，有其特定的内容和艺术规范。

《庞贝末日》：对信仰的一种诠释

专门写维苏威火山和庞贝的文学作品不多，英国历史小说家、政治家莱顿（Edward Bulwer-Lytton）的《庞贝末日》（*The Last Days of Pombeii*）堪称凤毛麟角。莱顿在意大利看了布莱洛夫所作的《庞贝末日》，颇为震动，之后花了近三年时间创作了同名小说，于 1834 年出版。《庞贝末日》是一部历史小说，书中虚构的人物众多，情节错综复杂，涉及火山爆发前庞贝社会生活的各个方面，结尾把古罗马的角斗士文化与维苏威火山爆发联系在一起，颇具戏剧性。主人公克劳库斯是一个被罗马降伏了的希腊贵族，英俊潇洒，乐于帮助弱者，但缺乏"信仰"。他的对手阿巴斯，是神秘的艾瑟斯教（Isis）的法师，手上紧攥着庞贝的财富、政治和宗教权力，是城里举足轻重的人物。阿巴斯是埃及人，却是两个未成年的希腊兄妹——哥哥阿帕塞达斯、妹妹欧萝——的法定监护人。阿巴斯计划把哥哥培养成艾瑟斯教的法师，而对越长越漂亮的欧萝却另有打算。殊不知，克劳库斯与欧萝第一次邂逅便坠入情网，再见时便私定了终身。这让阿巴斯对克劳库斯记恨有加，等待时机报复。

克劳库斯对女人具有特别的魅力，他的暗恋者之一是一位美丽的卖花盲女，叫莉迪亚，是个奴隶。一次，克劳库斯看见莉迪亚的主人虐待她，便花钱把莉迪亚买了下来，给她自由，任她做自己想做的事。莉迪亚极为任性，但人品高尚，幼稚而又聪明。她深爱着克劳库斯，却只能把深情珍藏心中，尽全力帮助克劳库斯和欧萝。莉迪亚是书中写得最生动的人物，虽然完全是个虚构角色，却成了后世的画家和雕塑家们最乐于重新创作的角色。后来，阿巴斯杀死了欧萝的哥哥，并设法嫁祸于克劳库斯，达到一箭双雕的目的。欧萝则被关进了阿巴斯的深宫。

克劳库斯被判死罪，被送去角斗场上与狮子搏斗。要是他能从狮口逃生，可免于一死。当克劳库斯在万众嗜血的欢呼声中，无望地看着向他扑来的狮子时，那头巨兽却突然停住脚，往后退回到笼子里去了。嗜血的观众也傻了眼，狂呼乱叫着把狮子赶出来再交锋……就在这千钧一发之际，大地突然震动起来，对面的维苏威火山顶上开始冒出滚滚浓烟。观众们急忙逃离角斗场。原来这就是公元 79 年 8 月 24 日，庞贝的末日！

莉迪亚奔向克劳库斯，两人逃出角斗场，再去阿巴斯的豪宅中救出欧萝。这时，城里已是浓烟滚滚，飞石满天，不少人已被浮石砸死，阿巴斯就是其中之一。劈面而来的浓烟和飞石让人无法辨别出逃的方向，但莉迪亚是盲人，习惯了凭感觉穿过城里的大街小巷。她熟练地把克劳库斯和欧萝带到那不勒斯湾，上了一只小船，漂出了危险区。经过一天的惊吓和劳累，克劳库斯和欧萝伴着波浪的起伏，在小船上睡着了。待他们醒来，只看见莉迪亚长长的黑发浮在船侧的水面上——她选择以自溺来结束自己永远无法实现的苦恋。

莱顿的写作文辞华丽，长于煽情，这个故事让大众读者读起来像一部催人泪下的苦恋悲剧。实际上，作为英国维多利亚时期文学的领军人物兼政治家，莱顿写的是一个基督教寓言。他最关心的是社会道德和宗教伦理，想通过书中的象征性角色，来表现古罗马的享乐主义文化、衰落的埃及文化与新兴的基督教道德伦理之间的冲突。这部小说中所写的庞贝社会充斥罪恶，人们贪婪无耻，放浪堕落，尤其是文化品位粗俗，书中的反面角色差不多都是罗马人。他们的首席代表阿巴斯原籍埃及，影射了更古老的远东异教的颓败。耐人寻味的是，故事中除了奥林修斯之外，其他的正面人物都是不信教的希腊人。我们知道古希腊人信奉的是其神话传奇中的自然神，没有很强的宗教凝聚力，所以作者暗示希腊人是后起的基督教争取的对象。奥林修斯品格高尚，乐于助人，代表新兴基督教的道德伦理。书中的其他主要人物都是奥林修斯的朋友，他们在与黑暗势力抗争的过程中，逐渐认同了基督教。阿帕赛达斯在看穿了阿巴斯和艾瑟斯教的邪恶之后皈依了基督教，而克劳库斯和欧萝则因为火山爆发，幸运地逃离了阿巴斯之手，二人在结尾时也双双变成了基督徒。

作者还特地塑造了"维苏威女妖"的角色来象征来自地球深处的黑暗之力和魔法。其实，维苏威火山在书中的每一页上都留下了阴影，因为阿巴斯这类放浪形骸之徒对钱财、权力、社会地位的欲望愈来愈大，正衬托出他们距离灭顶之灾愈来愈近。对作者莱顿来说，火山并非只是自然灾难，更重要的是道德的象征。阿巴斯的权力无法无天，还夸耀自己是一圈"燃烧的束带"："从北到南，从东到西，从恒河到尼罗河的所有魔术家，都拜我为师"，而只有火山的爆发才能摧毁他和他所代表的恶势力。故事在火山的巨大轰鸣声和强光中结束时，作者自鸣得意地宣称："说真的，这场火山爆发是我盼望已久的——那些让人睁不开眼的火山灰，劈脸而来的飞沙走石，呛人的浓烟用来送城里的罪人下地狱，是最好不过了。我真爱看火山爆发！"

这部小说出版后在欧洲大陆畅销一时，很快被译成其他语言出版，并改编成意大利文、英文和法文的电影。意大利在二十世纪上半期还先后出品了七部以庞贝为主题的电影和电视剧。这些影视作品的出现显然与同期考古学家对庞贝废墟大规模挖掘的推波助澜有关，创作者通过艺术想象把这座在劫难逃的古城的故事往四处传扬。这些电影和电视剧具有很强的时效性和通俗性，现在基本上在电影院里看不到了，只有几部能在网上找到影像资料。

"粉红弗洛伊德"：摇滚火山天灾

视觉艺术、文学与音乐之间的相互影响、渗透对宣传庞贝起着明显作用。有一支叫"巴士底狱"的英国乐队，创作了一首以《庞贝》为题的流行曲，歌词是两个即将被火山熔岩埋葬的人的对话：

墙砖一块接一块地砸在我身上

在我热爱的城市，

浓烟回旋在山顶，

黑暗从天而降；

我们被捕捉，

将消逝在自己的罪孽中；

以自己的姿态，

当滚滚浓烟涌向我们。

这显然是火山灰凝聚的模具中那些与死神抗争的人在发声，但"我们被捕捉，将消逝在自己的罪孽中"也夹杂着莱顿在《庞贝末日》中所宣扬的那类道德评判。

把维苏威火山和庞贝带进世界通俗文化的是摇滚乐队"粉红弗洛伊德"。此乐队的吉他手兼主唱大卫·吉莫（David Gilmour）是二十世纪七十年代摇滚乐的领军人物，据说也是小说《庞贝末日》的超级粉丝。1972年，"粉红弗洛伊德"在庞贝露天剧场的首演举世闻名，成为摇滚乐史上大书特书的一章。特别有意思的是，让此乐队举世闻名的不是因为观众爆满，而是因为现场空无一人。演出现场是刚被挖掘出的庞贝环形露天剧场，让规模巨大的露天剧场在世界上首次亮相，全场演出则被拍成音乐片放映、发行，让乐队一炮打响。2016年，吉莫又在环形露天剧场举行了一次现场音乐会，这回是粉丝爆满，而其实况录制的唱片，以火红的维苏威火山为封面，也在世界各地畅销一时。

"粉红弗洛伊德"乐队吉他手兼主唱大卫·吉莫在庞贝演出的光盘封面

虽然难以考证火山爆发时间及庞贝的厄运对吉莫及其乐队的具体影响，但我们不难从其创作歌曲的歌名和歌词中找到庞贝之灾难与歌手情绪心境上的联系，比如"无路可逃""死里逃生""街上的哭喊""时间/呼吸""我喘不过气了！"，等等。歌曲《砸碎枷锁》唱道：

> 不管需要做什么，
> 你得马上行动起来，
> 逃出燃烧的湖，
> 或穿过东边的城门；
> 所有别的旅行者，
> 全成了鬼魅，
> 在狂怒和吼叫中，
> 一个个坠落的天使；
> 快逃走吧！
> 紧急如同火烧眉毛，
> 穿过漆黑的夜晚，
> 把时间搁置在这些枷锁上。

显然，这些曲子并不只为怀古伤时而作，也往往有感于歌手们经历苦难的现世的个人体验。在挖掘出的庞贝环形剧场的地下室里，有一个专为"粉红弗洛伊德"所设的长廊，展览该乐队的唱片和影像，把庞贝废墟与摇滚乐有机地连接在了一起。

维苏威山下的角斗士："我就是斯巴达克斯！"

电影作为一种文学形式、视觉与音乐的综合艺术对提供想象庞贝的方法具有特殊的意义。回想当初，庞贝古城进入我的视野是由于维苏威山脉，而知道意大利那不勒斯海湾有座维苏威山，则是因为历史小说《斯巴达克斯》。中国在"文革"结束后开始引进、发行世界文学名著，记得第一批书单上就有《斯巴达克斯》。尽管本人至今尚不敢苟同此书称得上"世界名著"。用"斯巴达克斯"的名字作为书名的英文小说不少，记不得那时发行的中译本是基于谁的原作，猜想是法斯特（Howard Fast）的，因为他的版本与后来好莱坞的同名电影情节大致相似。但当看到该片所署编剧名是特朗博（Dalton Trumbo），而非法斯特时，让我一头雾水。原来这部电影的写作和改编的背后，有复杂的政治计谋和商业盘算。这还得从法斯特说起。

　　法斯特是一个"左"倾作家，在麦卡锡主义甚嚣尘上的二十世纪五十年代被判"蔑视"国会之罪，关进监狱，出狱后仍然被列在国家安全局的黑名单上。政治"左"倾，加上被监禁的经历，让他对古代奴隶起义尤其是罗马帝国与斯巴达克斯奴隶起义兴趣大增，他决定以此为题材写一部历史小说。因找不到出版社出版，法斯特自费出版，印了四万五千册精装本，后来又推出平装本，卖了几百万册，一时成为坊间新闻。好莱坞大明星科克·道格拉斯（Kirk Douglas）读了此书，很想扮演斯巴达克斯，便约请当时声誉日隆的导演库布里克（Stanley Kubrick）来导演，控制了这部电影的生产过程。法斯特在接受"远古遗址"协会的采访时，抱怨此片虽然完全以他的小说为根据，而且他还亲自与导演合作了好几个月，修改电影脚本，但到电影上映时，道格拉斯顾虑法斯特的名字还在黑名单上，怕影片被禁，劝说他把编剧之名让给了特朗博。这个说法令人难以置信，因为特朗博本人也在黑名单上。只有一点可以确定，那就是特朗博在好莱坞作为编剧的名声远远大于圈外小说家法斯特。由此看来，道格拉斯迫使法斯特出让其作品，不像是因为政治原因，而是考虑到商业利益。

　　电影《斯巴达克斯》上映后票房大卖，在评论界也得到一致称赞，并获得该年度四项奥斯卡金像奖。但其拍摄过程中的是非恩怨，没有人说得清楚。难怪导演库布里克一直不愿把《斯巴达克斯》看成是他的作品，声明拍摄制作过程中的很多决定不是由他做的主，尤其是影片结尾那些迎合当时美国社会的"左"倾思潮、烘染起义者悲壮就义的煽情镜头。无论如何，这部电影把维苏威山带进了好莱坞观众的视野。

影片主人公斯巴达克斯出生于古罗马帝国的一个边缘省份，早年在罗马军队里服过役，但不得志，还卷入了帮会，导致后来被关进监狱，之后又被作为奴隶卖到罗马的一个斗技训练场做角斗士。他和同伴们在角斗场每天所等待的不是被猛兽生吞，就是被同伴屠戮。公元前 73 年，斯巴达克斯得知同样是奴隶的情人瓦蕊娜将被转卖给一个罗马贵族，忍无可忍，愤然起义。他和同伴们以维苏威火山为根据地，收编了上千名逃出罗马的角斗士和奴隶，起义之星火在两年之内燃遍了罗马帝国南部。斯巴达克斯率领近十万起义奴隶进军罗马城，离罗马只有二百多英里（约三百二十公里）之遥。当时正崭露头角的罗马将军恺撒出主意要罗马军团避免正面迎战斯巴达克斯，趁夜晚包围斯巴达克斯的主力部队，在凌晨突发进攻。斯巴达克斯在激战中受伤致死，但他的尸体一直没有被找到。六千多被俘的起义者在影片结尾表现得极为悲壮。当罗马将军宣布说出斯巴达克斯下落的人可免去一死时，被俘起义者异口同声高喊："我就是斯巴达克斯！"结果六千多个被俘的起义者都像基督那样，被活活地被钉上十字架，在通往罗马城六十多英里（约一百公里）的大道两旁，每几十米就有一个起义者。现场惨不忍睹，但起义者们个个面色肃穆，如一座座古希腊的雕像。

在这部电影中，维苏威山是斯巴达克斯起义发展壮大的摇篮。虽然起义发生在庞贝被毁灭之前，但火山爆发的多重象征意义都在电影中得到了充分展开。从法斯特的小说、编剧到道格拉斯的表演，显然都表现了二十世纪七十年代美国国内民权运动中的"左"倾思潮，暗示革命如火山般爆发。背靠被夕阳染得血红的维苏威山脉，让人记忆最深的是起义者悲壮就义，当然还有斯巴达克斯与情人瓦蕊娜的几场英雄美人戏，情景交相辉映。崇高的死和英雄的爱，再加上道格拉斯扮演的斯巴达克斯，高大健壮，古铜色的皮肤，古希腊雕像般的面孔，尤其是那略朝上弯起的下巴中那道深深的纹路，创造出一个既浪漫又性感的起义英雄形象。现在回想起来，显然是革命浪漫主义的崇高意境与青春期的性悸动，共同建构了我和不少同时代人对维苏威火山的原初向往。

那不勒斯湾的旷世之恋："汉密尔顿的女人"

一个叫艾玛的伦敦郊外的美丽女子与英国驻那不勒斯公国的特使汉密尔顿爵士和大英帝国海上先锋尼尔森船长之间的三角恋爱，在二十世纪二三十年代的欧洲已激发了不少作品，包括音乐剧、歌剧、小说及电影。1941 年好莱坞决定花巨款再拍此题材，取名《汉密尔顿的女人》（*That Hamilton Woman*），由二十世纪英国最有名的一对情侣演员费雯·丽（Vivien Leigh）与劳伦斯·奥利弗尔（Laurence Olivier）主演。此片获得该年度四项奥斯卡金像奖，至今仍被奉为好莱坞经典之一。故事发生在那不勒斯海湾，而维苏威山作为背景不时进入观众视野，既是叙事的地理空间，也具有象征意义。让我们从电影的开头说起吧。

电影开始时，我们看到一位步履维艰、衣衫不整的老妇人出入在法国小城加莱的一个小杂货店里，笨手笨脚地从货架上抓一些饼干之类的食物藏在衣衫下。警察当场抓住她，追问其姓名，她粗糙、布满皱纹的脸上居然浮现出几分骄傲的笑容，回答道："汉密尔顿夫人！"字字响亮，如珍珠落玉盘。警察大为惊诧，不知如何作答，围观人群更是议论纷纷，指责老妇人撒谎。老妇人则从容地说："那，来听听我的故事吧。"

乔治·罗曼尼为艾玛——后来的
"汉密尔顿夫人"——所作肖像（完
成于1782—1784年），让艾玛成为
伦敦社交界红人

尼尔森船长肖像

电影开始倒叙。

汉密尔顿夫人的闺名叫艾玛（Emma Hart），出生在伦敦附近的
一个乡村，以做铁匠谋生维持家计的父亲在她还是婴孩时便撒手人
寰。艾玛由当女佣的母亲和祖母抚养到十三岁，便到伦敦谋生，养活
自己。她凭着伶俐甜美的长相，开始在几个名演员家中做些家务，在
社交活动时帮忙招待客人，空闲时也去社区剧团上表演课。走在伦敦
上流社交圈的水边，哪有不湿脚的？艾玛不久便与几个富家公子有了
爱情瓜葛。她十六岁时遇到了查尔斯，却怀着一个老相好的孩子。查
尔斯让艾玛搬进伦敦郊外的住宅同居，要她许诺把孩子生下来便立刻
送回老家抚养。查尔斯与艾玛一起过了几年平静日子，还把艾玛介绍
给他的好朋友——人物肖像画家乔治（George Romney）当模特儿。

艾玛聪明好学，很快便成为乔治的缪斯。她按乔治的摆布，身着希腊神话中各类女神如酒神的女祭司、善卜凶吉的特洛伊公主卡姗德拉、复仇女神美狄亚等人的服装，摆出这些神话人物的标志性姿势和体态。乔治的肖像画很感性，装饰效果也强，很快走红，艾玛的青春美貌也随之在伦敦社交圈广为人知。后来好莱坞的《汉密尔顿的女人》在宣传上的噱头之一，就是让演员费雯·丽模仿乔治所画的艾玛肖像来为电影做广告。费雯·丽所穿服装、扮相、姿态、表情居然都与画上的艾玛一模一样，活脱脱一对孪生姐妹，一时成为佳话。

话说回来，查尔斯和艾玛的好景不长。查尔斯囊中羞涩，急于找一个有财产可继承的富家女为妻。为了达到这个目的，艾玛必须离开伦敦，查尔斯想到了他远在那不勒斯的舅舅威廉姆·汉密尔顿爵士。汉密尔顿爵士是大英帝国派驻那不勒斯公国的特使，酷爱音乐、戏剧和美术收藏，可是结婚多年的太太不久前去世了。查尔斯写信向舅舅兜售艾玛，说她是个理想情人，请求舅舅暂时替他照顾艾玛和她母亲，待他的婚姻大事定下来，再接母女俩回伦敦居住，还许诺说由他来支付旅费。汉密尔顿爵士对艾玛的美貌和社交才能早有所闻，便同意了查尔斯的提议，还为母女俩支付了一笔可观的旅行费用。当然，艾玛对背后的交易一无所知，只知道她要和母亲去那不勒斯度长假。母女俩于1786年3月离开英国，在海上颠簸了一个多月，终于在艾玛二十一岁生日那天到达了那不勒斯港口。

初来乍到的半年，艾玛和母亲住在离那不勒斯港口不远的一套公寓房里。艾玛成天给查尔斯写信，央求他来带她们母女俩回伦敦，后来多少意识到她已被查尔斯转卖了。到那年圣诞节前，艾玛对本地生活习惯了些，开始对汉密尔顿爵士密集的求爱进攻有所回应，两人假戏真做，居然双双坠入爱河。年底时，艾玛搬进了汉密尔顿爵士在那不勒斯海湾的豪华官邸，每天隔海观望对面的维苏威火山。他们又过了五年才正式结婚，那时艾玛二十六岁，汉密尔顿爵士六十岁。结婚后艾玛便以"汉密尔顿夫人"之名出入社交场合，但她在历史上所占有的一席之地，实际上与"汉密尔顿"这个姓氏的关系不大。

话说汉密尔顿爵士的那不勒斯官邸不仅是私人艺术收藏的宝库和音乐艺术的中心，也是那不勒斯首屈一指的国际社交场所。汉密尔顿雇用了几十个仆人，包括几个常年在家专为他演奏的音乐家，还不时邀请从世界各国来访的画家、音乐家来府上献艺，邀请诗人、作家来高谈阔论，歌德就是他的座上客之一。艾玛的美貌、热情与社交周旋能力为此锦上添花，而这个场所也为艾玛提供了一个新的舞台。她利用为乔治做模特时积累的经验，发明了一种叫"活人画"的表演，类似于现在流行的"人体行为艺术表演"。不过艾玛的表演不表达自己的主观情绪和动作，而是通过服装、特定环境、身体姿态和动作来再现古希腊、罗马神话中的各类女神形象，让观众根据表演来猜测她所扮演的人物是谁。艾玛自己设计服装和舞台背景，需要时还唱歌、跳舞来愉悦宾客。她所创造的这种艺术形式远传到西欧，成为当时流行的一种沙龙戏剧形式。歌德看过艾玛的表演后写道："她的表演真是独一无二，就凭借几条头巾和披肩，居然能够塑造出如此多样化的角色。"艾玛与多国外交官员和那不勒斯王室也有频繁交往，与王后卡罗琳娜的关系尤为密切，成为王后唯一信赖的闺蜜，对后来发生的那不勒斯共和革命有至关重要的影响。

艾玛的青春活力让老汉密尔顿重焕青春，两人过了一段幸福日子，可这对老夫幼妻的平静生活不久就急转直下——第三者登场了。

尼尔森船长是大英帝国的海上先锋。他于1793年率战舰"先锋号"来访过那不勒斯，敦促那不勒斯王与英国的老对手法兰西保持距离。这是他第一次见到艾玛。虽然两人一见面就有好感，但尼尔森只停留了几天就率舰队匆匆离开了。尼尔森再次率领"先锋号"访问那不勒斯已是五年以后的事了：1798年尼尔森在尼罗河上击败了法兰西、土耳其联军，为大英帝国控制埃及赢得了决定性的一战。他的名声在大英帝国如日中天，他在倾向于英国的那不勒斯百姓中也受到热烈欢迎，城里的大街小巷都贴满了"尼尔森万岁！"的彩色标语。

　　可是，尼尔森的身体状况却每况愈下，形容枯槁，牙齿脱落，失去了右臂和左眼，还昼夜咳嗽不止。汉密尔顿夫妇盛情邀请他住在他们的豪宅里养病，而艾玛和尼尔森很快就坠入爱河。艾玛除了不遗余力精心照顾尼尔森之外，还兼做他的秘书、翻译，为他协调安排社交日程。尼尔森那年九月满四十岁时，艾玛在汉密尔顿的官邸里安排了一场盛宴，邀请了一千八百多位社会名流盛装出席。或许是慑于尼尔森的盛名，汉密尔顿爵士对妻子与尼尔森船长的浪漫情事不闻不问，尼尔森也直言无忌地对住在英国的发妻赞扬艾玛的美貌、才干与贤惠。这个不平常的三角恋爱故事很快就风传伦敦，大大小小的报纸上登满了戴绿帽子的汉密尔顿爵士和残花败叶般的尼尔森勋爵如何双双拜倒在艾玛的石榴裙下，其密度不亚于现代狗仔们所臆造的戴安娜王妃的绯闻。更糟糕的是，艾玛与尼尔森的关系不只是社会上的小道传闻，很快还导致了英法之间的一场政治危机。

　　尼尔森进入不惑之年后不久，那不勒斯在法国共和革命的影响下爆发了一场由贵族知识分子领导的共和革命，王室危在旦夕。作为王后闺蜜的艾玛，秘密奔走于王后与尼尔森船长之间，说服尼尔森用"先锋号"把王室成员撤离到西西里岛的首府。英国王室对尼尔森介入那不勒斯政治大为不满，命令他离开西西里。但与艾玛正在热恋中的尼尔森居然拒绝从命，继续待在西西里岛，直到次年五月帮助那不勒斯王家恢复了对那不勒斯的控制之后，才打道回国。无独有偶，汉密尔顿爵士一直等待的退休申请，这时也批复下来了（实情为王室对汉密尔顿在那不勒斯的作为也大为不满，任命了一位年轻外交家替代了他）。艾玛一手挽着年迈的丈夫，另一手挽着虚弱的情人，登上"先锋号"回国。这时艾玛已有身孕，尼尔森选了一条耗时最长的归途，路经维也纳时，还特意上岸待了几天，享受了几场亨德尔（George Handel）的音乐会。他们在海上漫游了好几个月后，才迁回到达英国。

尼尔森虽然受到市民的热烈欢迎，暗地里却思忖着见到家人的尴尬和在保守的伦敦上层社会中的困境。次年一月，艾玛生下了她和尼尔森的女儿荷娜霞，但孩子因非合法婚姻而生，不能在法律上用尼尔森的姓，行洗礼时只好说是养女。不久，尼尔森被提升为英国海军副元帅，随即便去了海外。离开英国前，尼尔森的发妻逼他最后摊牌，问要她还是要艾玛，尼尔森毫不犹疑地回答"要艾玛"，并请律师办理正式离婚手续，但最终却不了了之。尼尔森的官越做越大，频繁随战舰出海。艾玛带着荷娜霞住在她和尼尔森借钱买的一栋豪宅里，不胜寂寞，度日如年。这时的艾玛已经有些年老色衰，而且发福了不少，但还是吸引了不少求婚者，包括那位后来因"不爱江山爱美人"而退位的爱德华八世，但艾玛对尼尔森的爱和忠诚从来坚定不移，连尼尔森的家人对此都双手点赞。

话说汉密尔顿爵士回到英国后，财政和健康状况都江河日下，1803年4月的一天，他在艾玛怀中去世。颇具讽刺意味的是，根据汉密尔顿爵士的遗嘱，艾玛被要求马上搬出自己法定丈夫的家，而执行遗嘱的正是爵士的外甥查尔斯，多年前他把艾玛转送给了汉密尔顿爵士。

1805年10月21日，尼尔森指挥英国舰队在西班牙西南海岸的特拉法尔加（Trafalgar）海湾迎战企图进军英吉利海峡的法国和西班牙联合舰队，尼尔森率指挥舰带头冲破对方舰队阵营，以少胜多，为大英帝国又立下一个汗马功劳。但他却不幸被法国火枪手击中，战役结束时死在船上。消息传到伦敦，艾玛伤心至极，几周卧床不起。她听说尼尔森临终时还叫着她，多少感到几分慰藉。但颇具讽刺性的现实再一次击垮了她：尼尔森把大部分存款和财产都留给了他的继子（尼尔森的发妻与其前夫所生的儿子）威廉姆，而艾玛和荷娜霞只得到两千英镑（一次付清）和她当时居住的豪宅，外加每年五百英镑生活费，由威廉姆逐年分付。由于那所豪宅未付清借款，这实际上把艾玛推到了负债的地步，要是不能按时还房贷，便无处安身。

在这次海战前，尼尔森在海上给英国海军和王室写了一封信，恳请他们看在自己多年效忠大英帝国的面子上，给艾玛一个体面的社会地位，也让荷娜霞继承他的姓氏，还特别恳请允许艾玛在他的葬礼上为他演唱送行。但他的请求一项也没有实现，大英帝国的确为其屡战屡胜的海上先锋尼尔森开了一个耗资巨大的追悼会，但艾玛没有受到邀请，更不用说演唱了。随后的日子里，艾玛的债台越筑越高，昔日常来捧场的朋友越来越少，只好卖掉豪宅，靠几个挚友施舍度日。这就把我们带回到电影开始时的那一幕了。十年后，艾玛死于法国北部港口小城加莱，年仅四十九岁。三十五年后，英国在伦敦的特拉法尔加广场为尼尔森竖立了一个高达一百七十英尺（约五十二米）的荣誉柱，站在顶端的尼尔森得以骄傲地俯视前来瞻仰他的人群，但他能看见他永恒的情人艾玛吗？

艾玛的故事不只是一段浪漫情事，更是一个社会性的故事，展现了在一个由贵族特权和权势者主宰的社会中，出身下层的女性不管多么有貌有才，甚至有德行，也没有在社会上成功的可能。也可以说，这个故事是关于命运的不可捉摸性：艾玛短暂一生中的大起大落，由贫致富，又由盛到衰，就像古庞贝的享乐盛世和突然消逝那样不可避免。维苏威山从始到终都作为背景存在，时近时远，或模糊，或清晰，暗示着她一生若即若离，但永远不能把握的运气。据说，《汉密尔顿的女人》是英国前首相丘吉尔最喜欢的影片之一，但我们不难想象丘吉尔所认同的并非小女子艾玛，而是大男人尼尔森。因为他自视像尼尔森船长一样，也是拯救大英帝国于危难之中的民族英雄。

《火山情人》与后现代意义书写

二十世纪初有不少以汉密尔顿夫人的传奇一生为主题的创作，但大都是按俗文学最热衷的英雄美人的浪漫传奇或者三角恋爱来创作的，赚人眼泪，可人物平板，缺乏寓意。直到评论家苏珊·桑塔格（Susan Sontag）出版了小说《火山情人》（*The Volcano Lover*），这个通俗故事才得到深入挖掘和全新的阐释。

桑塔格是二十世纪后期美国最敏锐、最深刻的文化批评家之一，擅长写短小的文化批评论著，一般只有百来页，但论述覆盖面广泛，观点振聋发聩，如《关于他人的痛苦》《论摄影》《作为隐喻的疾病》等。她也写过剧本，还有四部小说，其中《在美国》获 2000 年美国"国家图书奖"最佳小说奖。出版于 1992 年的《火山情人》被认为是她最富于思辨、在形式上有最大创新的小说，2009 年被"企鹅丛书"列为"现代经典"再版。"现代经典"的选择标准是"具有当代性，激发人思考，令人振聋发聩，有预见性和独创性，幽默，令人不安，与众不同，感人，具有革命性和颠覆性，赋予读者灵感，从而让其改变终生"——《火山情人》可以说是项项达标。

桑塔格写过一篇题为《反诠释》的论文，认为一篇文学作品的精髓并不在于内容，而在于形式风格。这个观点常被人简化为"创作的目的不在于写的是什么，而在于怎样去写"，所以此文颇受争议，被认为过于极端。其实，桑塔格的本意在于提倡用有独创性的叙事方式去激活那些被重复讲述多次、已僵化了的故事之灵魂，让其在互文的语境中与相关事物和主题碰撞，建立新的联系，产生新的意义。《火山情人》是这方面的一个成功案例，让这个三角恋爱的故事从大众文化进入了精英文化的必读书单。

在讲艾玛、尼尔森与汉密尔顿爵士之间的故事时，作者突破了用传统的全知视角叙事一贯到底，而是频繁地交替使用多人称来讲故事。有阅读经验的读者都知道，全知视角用一个叙事声音来讲话，平铺直叙，易追随，但这种叙事模式很强势、霸道，不容读者质疑。虽然桑塔格在《火山情人》的大部分篇幅中仍用第三人称的长句子来交代历史背景、场景、事件，发议论，但常常巧妙地穿插了第一人称"我"或"我们"来询问，或者质疑全知叙述。书中还有些章节，从头到尾均由第一人称讲述，向读者直述第一人称人物的心理感受，如最后四章分别为骑士前妻的自叙、艾玛母亲的自叙、艾玛撒手人寰前的内心独白和一位主张共和的知识分子被处决前的倾诉。不少地方还穿插有故事中人物的直接对话，像在舞台上或电影中那样。这些对话改变了故事叙述的节奏，同时也展示出与全知叙事中语调、风格和内容的不协调甚至矛盾之处。

　　桑塔格所采取的包容性叙述中的每种声音，还有各种声音中的语调、方言土语、历史词汇给主题的扩展创造了机会，让这个英雄、美人、富翁之间三角恋爱的情节剧与历史、政治、伦理道德相冲撞，激发出大大小小的回响。作者还把故事中的人物性格类型化、象征化，把这个公众熟知的情节剧变成为近代西方历史上的主要人文思潮，如启蒙主义、浪漫主义、殖民主义、现代主义以及女性主义等不同意识形态对话提供的舞台。有评论家说桑塔格太急于给书中的每一个字都灌满象征意义，这算是公平之论。也有评论家认为桑塔格成功地创造出一部既充满激进想法，又继承了历史传奇的杰作。该书书名中"火山"与"情人"应理解为是并列的。如果"情人"给读者提供故事情节，"火山"则邀请读者畅想火山的多层意义：有时用来指涉一个地点（维苏威火山）、一个风景坐标（意大利南海岸）、一个事件（火山爆发）、一个具体的历史时间（公元 79 年）；有时用来唤起某种情绪，暗示一个意象；有时作为欲望、性爱，尤其是暴力的社会革命的隐喻和象征。下面我们来看一下书中主要人物及其所代表的意义。

　　骑士：从情节上来看，"火山情人"首先指对研究维苏威火山有着情人般热情的汉密尔顿爵士。汉密尔顿爵士在书中被称为"骑士"是因为他对妇女有着骑士风度。尽管骑士是中世纪的产物，但桑塔格不拘一格，赋予这个名词以启蒙主义的主流意识观念，如追求知识、博学多闻、擅长分析、行为有逻辑、处事冷静等。汉密尔顿爵士被认为具有"黄金时代的品性"，上知天文，下知地理，深谙文学艺术，会说好几种语言，言谈举止堪称典范，而其兴趣之广泛从其丰富的收藏中最能看出：各流派绘画，各类风格的花瓶，各种玻璃和矿石。他特别迷恋火山，为了就地观测火山，他登上过维苏威火山二十多次，其中好几次冒着火山即将喷发的危险。

　　桑塔格在写骑士这个角色时，最璀璨的思想火花在于她对骑士的收藏心理的探讨。为什么很多像汉密尔顿爵士那样的收藏狂，劳神伤财地去把别人用过的东西变成自己的东西？其目的是将那些有价值的器物从被遗忘中拯救出来呢，还是避免这些宝物被锁紧在他人的收藏柜中，自己无缘占有？骑士和大文豪歌德之类的人对火山的偏爱又是为了什么呢？是因为火山爆发影射了这类"情人"情绪上的激愤，对火山已造成或将造成的巨大毁灭的复杂情感，还是他们无力应对现实的炙热焦虑？

　　摆满爵士豪宅大大小小的收藏柜的都是些无生命的器物，而爵士也喜欢收藏有生命的宝贝。他长期雇用了几位音乐家，关在深宫，只为他和他的客人演奏，而最珍贵的收藏物当然是比他小二十六岁的美貌娇妻艾玛。艾玛的美一般被视为"天生丽质"。"天生"含有"原生""质朴"和"未经雕凿"之意，不完全符合汉密尔顿爵士心中大家闺秀之美的规范。于是，爵士不厌其烦地对她进行启蒙教育，教她学意大利语，辨析岩石，练习弹钢琴，修习古希腊神话来完善她创造的"活人表演"，还指导她演习大家闺秀的言谈举止。艾玛本人便是汉密尔顿爵士精心雕刻的私人收藏，反映了汉密尔顿们通过启蒙、教育和文艺来重新塑造世界和人，尤其是女人的欲望。

　　诗人：德国浪漫主义诗人歌德因《少年维特之烦恼》扬名欧洲。歌德于 1787 年 2 月至当年 6 月 6 日访问了那不勒斯，其间几次登门访问汉密尔顿爵士，但他从未作为一个角色在《火山情人》之前的任何故事和电影中出现过。桑塔格在她的小说中让歌德作为一个崇拜青春、激情和超验性的浪漫主义诗人出现，与骑士形成反衬。桑塔格用来塑造"诗人"的材料并非臆造，而是与歌德著名的《那不勒斯日记》有互文关系。歌德在 3 月 22 日的日记中记载："汉密尔顿爵士有国际性品位，尝试过各式各样的创作；余下的他可以在其美貌夫人的身上找到，因为她可以被视为大自然这位伟大艺术家的杰作。"

　　5 月的一天，歌德重访汉密尔顿夫妇，在当天日记中记载主人对他友好如初，爵士还特别邀请他参观了其密室中的收藏品。"我偶尔看到两个青铜烛台，万万没想到它们居然是从庞贝废墟中发掘出来的！爵士请求我不要对外张扬。"汉密尔顿爵士的收藏数目巨大，横七竖八地堆放在一起，这让歌德认为汉密尔顿只是为了占有而收藏，对美并没有真情实感。歌德进一步认为艾玛也只是汉密尔顿爵士的收藏品。他用典雅的文字不无尖刻地继续吐槽他的主人："这位（汉密尔顿）爱艺术和女人的人对自己制造出的活雕塑（艾玛）显然尚不满足，进一步想法让她变成一位鲜活的女神，把她装进那些镶着金边的木头框架里摆弄姿势，像是从庞贝出土的那些画中美人那般风情万千。"歌德接着又写道："可是，我的女主人缺乏心智。造物主赋予了她曼妙的形体，但可惜没有赋予她有灵性的声音和表述能力。的确，世上的美人不多见，感性和善言辞的则更少，而找到集两者于一体的更是难上加难。"

　　歌德有如此居高临下的优越感，是因为他对鉴赏古董或模仿古画没有兴趣。作为浪漫主义大诗人，他热衷的是捕捉人对自然的感受和自发的情感。在晚会上，当汉密尔顿爵士目不转睛地看着他的妻子在精心设计的高光下，在镶满金边的空画框里外进进出出、忸怩作态时，歌德却把目光转向了窗外："呈现在我面前的是由维苏威火山及其周遭山脉构成的宏大背景，在转眼即逝的余晖中显得如此辉煌壮丽。"骑士多次攀登维苏威火山都是为了科学考察和收集罕见的火山岩石，而歌德在访问那不勒斯的短短几个月内也四次登上火山口，但他是为了感受瞬息万变的天气和自然景色。

英雄：在史籍和众多的通俗文本里，战绩赫赫的尼尔森船长是当之无愧的英雄，因为他是为大英帝国争得了海上霸权的先锋。桑塔格却努力超越史籍上的战绩记载和大众文化中塑造的霸王别姬式的悲壮故事来探索英雄的心理。尼尔森战绩赫赫，长得并不像好莱坞流行电影中的英雄那样高大英俊、性感潇洒，而是又矮又瘦，比骑士矮一大截不说，甚至比他的小情人艾玛还矮。按照当代中国女性的择偶标准，压根儿就没有追求倾城美人的资格。

可能正是由于体格上逊人一等，尼尔森从小就毅力过人，克己自律，专注于目的，三十岁出头就成了大英帝国海上领军人物。身体和能力上的这种巨大差别，让英雄格外重视他人为他喝彩点赞，服从他，崇拜他，希望被写进历史教科书，永远被人记住。"他眼中早就想象过自己如何被画在历史的画卷上，列入博物馆里的半身肖像画廊里，雕刻成大理石塑像放在步行道旁，甚至被置放在公共广场中央的高柱之上供后人瞻仰。"骑士和骑士夫人让英雄时常都能看到、听到、感受到或者感触到他最需要的热情、敬仰和崇拜，而火山的喷射最能象征崇拜者和被崇拜者的情感高潮，甚至性高潮。

骑士夫人："英雄"和骑士对骑士夫人艾玛的爱固然是由于她的惊人美貌，但桑塔格拒绝停留在这个层面上，她特地在小说结尾加入了一章艾玛的内心独白，专门探讨艾玛对自己的剖析，还有对丈夫骑士和情人英雄的不同类型的情感投入。艾玛颇有自知之明，她认为自己除了下巴小了点儿之外，还真算得上是个美人。但是世间美人很多，真正让她出类拔萃的是自己的才智、好奇心、敏捷的反应。尽管男人大多不喜欢聪明女人，但他们喜欢那些对自己热衷的事既感兴趣又有才智的漂亮女人。

除此之外，她还认为自己善解人意，知道什么时候沉默，用心去体会对方的倾诉，该称赞别人的时候就"厚颜无耻"地去称赞，因此能获得对方的回报。她赢得那不勒斯女王的信任，因为她是女王在深宫中唯一可以倾诉秘密的闺蜜；她获得骑士丈夫的心，不只在于她的美貌抵得上他这位大收藏家收藏的全部绘画、花瓶和其他古董，更因为她的求知欲和聪慧好学让她短时间内在音乐、歌唱、舞台表演、使用意大利语言和社交能力等方面的进步给了在那不勒斯社交界坐头把交椅的骑士大面子。她不但激起了骑士对生活久违的激情，也最大程度地成全了他那时作为外交使节的使命。

诚然，艾玛的善解人意也是她深得英雄爱慕的重要原因。艾玛和英雄初见时以礼相待，她对英雄因矮小瘦弱而自觉逊人一筹的情结早有所感，所以避免在公众场合显得比英雄个子高，甚至还对自己的身高表示歉意。五年后英雄重归那不勒斯，变成独眼独臂，形容枯槁。骑士夫妇将其迎入府内，艾玛不但像母亲一般对他精心照顾，让其恢复健康，还为他办了一场热闹非凡的庆祝会，让英雄的成就感达到顶峰。英雄在给发妻的信中毫不掩饰地提到艾玛的美德，公开称艾玛为圣女。其讽刺意义的是，正是在施行宗教般德行的过程中，圣女变成了英雄的情人，这是英国圣公会和上流社会绝对不能容忍的。尼尔森为大英帝国战死沙场，他得到了自己热望的名声和历史地位，而让他起死回生、功成名就的艾玛却永远被捆绑在历史的耻辱柱上。

"三位一体"："羞耻，羞耻，羞耻，三重羞耻。三位变成了一体！"艾玛与汉密尔顿爵士和尼尔森勋爵之间的三角恋爱是关于三人的通俗故事的核心。不论汉密尔顿爵士在历史上的功过如何，他在大众眼中是"有史以来最大的一只王八"；而艾玛的故事，也不过是古今红颜薄命的又一个文本而已。桑塔格则对骑士、骑士夫人和英雄做了很有新意的解释。她认为这个三位一体的形成非常自然。艾玛与骑士丈夫向来对英雄毕恭毕敬，这一方面是因为英雄代表骑士的主子大英帝国的意旨，同时也由于他在那不勒斯王国的威望，这是身为英国驻那不勒斯公国特使的汉密尔顿爵士必须得到的政治同盟。年长无子的骑士把英雄当成儿子一般，骑士夫人也对他爱慕不已，而长期在海上远航的英雄则多了两个亲密的朋友和一个温暖的家。虽然骑士夫人与英雄后来发展成了情人，但两人都深谙三位一体的游戏规则，避免相互冒犯、羞辱和伤害老骑士。他们都明白他们"结合成一体是为了创造一个伟大的历史剧，即拯救英国，并把欧洲从拿破仑的统治下和共和革命中解放出来"。从本质上看，这是一个政治的三位一体。

皇后与共和革命：在关于艾玛、汉密尔顿爵士和尼尔森船长的故事中，作者们一般都避而不谈那不勒斯王室，对王室成员离开那不勒斯去西西里岛避难的原因和过程也都语焉不详，比如说，"那时那不勒斯发生了一场奇怪的革命，由贵族和上层知识精英发起的反对王室的革命。"本章也不打算对此作长篇大论，只稍为细致地介绍一下关于此次出逃的历史背景。十八世纪末，欧洲各国的社会冲突以平民挑战王室为核心，导致了1789年开始的法国第一次共和革命，以将国王路易十六和王后安托瓦内特送上断头台为终结。安托瓦内特正是那不勒斯王后卡罗琳娜的妹妹。

再说，那时的那不勒斯面对欧洲大陆的共和革命浪潮，王室内和知识界主张改良的呼声颇高。开始时，国王费迪南德六世，以及一向对政事有兴趣的王后卡罗琳娜也倾向于改革。后来看到暴力的法国共和革命派将法国王室一家赶出凡尔赛宫，国王和王后双双上了断头台，卡罗琳娜态度有了一百八十度大转弯，竭力阻止，反对改革。这引起王室内部受法国共和派支持的反对派的不满，卡罗琳娜本人也受到法国共和派的直接威胁。王后对她周围的贵族失去了信任，唯一信任的是一个外国人——汉密尔顿夫人艾玛。自认也有几分英雄气概的艾玛认识到这是实现其历史使命的好机会，毅然担当起王后的顾问和翻译，在王后和尼尔森船长之间穿针引线，参与密谋策划，让国王费迪南德六世和王后卡罗琳娜于1799年年底乘尼尔森船长的"先锋号"成功地出逃到西西里首府巴勒莫（Palermo）。作为王室的同盟，艾玛和汉密尔顿爵士也一同前往避难。

那不勒斯的老百姓与王室的感情不错，是铁杆儿保皇派。虽说王室的逃离带给他们了一阵混乱，他们却仍然拥护国王，并公开宣布与本地拥护共和革命的贵族和精英知识分子势不两立。后来，五千多名法国士兵乘军舰开进了那不勒斯湾，给少数拥护共和革命的精英们撑腰，还拼凑出了一个"维苏威共和国"。但在短短的几个月内，法国海军便感到自顾不暇，只好把驻扎在那不勒斯的部队撤了回去，短命的"维苏威共和国"也就成了历史。谁能回去收复那不勒斯呢？王后想到了她的闺蜜骑士夫人和英雄，便请求他们以王室的名义先行返回那不勒斯，惩罚叛乱者，恢复社会秩序。骑士夫人第一次感到被委派了历史重任的荣耀，非常高兴地协助英雄去为王室收复失地。正如桑塔格所说："骑士夫人爱英雄，爱的是他头上的英雄光环，而她自己终于也成了一名英雄。"桑塔格由此把一个为社会所不齿的风尘女子变成了一位女英雄。

桑塔格不仅是有名的女权主义者，也是一个激进思想家。为了让读者理解共和革命，她在《火山情人》的最后一章里不但为艾玛设计了一章自我解释，还特地为一个次日早晨即将被处决的女共和党人设计了一篇内心独白。这位女囚犯出身贵族，自幼聪颖过人，少年时便可用意大利语和拉丁语写诗作文。她曾受邀参加过汉密尔顿爵士的社交晚会，对艾玛肤浅、忸怩作态的表演不以为然。她反对大英帝国对那不勒斯的控制，还认为生活在那不勒斯的君主制下"糟糕透了"："朝廷之堕落，百姓之痛苦，装腔作势之态，只有贵族才能享受的豪华"。她质问："那个尊贵的汉密尔顿爵士到底是谁？不过是个上层社会的半吊子专家，占尽了我们这个贫穷、腐败却很有意思的国家的便宜。他靠剽窃我们的艺术谋生，却称自己是什么鉴赏家。他曾有过自己的独到见解吗？他写过一首诗，或发明过任何有益于人类的东西吗？他装模作样地来观测维苏威火山，而他的同胞们还以为他真勇敢无畏呢。"

　　这位女囚犯是共和革命的积极参加者，为维苏威共和国创立了一份报纸，并在上面发表了很多宣扬共和革命的文章，因此在尼尔森船长"恢复社会秩序"时被判处了绞刑。有意思的是，桑塔格笔下的这位政治女囚犯临死前甚至没忘记为汉密尔顿夫人艾玛也下个定论："要是艾玛·汉密尔顿不是英国人的话，我可以想象她是个共和派女英雄，也会像我一样英勇地死在绞刑架下。"桑塔格显然在尽力从书中其他人物的角度，来充分发掘艾玛这个人物性格中的多重性，指出她作为一个出身底层而被权势男人所同化的女性在对待爱情与社会正义时的盲点，从而把她从美貌却无知的风尘女子、男权社会中的悲剧人物或权势者的同伙的简单定论中解放了出来。

凝固死亡

　　前面说过，在公元 79 年火山爆发时，从火山口朝高空喷射出密集的浮石呈蘑菇云状笼罩庞贝，然后铺天盖地压下来，十五分钟就把整个庞贝城严严实实地埋在了地下，而未能及时逃出城的人瞬间就被火山灰凝固在永恒的时间长河中。1860 年费奥雷利领导的团队开始发掘时，用管子朝地下灌入石膏浆来获取人体、动物和其他物品的石膏模壳，成功获取的人体石膏模壳一共有八十多具，大多数是在室外发现的。这些人体石膏模壳展示的遇难者姿态各异，但很多人手臂、手掌向内，整个身体呈收缩状，表现出遇难者倒地后被浮石和火山灰埋葬时的痛苦痉挛和挣扎，是与这场灾难共时的实录。

从二十世纪二十到六十年代，马如日继任庞贝出土工程总指挥。为了筹集资金，吸引更多的参观者和投资者，他和同代的考古学者开始对一些浇筑成型的人体石膏模壳做一些"艺术"加工，让遇难者和动物被浮石和火山灰凝固前的那一瞬间的体态，甚至面部表情更加惟妙惟肖。一个让考古学家们困扰的问题是："这两千多殉难者都是些什么人？""他们为什么没能像其他市民那样及时逃出城？"早期流行的答案是：这些人是老弱病残，无法及时离城。为了拉近与观众的距离，马如日还为一些石膏人体杜撰出生动的故事，介绍他们的职业、家人，甚至试着解释他们临死前想做什么。广为人知的一个例子是，他的团队在距离安全地带仅几十米之遥处发现了十二具尸体，这是考古学家们在同一地点出土的最大的一个群体。马如日意识到这是吸引世界注意的绝好机会，便尽量发挥想象力，把这个群组分成四个家庭，来猜想他们的职业甚至性格，认为其中两家是"农民"，一家是"商人"，还有一家属于"仆人"。商人中的一个用一只手臂支撑着身体，另一只手臂前伸，马如日阐释说这位逃亡者是家长，临死前还试图帮助其他家庭成员。1961 年 11 月的《国家地理》杂志上，马如日以《庞贝人的最后瞬间》为题发表的"研究"成果，在世界上引起了一阵轰动，大大提高了庞贝废墟的世界知名度，尽管其中不少为猜测和杜撰。

进入二十一世纪后，考古学家和有关学者对庞贝的兴趣有增无减，认为马如日等前辈研究者试图通过石膏人体等出土实物来了解古庞贝的经济结构和社会关系的确至关重要，但必须用科学证据来得出结论，而不只是通过想象。幸运的是，由于科学技术的进步，更多的仪器和手段，如 X 光照射、镭射扫描和用三维定位的方法还原人体等均被用于重新检测、研究前辈学者所做的定论。意大利的庞贝学者们利用庞贝国家公园完成了一系列重要文物的出土，并对马如日做了定论的逃亡群组进行了新的研究。

　　拿逃亡群组来说，专家们通过镭射扫描发现"商人"家庭中用手臂支撑身体的那位的确比其他两位年长，但他的膝关节和肩关节都因患关节炎严重变形。他可能是最先倒地的一位，试图用手臂支撑着往前爬，而不是英雄似的去救护家人。被马如日认定是"仆人"中的一位穿着一双做工相当讲究的凉鞋，当时的仆人根本买不起；而他身边的另一位却跑掉了一只鞋，脚上剩下的一只极为简朴。据此分析，研究者认为这是主仆两人。研究者们找不到任何证据证明其他逃命者是农人，只通过镭射扫描牙齿和骨架，测出其中两个孩子一个是十二三岁的少年，另一个是个女婴。学者们认为这个逃亡群体包括了不同年龄段的人，最大的四十来岁。除了一个有关节炎以外，其他似乎都还健康，因此，以前认为遇难者都是老弱病残的论点站不住脚，他们未能早些逃离，各有其因。

　　几年前发掘出的最重要的文物是一辆四轮马车。车身四周精雕细刻的都是男女的云雨情事，宝蓝翠绿，煞是令人瞩目。有人猜想这是一辆用于婚嫁仪式或娱乐的花车，深藏在一个大户人家的地下室里。有意思的是，考古学家在这辆马车车库的旁边，发掘出一间小屋，内有三具尸体遗骸，两具是成人，一具是儿童。小屋除了住人，还储存着酒罐和其他物品。从其居住环境，考古学家们认为这是一个驾马车的仆人（很可能是主人的家奴）和他的妻儿，因为奴隶只能住在主人家中。他看来年轻力壮，但为什么没有携家人及时逃离呢？他需要得到主人的同意或随同主人才能离开吗？其他遇难者也有类似原因而无法早些离开的吗？

　　发现死者中有少年甚至婴儿也是学者们的一大收获。在这以前，人们都认为庞贝是富裕的成年人挥霍享受、寻欢作乐的海滨度假城，没人想到城里还有少年儿童。考古学家和人文学者们根据这个新的线索，再回到发掘出的街头和店铺门面去仔细查找，结果在发掘出的一些绘画的下方找到不少线条简单的涂鸦，多是小狗小鸟儿一类，显然是逗留在街头的孩子所作。学者们也在一些出土的大宅中找到各种小动物形状的玩具，明显为大户人家小孩所有。

塑造永恒

石膏浇筑的人体模壳是对火山爆发的共时性记载，实录了一个个鲜活的个体在毫无预知、毫无逃生选择的情况下霎时毁灭的悲剧。不管马如日和其他考古学家、社会学家如何利用诠释的权利给死者涂上类似"帮助他人""与死亡搏斗"的高尚色彩，石膏模壳所复制出的只是受难瞬间的挣扎，算不上艺术品。虽然石膏模壳也能产生移情作用，让有的观者感到同情，有的在同情之余暗暗庆幸"倒霉的不是我"，有的甚至借机满足偷窥他人垂死挣扎的反常欲望。杰出的造型艺术不只是复制历史灾难，而是通过艺术选择，创造出一个包蕴人类生死哲理的象征性瞬间。古希腊的拉奥孔群雕是这方面最杰出的作品。不少中国读者早就借助朱光潜先生的出色翻译，对德国启蒙运动评论家莱辛在其文艺理论《拉奥孔》中对造型艺术与诗（包括悲剧）的关系有所了解。

拉奥孔是特洛伊战争时的一位祭司，因警告特洛伊人不要把特洛伊木马拖进城内而受到海神惩罚。海神派出几条大蟒蛇来攻击拉奥孔和他的两个儿子。拉奥孔群雕呈现了拉奥孔和两个儿子被蟒蛇吞灭前的一个悲剧瞬间：三人尽力抗争，身体已达失控的瞬间，但拉奥孔的面部表情却肃穆平静而非恐怖喊叫。莱辛认为拉奥孔以高度的悲剧性激发人的想象力，同时在造型语言上又是"匀称与变化，静止与动态，对比与层次的典范"。他进一步用"拉奥孔为何不仰天长号"作为一个修饰性疑问，界定"诗"与"画"的界限，认为表现物体之美是造型艺术的最高法律，而这种美产生于物体各部分细节所产生的和谐效果。因此，拉奥孔在雕塑上不能张大了嘴、扭曲着脸，因为那违背美的原则。与造型艺术相比，"诗"是对生活的模仿，喜怒哀愁均可入诗，所以维吉尔史诗中的拉奥孔可以大喊大叫。

　　每次走在古庞贝的废墟间，我都情绪低沉，但心跳却比平时快，感到无法平息的内心震撼，而且周围愈静，震撼就愈频繁。这种震撼一部分出于移情哀吊，毕竟庞贝是人类群体的大墓园；也出于对在劫难逃的恐惧。庆幸的是，我在 2016 年 5 月看到了雕塑家伊戈尔·米托拉吉（Igor Mitoraj）的雕塑（展览时间 2016 年 5 月到 2017 年 1 月）。如同拉奥孔群雕象征了特洛伊战争的悲剧，米托拉吉的这三十多座超大型青铜雕塑对庞贝所代表的人类悲剧做出了阐释。艺术固然不能帮助我们逃脱灾难，但能帮助我们理解人类的命运，战胜对死亡的恐惧。

　　残破是米托拉吉的个人经历。米托拉吉生于德国，但父亲是法国人，母亲是波兰人，他一家人在二战中流离失所：法国籍父亲在战争中被俘，被囚禁多年；而波兰籍母亲则被遣送出波兰，强迫劳改。米托拉吉虽不是犹太人，但人类之间的屠杀、伤残的身体、无缘无故的死亡都是他的亲身经历。社会和家庭的经历让米托拉吉从现代社会中找到的，不是古希腊艺术的完整与平静，而是与其形成反差和对比的伤残和痛苦。

　　残破形象也是米托拉吉这一代艺术家共同的学术经历。虽然通过文艺复兴的再创而流传下来的完整古代雕像数量不少，但我们所见的古希腊原创雕塑却大多是从考古发掘中找到的残片。凡参观过雅典的希腊国家考古博物馆的读者，对此肯定都深有感触。拉奥孔群像被发掘出来时，祭司拉奥孔也没有手臂，后来找到了手臂，但不知应该怎样接到肢体上。有人说手臂向上，有人说扭曲在颈后，因为米开朗基罗同意后一说法，所以就接在颈后了。雅典国家出土文物博物馆展出的雕塑大部分为残片，而在被称为古希腊文明发源地的蒂洛斯（Delos）岛上的博物馆有最原始、未经挑选过的出土物件，全是残片。

残损的英雄——米托拉吉巨型青铜雕塑

　　米托拉吉战后从波兰的艺术学院毕业，然后在法国和意大利创建工作室，逐渐在欧洲有了名声。他深谙拉奥孔群雕中所表现的古典主义理念，也擅长古典雕刻技巧，但他最热衷的是按古典方法来创造残损的、碎片化的躯体，希望以此来平衡人类身体的脆弱和生命的短暂，却有着求生的犟劲儿。米托拉吉早期最有名的作品之一是三个裹着止血纱布头颅，分别面对、侧对、倒地背对观者。即使裹着层层纱布，这几张面孔仍具备轮廓分明的古典造型。纱布纹路也是按古典手法精雕细刻出来的，指代的却是战争所带给现代人的创伤。

米托拉吉后来的创作多按此思路进行，即用精雕细凿的、古典式的平静、精致和收敛来呈现残缺、破损和切片式的人体。这种对照象征着两极性：战争和超自然力（火山、地震、瘟疫）带给人类躯体的各种伤痕和残缺与用树枝支撑着的人体，毁灭与再生，人类的脆弱性与求生的坚韧性，完美与残缺等。按米托拉吉自己的话来说，他的作品是两极分化的例子：将令人入迷的部分完整性嫁接到已被损害了的不完整（的身体）之上。同时，米托拉吉还想让世人知道他所使用古典主义的方法不是为了怀旧，而是想证明古典主义是与现代息息相通的一种世界性认知方法。可以说，米托拉吉的作品架起了在被损伤的、让人痛心疾首的现世与完美的古典理想之间的一座桥梁。

我看到的雕塑中有神祇也有英雄，但都受了伤，有缺损：有的缺头盖，有的缺左半身，有的缺双臂，还有的甚至被腰斩，头颅落在脚下。最引人注目的是断腿狄达洛（Dedalo）依傍着一截树枝而立，英雄式遥望着对面的维苏威火山。我去参观的那个下午，对面的火山口上空浓云密布，难免让我想起了公元79年火山爆发时喷射出的遮天黑烟。米托拉吉塑造这些雕塑时想必也纠缠于烈火和浓烟，这让他巧妙地运用了窑炉里高温熔化青铜的效果，让这些在废墟间或躺或卧的雕塑表面也布满裂纹，使观者自然而然地联想到火山熔岩把庞贝城变成一片布满裂纹的黑色焦土。

把这些巨型青铜雕塑竖立在庞贝废墟上，是米托拉吉生前的最大愿望。遗憾的是，这个雕塑群工程量巨大，而且庞贝是联合国教科文组织最早认定的世界文化遗产之一，极难被允许在那里安置外来雕塑，米托拉吉生前终未能如愿以偿。（让米托拉吉略感安慰的是，他多次到庞贝废墟考察，在逝世前已亲自确定了安置各个塑像的具体地点。）明知此事难成，米托拉吉为何非选择庞贝不可呢？

原因之一在于现今挖掘出的庞贝古城，在地理上是最接近原初古希腊建筑和雕塑的地方，因而是米托拉吉按古典主义原则所创造的群雕最理想的场所。但更为重要的，是因为庞贝是历史上最大自然灾害之一的见证。犹太诗人李维（Primo Levi）在其著名诗篇《庞贝女孩》中把公元 79 年的维苏威火山爆发视为现代人类群体所遭受的灾难之滥觞，后来的世界性灾难还包括十四世纪欧洲的黑死病、1755 年里斯本大地震、第二次世界大战、纳粹大屠杀、广岛原子弹爆炸和"9·11"事件。要是李维还活着，他肯定会把全世界刚经历过的新冠病毒感染疫情也加入其中。写到此处，我终于明白了自己为什么在疫情之后听到庞贝的呼唤——这是一个迫使人思考生与死、人类与自然力关系的地方。

芸芸众生，"生有时，死有日"，作为个体的"小我"始于生，终于死，走完个人的一条完整生命链，而人类总体的生命还会以各种方式延续下去。历史上最恐怖的灾难是成千上万的人突然集体被吞噬——无论青春年少还是耄耋之年，善行终生还是恶贯满盈，身强力壮还是病入膏肓——瞬间化为灰烬，无迹可寻。在这个意义上，庞贝的毁灭是世界公众想象中的最纯粹的悲剧的象征，是一个可以供世界倾诉、宣泄或讨论大规模灾难给人类带来的创痛的话语场所。正如看古希腊悲剧能让观众通过集体宣泄来涤荡内心恐惧、培养对生命的崇敬和对未来的憧憬，还有什么比在历经死亡之磨难、但生命犹存的废墟上展示古希腊的神祇和勇士们更恰到好处的呢？还有什么比躯体残缺，却依然无惧面对那座随时可能再次喷发的火山更能证明人是"万物之灵"的呢？庞贝废墟上这些残缺的、却仍然昭示着古典之美的躯体，是人类精神的崇高纪念碑。

残损的英雄——米托拉吉巨型青铜雕塑

第二章

湖地：诗人的心灵风景

华兹华斯的湖地

每当我静静地躺在树林里，

上千种混合的音调便进入我的耳中；

这美景引发的快乐之感，

竟又把愁绪带进了我的心扉。

大自然，经由我的感官，

将人的灵魂和她创造的美景结合起来。

——威廉·华兹华斯[①]《春日遣句》

英国浪漫诗人与湖地

英国浪漫主义的诗歌早就有中译本，拜伦、雪莱等人的诗歌甚至在"文革"中花力气也能找到，尽管有不少是手抄本。杨周翰等人主编的《欧洲文学史》是那时学外国文学的权威著作，把浪漫主义一刀切开，分为"积极"和"消极"两派。谓之"积极浪漫主义"，是因为此派诗人参与或支持欧洲革命。我的同时代人大都能背诵几行雪莱的《西风颂》，比如"如果冬天来了，春天还会远吗？"——既是时尚政治寓言，又有励志功效。"消极浪漫主义"则被定义为"归隐田园""逃避革命"，主要包括华兹华斯（William Wordsworth）、柯勒律治（S.T. Coleridge）和骚塞（Robert Southey）三位"'湖畔派'诗人"。"湖畔派"诗歌中译本的出版是"文革"后的事了，我也是在1985年去杭州大学跟飞白老师读外国诗歌硕士学位之后，才注意到"湖畔派"的诗歌。飞白老师的父亲汪静之是"五四"时期中国"湖

---

① 威廉·华兹华斯（1770—1850），英国诗人，"湖畔派"代表。

畔诗社"的第一才子，让汪门弟子对"湖畔"一词自然有特殊的亲
近感。老"杭大"离西湖不远，我几乎每天都去湖滨读书、散步、骑
车，所以很长时间里都想当然地把"湖畔派"诗人提到的湖，预设成
像西湖那样的一个大湖，只是坐落在英格兰和苏格兰之间的高地上
而已。

这个想象得到彻底修正是三十多年后的事了。2019 年，我应两位
英国学者之邀，有幸参加了一个由以出版装帧质量著名的布鲁姆斯伯
里出版社（Bloomsbury Publishing）组织的出版计划，到伦敦参加座谈
会。那年夏天极为炎热，我住在西敏寺桥旁的一个小旅店里，一出门
就被推到人声鼎沸的大街上，怎么也想象不出华兹华斯在《西敏寺桥
有感》中所描绘的那种"深沉的寂静"。著名的大本钟仍在不远处准
时敲响，曾让华兹华斯赞叹的泰晤士河也还在桥下汩汩流淌，附近的
老环球剧院仍在出产绝对一流的戏剧，让像我这样腰包不丰的戏剧爱
好者为是否解囊左右为难。大不列颠帝国的首都在全球化进程中显然
已成为一个供各国游客消费的大都市。一开完会，我就迫不及待地逃
离了伦敦，去心仪多年的湖畔小住几周。

待开始查询地图、安排行程时，才知道多年来存活于我想象中的
那个大湖，原来是由大大小小十几个湖与周围的山丘、小牧场及村落
小镇交织而成的地区。此地区在现代地图上被标为"湖区"（the Lake
District），明显偏重行政区域划分；而那里的老百姓则称其为"湖地"
（Lakeland），使之更有人情味儿，更具家乡感。我在此将根据语境交
替使用这两个词。这些湖按面积大小先后排列为：Lake Windermere,
Ullswater, Dervent Water, Bassenthwaite Lake, Coniston Water, Haweswater,
Thirlmere, Ennerdale Water, Wastwater, Crummock Water, Esthwaite Water,
Buttermere, Grasmere, Loweswater, Rydal Water, and Brotherswater. 有几个
名词的词尾中含"mere"，在古英语中指"湖"，而现代人在此之上又
加上"lake"或"water"，有些累赘，汉语中只需译为"湖"即可。我不

打算把这些湖名一一翻译成中文，因为没有标准化的汉语译名，采用汉语名词到时可能跟读者所用的导游指南上的对不上号，所以建议最好参照英文地名。可是，为了方便下面文中的叙述，我把几个常提到的地名用中文写出来，比如温得尔湖（Lake Windermere）、格拉斯湖（Grasmere）、莱达湖（Rydal Water）、巴特米尔湖（Buttermere Lake）、德温湖（Dervent Water）和科鲁谟克湖（Crummock Water）等。

二访"鸽舍"

　　从伦敦乘火车在利物浦前面一个叫 Oxenholme 的小站下车，我换乘一列小火车去温得尔镇。那列小火车绝对称得上是一件文物，不但行驶在早已过时了的窄轨铁道上，车厢内也极为逼仄。然而，从行李架到座位，一律木制，精工细雕，提醒乘客们它旧日所有的优雅从容。待火车慢吞吞地开到了温得尔镇，我又上了环绕湖区的公交车前往格拉斯小镇。这路公交车上下两层，宽敞、舒适且便宜。上车坐定，极目四望，湖边浅丘及其间星缀的白色村落尽收眼底，感到在伦敦的几天中所积聚的烦躁开始一寸一寸地消散在周遭舒缓的谷地上。在格拉斯小镇下了车，走了二十几步便到了我订的民居。三层英式乡村小别墅，底层是公用客厅和餐厅，面对一个维多利亚式的后花园。楼上一共有五个房间，包括房东老太太住的一个套间。我的房间是最上面的小阁楼，没有电梯。我很费了些劲儿才把行李拽了上去，一看时间，已经是下午四点了，立即转身下楼，直奔坐落在城边的华兹华斯纪念馆。

　　由于次年（2020 年）是华兹华斯二百五十周年诞辰，华兹华斯基金会扩建了华兹华斯纪念馆，我到的那天刚开始接待访问者，而旁边的华兹华斯旧居"鸽舍"尚在整修之中。纪念馆的新讲解员叫艾莉森，又高又瘦，让我想起电影《孩子王》中扮演老杆儿的谢园。艾莉

华兹华斯夫妇画像

森刚从大学英语系毕业，对华兹华斯的生平和作品了如指掌，倒背如流，但缺乏感性和激情。最遗憾的是她没有用朗诵华兹华斯的诗歌来吸引来访者，馆内也没有任何音像设备可以听朗诵华兹华斯诗歌的录音。除了华兹华斯兄妹和其湖畔派诗友所收藏的一些书籍，"湖畔派"诗人作品的首版及其各种语言的译本之外，真正称得上文物的物件寥寥无几。"湖畔派"诗人的中文读者数量在英语世界之外可能是数一数二的，也不乏上乘中译本，但我连一册也没找到，颇有些失望，心想下次再去的时候，一定要带上一册杨德豫先生或者黄杲炘的中文译本来填补这个缺陷。

文化名人的遗迹一旦被整理进博物馆的展厅便会失去许多本真、活生生的细节，而原址往往更能激发后人的联想和想象。我想进"鸽舍"看看，但艾莉森说小楼正在装修粉刷中，没什么值得看的。几经交涉，我同意为安全起见，穿上施工人员的黄背心，只进屋待十分钟，终于得以亲手推开了"鸽舍"的门。小楼比我想象中的更小，上下两层不过百来平方米。然而，尽管空无一物，可一旦置身其间，旧日从阅读中得来的关于华兹华斯一家的各种细节立刻就被激活起来，拽着我走进了华兹华斯与其妹多萝西（Dorothy Wordsworth）和妻子玛丽两百多年前亲密生活过的这个狭小空间。霎时间，各种联想如泉水般涌出。

鸽舍

　　"鸽舍"用湖区常见的灰白色页岩石建成。底层有四个房间，由于低于地面，阴冷暗黑。左侧较大的房间呈长方形，有用石头砌成的平台，想必是厨房的灶台。而右侧一个房间墙上有个方形小坑，像是壁炉，那应该就是客厅了。华兹华斯和诗友柯勒律治的那些彻夜对谈，想必就在此处吧。还有一间极小的食物储藏室和一间带窗户的小屋，想必就是多萝西的闺房。她每晚就是坐在窗前写她的《格拉斯日记》，或为哥哥抄写诗稿吧。这个小小空间里密封了多少她对长兄的爱以及随之而来的无奈？我感到自己的呼吸急促起来，似乎想极力穿过时间，钻进多萝西那颗狂狷却备受压抑的心：她夜夜伏案写作的那张小木桌消失在何处了？每当哥哥出门远行，她就是站在这扇钻石形的小窗前，盼望哥哥的身影重现吗？

　　楼上也有四个房间，最大的一间有一扇双开大窗户，俯首可以看到楼下的后花园，放眼则可尽收高高低低的山丘和附近的格拉斯湖。艾莉森说这是华兹华斯的卧房，但我想应该是书房，至少是卧室兼书房。窗前想必有一张书桌。华兹华斯徒步归来就坐桌前，把一路上吟诵的新诗记录成稿吧？四周一片寂静，冥冥之中，华兹华斯似乎来到我身边，和我一起倚窗远眺。他瘦长的身影在夕阳的余晖里投下长长的阴影，跨过近二百五十年的时空来和我的思绪接轨。

"鸽舍"后面有个花园，沿着倾斜的山坡呈半圆形自然展开，与周围的野地没有界限。园内花草并杂，是个典型的"百草园"。有些花草树木旁有石头，刻着名字，依稀认得出的有报春花、银莲花、天竺葵、金盏花、白屈菜、风信子、紫罗兰、冷杉树、冬青树、紫杉树、橡树、山楂树、桦树等，也有些植物旁边竖着小木牌，上面刻着的据说是华兹华斯为这些花草树木吟作的诗句，显然是后人画蛇添足之作。无论春夏秋冬、晨昏晴雨，华兹华斯兄妹每日都在花园里反复踱步，有时步数可达数里之遥；有时索性穿过花园，踏上连接湖区的小路。

初访格拉斯三个月之后，新冠病毒感染疫情便泛滥全球，国境处处关闭，人人自危。我次年终究没能回格拉斯去参加华兹华斯诞辰二百五十周年的庆祝活动。但华兹华斯基金会即使在疫情最严重的时候，也没有停止修复"鸽舍"和完善纪念馆的内部设施。我不时收到基金会的简讯，报告其进展。印象最深的是基金会修复工程的宗旨：不求原模原样地复制"鸽舍"，但求按照最新研究所展示的历史真实性来重新想象这个空间。为了达到这个目标，项目经理向居民征求有本地传统风格的布料、历史家具和室内摆设等。譬如，湖区的民居大多为白色，二十世纪七十年代第一次修复"鸽舍"时，室内采用的是一种偏蓝色的白涂料。后来的研究发现那种涂料含铅，在华兹华斯生活的时代尚未发明。其实，村民们那时用的是一种植物涂料，粗看呈白色，分解开来看却是浅绿、浅蓝、粉红与白色色素的综合。因此，这次修复时便采用了含这些色素的混合涂料。

2022 年初，国际旅行变得可能之后，我迫不及待地又回到湖区，这次是乘火车从苏格兰的爱丁堡从湖区北部进入科日克（Keswick）。所乘坐的火车比上次的现代多了，速度也快多了，但却完全剥夺了我怀旧的权利。第二天，我便乘公交车去格拉斯镇参观修复后的"鸽舍"和纪念馆。

"鸽舍"的修复和纪念馆室内装饰布置堪称一流。上次来时，馆内安静得近乎沉寂，现在却充满了声音：学者的评论，诗人的朗诵，街头流浪汉写诗应和华兹华斯的录音，后起的诗人、行为艺术家讨论华兹华斯给他们的灵感和影响。普通访问者也被邀请用各种体裁，比如十四行诗、俳句、自由诗等，写出自己对"湖畔派"诗人写过的题材进行再想象的诗行。走在"鸽舍"四周的小径上，还可以听到模拟两百年前格拉斯镇人的对话录音，纪念馆室内的环形大屏幕上也可以看到湖区瞬息万变的烟雨流云，听到华兹华斯的诗句。"鸽舍"和纪念馆通过策划者和诗人、艺术家们的想象和创造活了起来，给后人发送着邀请：来和华兹华斯一起，永远诗意地栖居在湖地上吧！

华兹华斯的湖地：走路与吟诗

华兹华斯出生在湖区北边的库克茅斯小镇（Cockermouth），有三个兄弟和妹妹多萝西。父亲替在"圈地运动"中发了大财的兰斯谷伯爵当房地产经纪人，全家由此得以住进城里一座当时称得上豪华的两层楼房。可是，华兹华斯对童年记忆最深的却是花草杂乱的后院"百草园"，还有从城边流过的德温河。他在自传性叙事长诗《序曲》中充满温情地回忆说，德温河"低沉且不绝于耳的流水声 / 混合着奶妈哼的摇篮曲 / 滋养了我童年时的梦"。他还不止一次地感叹和妹妹一起在后院捉蝴蝶是"好快乐，好快乐的日子"。儿时的诗人是一个

"跳上跳下，急不可待的捕蝶高手"，"而善良的妹妹却生怕 / 弄破了蝴蝶翅膀上的薄膜"。

不幸的是，华兹华斯的母亲在他八岁时就去世了，父亲只好将妹妹多萝西和两个弟弟送去由外祖父母领养，而已到上学年龄的华兹华斯和哥哥则被送到地处湖区中心的鹰头镇上寄宿学校。五年后，养家糊口的父亲也撒手人寰。

尽管父母双亡，无家可归，华兹华斯还是在寄宿学校度过了几年快活时光。他学业优秀，但并不是书呆子。长诗《序曲》记载了他在住宿学校的很多趣事：爬山攀岩，徒步林间，从渡鸦巢里掏蛋，偷牧人的小舟去湖上荡桨，冒险在冰冻的湖面上滑冰等。故乡的自然环境不但给了他无穷的情感慰藉，赋予他根深蒂固的"恋地情结"（借用段义孚的术语），而且也熏陶着他独特的审美感受和表述能力。他在《序曲》中探讨这段经历对他心灵成长的意义时，特地为这首长达八千四百八十七行的诗加了一个副标题："一个诗人的心灵成长史"。华兹华斯从寄宿学校毕业后直接进入世界闻名的剑桥大学深造，但对自己在剑桥校园里的经历却少有提及。显而易见，他认为自己成长中的关键章节是湖地的自然环境而非剑桥的象牙塔。

在兄弟姐妹之中，华兹华斯与多萝西最情趣相投，因为两人都热爱大自然和阅读。被迫分开了九年之后，已长成少女的多萝西远足去剑桥找到了哥哥。兄妹俩决定待华兹华斯一从剑桥毕业，便回湖区定居。兄妹俩开始时在科日克找到一个便宜的落脚处，四年后，偶然发现了格拉斯湖边的"鸽舍"，一见钟情，便以一年九英镑的租金租了下来。多萝西说兄妹俩在"鸽舍"度过了"低水平生活，高质量创作"的八载。这期间，华兹华斯不仅完成了《抒情歌谣集》初版中的大部分作品，还迎娶了儿时女友玛丽，建立了家庭。

稍后，华兹华斯的诗友柯勒律治也在格拉斯镇的另一端租了房子，安顿家小，自己则频频步行来"鸽舍"做客，或与华兹华斯兄妹一起去山里远足。一位传记作家甚至说华兹华斯、柯勒律治和多萝西是"三人一心"，不可分割。有时，柯勒律治在"鸽舍"一待就是几个星期，把妻子莎娜和幼子置于不顾。所幸的是，另一位"湖畔派"诗人骚塞娶了莎娜的妹妹（也叫玛丽）为妻，住的地方离柯勒律治家不远。骚塞是当时英国的"桂冠诗人"，也是"湖畔派诗人"中唯一有固定收入的，因此常常帮助被柯勒律治冷落了的妻妹莎娜理家教子，得闲也去"鸽舍"谈诗论文。后来，华兹华斯一家添加了几个孩子，便于1808年搬进了附近莱德镇的一座较大的房子。

　　湖区是华兹华斯的家乡，也是他一辈子都离不开的"远方"，因为这是激励他无尽想象之缪斯。湖区的山山水水从他出生的那一刻起，就流动在他的身体中、血脉里。他与自然的关系不是主体与客体的关系，不是从主体的角度来旁观客体，而是通过脚踩在林间的青苔上，或手拨开树丛的感触，还有耳朵里装得满满的鸟鸣，鼻孔里深深吸入的花香来与自然发生交感，来变成大地上生命循环的一部分。法国学者葛霍（Frederic Gros）在《走路也是一种哲学》中说徒步远行（walk）在华兹华斯的时代是劳动者、穷人、流浪汉甚至盗匪的"专利"，但华兹华斯"首开先河，让走路升级为一种诗意的行动，是与大自然结合，舒展身体，欣赏风景的美妙时光"。的确，"walk"也是多萝西多年坚持记的《格拉斯日记》中使用率最高的一个英文词。这个词中文可译为"走""走路""步行""行走""徒步""远足""散步""跋涉"等。无论春夏秋冬，刮风下雨，去山林中跋涉还是在自家的后院里踱步，去村里见朋友还是去几里外的邮局寄信取信，华兹华斯兄妹每天都在"walk"。笛卡尔认为"我思故我在"，对华兹华斯而言却可以说是"我行故我在"。因为对他来说，行走不只是健身，更是找寻生命存在的哲学意义和诗学意义的根本方法，是人类超越肉体的极限，进入大自然的生生不息的运行轨道的唯一途径。

　　行走是华兹华斯思考的先决条件。华兹华斯式的行走与美国式自搭帐篷的露营健行不一样，每天行走的路程不用太远，行速不快，也不一定要为达到某个预定的宿营地而赶路，但一定要留足够时间来观察和感受自然。华兹华斯式的行走一般是独行，有时与两三个志同道合的朋友同行。连续几天的远足，也是他们谈诗论道、交流心得的过程。华兹华斯兄妹在路途上休息时，常常各找一席空地 —— 在山坡上或树荫下 —— 或坐或躺，静观树叶颜色的转换，捕捉天上云彩的痕迹。通过步行，他们把自己与湖地以及湖地上的自然亲密地联结在一起，扎下根，仿佛变成了移动的树木。而他们的诗行和文字则是风吹树动留下的痕迹，是自然物象的文字演绎，是对自然召唤的回应。

另外，行走在湖地，一路上总能经过一些小村庄、教堂、散落的牧羊人的小石屋、马厩，可以夜间留宿，所以不用背着沉重的露营帐篷、炉子、取暖衣物和好几天的食物。华兹华斯和同伴们常常是轻装上路，只携带最必需的食物和用品。那时方便携带的旅行食物有煮熟的肉肠和奶酪之类，而衣物却总离不开一件雨衣和羊绒披风，白天既可防风，夜间又可以用来保暖。给现代露营者带来困扰的饮用水对华兹华斯们来说也不是问题，一路上随处可见的溪流便是上等软饮料，大自然的丰盈和慷慨赐福让他们能从容地栖居在湖地。

读者们可能想不到，行走对华兹华斯来说还具有平等的伦理价值：一方面，自由行走在林中或牧场间让他能随时与在乡间劳作的人们倾心交谈，体会乡亲们的喜怒哀乐；另一方面，他认为像生活在湖区的樵夫、农民和牧羊人每天都得辛苦劳作一样，诗人也必须付出劳动，那就是徒步行走。只有从重复的、有规律的交替脚步中，诗人才能捕捉到自然的循环运行与自己心灵交会的瞬间所激活的那些节奏和韵律。随着诗人的持续行走，那些节奏逐渐连贯起来，清晰起来，优美起来，有了音乐性，有了韵律，变成了诗。华兹华斯的诗歌高度口语化，流畅的韵律和丰富的自然意象都来自他在山水环抱中日复一日的行走，反复吟咏，往往待他回家后才跳脱雏形，落笔成行。

后世的诗歌评论家常说华兹华斯的诗像画一样细致入微地描绘了湖区的风景。诚然，华兹华斯的诗是最早把湖区的地理特征、生态环境和本地人的生存状态介绍给英国读者的。他像地质学家那样描绘出独具湖区特征的山峰、湖泊、树林、林中飞流的瀑布和小溪，像气象学家那样描绘出瞬息多变的云和雨，像植物学家那样给我们介绍初春时摇荡的黄水仙、深秋里如火的杉树。他也像社会学家一样关怀着在大自然中劳作求生存的农夫、樵夫、牧羊人的生存状态和忧伤喜乐：云雾山中歌唱着的孤独的割麦女（《孤独的割麦女》），不肯把埋在坟里的小弟弟除名的乡村小童吉姆（《我们是七个》），深山水泉旁如幽兰般的露西（《露西组诗》），在牧场上挣扎着求生的牧人迈克尔一家（《迈克尔》）。最重要的，华兹华斯是一个诗意化的哲人，认为大自然的精华不仅由太阳、海洋、空气、蓝天等可以定量的元素构成，而且特别强调领会大自然"在乎于人心"。他在《序曲》中追述了所见过的无数自然美景，却强调说："在那些瞬间，神圣的宁静弥散于我的心田／肉体的双目则全然被搁在一边／我之所见都从内心生发／犹如一席梦，一个心灵的企盼。"正如他在代表作《抒情歌谣集》序中所强调的那样，诗人的灵感和创造力来源于与大自然的亲密交感，而好诗是诗人与大自然交往中所产生的"强烈的内心情感的自然流露"。的确，华兹华斯的诗所呈现的不仅是他作为旅行者眼中所见的客观物象，更是从物象升华而成的内心风景。

诗人是怎样用修辞手法来呈现这些高度内在化的风景的呢？在华兹华斯的诗中，人与自然常常你中有我、我中有你，交相影响，重叠出现，这决定了他最喜欢用的修辞方法是拟人。拟人是一种古老的文学修辞方法，指将某种人的属性赋予非人类的生物或事物以增加美感效应。但华兹华斯在《抒情歌谣集》序言中明确说，他的诗中所用的拟人手法与前辈们完全不同：既不是用拟人来让抽象观念具象化，也不是单纯用其来增加美感效应，而是赋予大自然人格，让读者建立自己与大自然同类般的亲密关系。他在诗中所写的自然与诗人的交感比比皆是：浮云分享着诗人的孤独，而诗人的内心愉悦，和水仙花一起翩翩起舞。有时，诗人无法与自然沟通，树木便"沉默"，云则"无言"。由于拟人是华兹华斯想象湖区自然环境的特殊方式，所以英国文学研究者摩尔（Bryan Moore）建议把华兹华斯所用的特殊拟人手法命名为"以生态为核心的拟人"（Eco-centric personification）。

在这里，我们不要忘了华兹华斯之所以特别推崇用拟人手法来赋予大自然以人的情感，是因为有其特定的历史"前文本"，即"圈地运动"后工业革命和城市化所造成的人与自然的分离。湖地的牧羊人和他们的后代不得不离开自然，离开牧场去城市谋生。叙事诗《迈克尔》是展示这种分裂的杰作。

在介绍《迈克尔》时，很多百科全书或教科书的第一句话往往是"《迈克尔》是一首田园诗"。其实，《迈克尔》在形式和内容方面都与传统的田园诗大相径庭。源于古希腊的田园诗押韵，一般不超过一百五十行，而《迈克尔》则是五步抑扬格的自由体，长达四百八十四行。更重要的不同之处在于内容：传统的田园诗旨在描绘田园风光、乡下人俭朴却自在的生活，多抒发自得其乐的情感，而不以写复杂情节和人物悲剧见长。《迈克尔》却是一首叙事诗，通过叙述牧羊人迈克尔和儿子卢克之间的复杂故事和情感纠结，展示了在圈地运动中失去土地的湖区牧人被迫离开脚下的土地的悲剧。

诗中主人公迈克尔因救助失去土地的侄子，把祖辈留下的牧场典当了出去。他和妻子伊莎贝尔能赎回牧场，继续其牧民生涯的唯一希望，是等儿子卢克长大，去城里赚钱来赎回牧场。年复一年，儿子终于成人了。为了帮助父母实现多年的愿望，卢克不情愿地作别父母，离开牧场，去城里打工赚钱。没想到，这挥手一别，就再也没有回头路可走：年轻的卢克很快就被都市的浮华腐化了，年迈的迈克尔不但没能赎回世代居住的牧场，反而丧失了生命中的最爱。

《迈克尔》不是一首田园诗，而是反田园诗，因为它生动地展示了城市化怎样活生生地掐断乡下人与土地的亲情联系，让传统的农牧生活方式变得不再可能了，从中生成的传统田园诗便随之消失了。

华氏家族在格拉斯镇教堂后院的墓地

1850 年，华兹华斯以八十高寿在莱德镇家中仙逝，葬于格拉斯镇上的圣奥斯华兹教堂（St. Oswald's Church）墓园，加入先他而去的十余个家族成员，包括妹妹多萝西、妻子玛丽和几个早逝的孩子。墓园离格拉斯湖不远，常年浸润着湖地的雾霭，旁边还有一条湍急的溪流，岸边点缀着华兹华斯兄妹心仪的水仙花——这可真是华兹华斯与其终身挚爱的土地亲密合一的最好地点。从华兹华斯出生的库克茅斯小镇，到他度过青春的"鸽舍"，再到他度过中老年的莱顿镇，最后安息在格拉斯教堂墓园，地理距离不过方圆几十英里（1 英里约为 1.6 公里），然而他却花了一辈子的时间，才徒步走到他心中最有意义的"远方"——一片诗化的湖地风景。

多萝西的湖地：走路与《格拉斯日记》

在对湖区自然人文做长期、切实而细致的记载方面，无人能胜过多萝西。多萝西从少女时起就勤于记日记，搬来格拉斯镇之后，在主持家务和帮助哥哥抄写稿件之余，她便开始写《格拉斯日记》，详细记录了兄妹俩每天的生活细节、徒步远足的路线、所到之处的地貌及天气情况、个人的旅途感怀，还为前来造访的各路朋友做了不少生动的文字写生。多萝西的日记在她有生之年由她的侄儿发表了一小部分，原稿后来传至侄孙，均赠送给了华兹华斯纪念基金会。日记的全文于 1897 年，也就是多萝西去世四十二年之后才首次得到发表。这部日记为后辈研究者提供了关于湖区天气情况、季节变换、植物生长变化的无数生动细节，为多萝西赢得了"自然散文家"之美称，也成了学者研究华兹华斯，尤其是他与妹妹关系的最重要文献，几乎每一页都被后来的研究者仔细地读过、推敲过。

多萝西生性敏感，举止狂狷，曾表白说她对哥哥的爱"溶混在我的生命中，是我人生旅途上的光"，且终生未嫁。这让后世研究者猜测纷纷，有人甚至用"乱伦"来定义两人之间的亲密感情，但至今没有找到令人信服的证据。英国女作家弗吉尼亚·伍尔芙（Virginia Woolf）认为兄妹俩之间的依恋之情是一种奇特的爱，因为这兄妹二人"仿佛是绑在一起长大的，不但分享着同样的言辞，而且分享着同样的感情，因此他们常常无法把各自的所感、所说、所见分割开来"。这可能是最契合兄妹关系的公平之论。

还有的研究者质疑华兹华斯是否剽窃了妹妹的日记。学者们常提及的证据之一是华兹华斯在其发表于 1835 年的《湖区指南》中，用了妹妹当时未发表的《格拉斯日记》中的若干细节，却只字未提多萝西的名字。后来在湖区定居的女权主义作家马蒂诺在她的《湖区旅游大全》中引用了一些同样的细节，却注明资料来源于华兹华斯，殊不

知真正的有功之臣应该是默默
无闻的多萝西。

　　研究者们提到的另一个例
子是多萝西在日记中所记事件、
场所、天气、景色等,常常成
为华兹华斯作诗的素材。比如
多萝西在 1802 年 4 月 15 日的
日记中写兄妹俩在乌尔斯湖畔
徒步时发现了一片黄水仙:

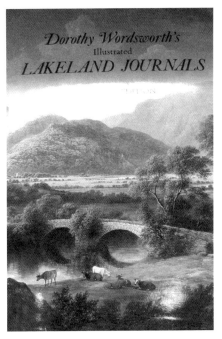

　　我从未见过如此美丽的水
仙花,它们从布满苔藓的石头
中间伸出头来,有的把头依靠
在石头上,像倦怠的人靠着枕
头,有的在狂舞中起伏颠簸,
仿佛是和着从湖上吹来的风大
笑,满心欢乐。

多萝西所作的《格拉斯日记》在她去
世四十二年后才首次得以结集出版,
此图为该书封面

　　两年以后,华兹华斯根据这段文字,在回忆中创作出他最著名的
诗作之一 ——《我孤独地漫游,像一朵云》。让我们一起通过飞白老
师的优美译文来重温这首诗:

　　　　我孤独地漫游,像一朵云
　　　　在山丘和谷地上飘荡,
　　　　忽然间我看见一群
　　　　金色的水仙花迎春开放,
　　　　在树荫下,在湖水边,

迎着微风起舞翩翩。
连绵不绝，如繁星灿烂，
在银河里闪闪发光，
它们沿着湖湾的边缘
延伸成无穷无尽的一行；
我一眼看见了一万朵，
在欢舞之中起伏颠簸。

粼粼波光也在跳着舞，
水仙的欢欣却胜过水波；
与这样快活的伴侣为伍，
诗人怎能不满心欢乐！
我久久凝望，却想象不到
这奇景赋予我多少财宝——

每当我躺在床上不眠，
或心神空茫，或默默沉思，
它们常在心灵中闪现，
那是孤独之中的福祉；
于是我的心便涨满幸福，
和水仙一同翩翩起舞。

（飞白译）

　　对比诗文，多萝西在日记中对黄水仙花细致入微的描写显然是激活华兹华斯记忆的媒介，让他时隔两年之后还能用文字来重现那个美妙的瞬间，就像我们现在用照片或一段小视频来记录经历过的事，以便将来能激活记忆一样。这个例子是两位心有灵犀一点通的自然诗人互相呼应所产生的美妙结果，不足以证明剽窃之嫌。其实，华兹华斯的诗与多萝西的散文有着本质的差异。多萝西曾提到她自己也尝试过把远足或日常散步的所见写成诗，却最多只能产生"半文半诗"，还说哥哥能用上自己日记中的细节，让她"满心喜欢"。作者本人对多萝西乐于奉献毫无异议，但华兹华斯有权如此这般地接受奉献而不给妹妹应有的名分吗？这使颇有才华的多萝西"像不为人见的紫罗兰／被披青苔的岩石半掩／她美丽如同一颗寒星／孤独地闪烁在天边"。（《露西组诗》，飞白译）要是多萝西晚生半个世纪，她的才华会得到世人的欣赏和及时承认吗？

从哥特式小说到文人书信

华兹华斯和多萝西的诗与文诚然是他们对心中的"远方"——湖地——的想象，但他们通过行走所寻找到的与湖地自然环境的和谐交感并不为所有人共享。研究者们注意到华兹华斯的诗友和徒步伴侣柯勒律治对自然景观和现象的反应就大不相同。一些自然现象有时让柯勒律治神情恍惚，陷于恐惧与狂喜两极之间，激发出光怪陆离的超自然奇想，这当然与柯勒律治的鸦片瘾有关，也与他创造意象的特殊方式有关。我在读硕士时曾用王国维的"隔"与"不隔"来讨论柯勒律治和华兹华斯呈现意象的不同方式，可惜没有完成。

十八世纪最畅销的小说家之一安·罗德克利芙（Ann Radcliffe）也用哥特式的奇异想象为十八世纪的英国读者创造了想象湖区的不同方式。罗德克利芙喜爱旅行，善于用途中所见所闻来呈现哥特式主题的场景、废墟、古老城堡、城堡中的暗道以及地牢之类；山顶上牧羊人用石头砌起的羊圈，在她的小说中演变成了古代赛尔特人向上帝奉献牺牲的祭坛。她去过一趟科日克，据她的日记记载，是日天清气朗，一路顺风，但她却动用其一贯擅长的哥特式文学想象，把她经过的地方描绘成黑势力的发源地：深邃的洞穴密布，岩石间滚动着咆哮的暗流。尤其是神秘而幽暗的湖区森林，常常暗藏杀机，是她最热衷于描写的场景，她最脍炙人口的小说就叫《森林传奇》。罗德克利芙的小说中对湖区的描写有不少地理学上的错误，但她以湖区为背景的小说展示了不同风格的写作者对同一个地区的描绘可能有天壤之别。这正好说明大自然是全方位的、有机的，能在不同的观看者心中激发完全不同的情感和联想。

　　十八世纪以前，鲜有旅行家造访当时被视为蛮荒之地的湖区。十八世纪中叶以后，去湖区的人稍多了一些。到十九世纪，更多文人造访湖区，除了华兹华斯和他的"湖畔派"诗友外，还有同时代的散文家德·昆西（Thomas De Quincey），晚一辈的哲学家、散文家、画家及美术评论家约翰·罗斯金（John Ruskin），女权主义作家及社会活动家哈瑞特·马提诺（Harriet Martireau）等都先后以湖区为家，因此吸引了不少文人来湖区拜访文友。苏格兰诗人及历史传奇小说家瓦尔特·司格特（Walter Scott）来过"鸽舍"专访过华兹华斯，年轻诗人济慈（John Keats）也远道来华兹华斯在莱顿湖边的新居拜访，可惜失之交臂，但留下了描写湖区风景的美文；因《简·爱》而得到中国读者厚爱的小说家夏洛蒂·勃朗特（Charlotte Bronte）则来马提诺住的安波乐小镇看望这位名扬欧洲的女权活动家，并停留数日。文人之间在湖区的来往——友谊或交恶——以及由此产生的信札、散文、游记甚至关于他们的流言蜚语日后都织造了关于湖区叙事的经纬，影响了后世读者们对湖区的想象。

湖区地图与旅行指南

　　除了文学作品和文人写作以外，各类游览指南也是外乡人想象湖区的关键文本。约翰·布朗神父（the Reverent Dr. John Brown）在写给朋友的一封信中，把科日克一带的地貌描写成"令人惊怵的雄壮，蛮荒而可怕的广阔"。这封信于 1767 年以《湖泊叙景》为题正式发表，被认为是第一篇介绍湖区地貌的散文。剑桥大学教授、诗人托马斯·格雷（Thomas Grey）被认为是第一个环绕湖区的文人，他于 1769 年从北部穿过科日克，一直往南到达格拉斯湖和安波乐镇。由于对安波乐小镇上的客栈不满意，他继续往东，到了肯都（Kendal）才住下来。在湖区滞留期间，属于士大夫阶层的格雷教授并无意像华兹华斯兄妹那样徒步去体验这片神奇的土地，但他在以《湖区之旅》（*Journal of the Lakes*）为题的游记中赞扬湖区的质朴和天然之美：一望无际的野花，石头砌成的小屋，民风淳朴，牧人都过着"贫穷却心安理得的"生活。格雷的游记显然只是走马观花的结果，但他没有重复前人所讲的穷山恶水的故事，首次把湖区所独具的田园风景的侧面介绍给了英国人，尤其是满足于固守城市的绅士学者。

托马斯·韦斯特（Thomas West）于 1778 年所写的《湖区指南：从昆布兰、韦斯特摩尔到兰开夏郡》（*A Guide to the Lakes in Cumberland, Westmorland and Lancashire*）首次使用了"指南"一词。韦斯特生于苏格兰，青年时期在担任神职之余遍游欧洲，尤其醉心于风景奇妙的湖区。韦斯特所作游览指南的特点之一是重视地理细节，告诉读者在何处观何景为最佳。比如，他认为"面山而观温德湖的效果最佳，因为以山为背景让湖显得更为壮观，而人离山越近就越能激发想象"。韦斯特的指南时常把风景与绘画相提并论，常常为读者提出怎样"看"的建议，还确立了二十六处值得看的标志性景点，为湖区的"风景游览"开了先河。值得一提的是，2021 年夏天，一组画家、摄影家决定跟踪韦斯特的足迹，聚焦于他所设定的二十六处景点来判断湖区两百多年来自然山水的变化。结果他们发现有好几处已被纳入私人地产，或因森林砍伐、土地征用而消失，但大多数尚可辨认。

巴德利（J.M.B. Baddeley）所作的《湖区游览大全》（*Thorough*

Guide to the English Lake District）带来了游记文学中的一个根本性转变，即作者不以介绍他自己的旅行体验或观感为目的，只客观地为读者提供导游指南。该"大全"第一次系统地提供了连接山林湖泊间的错综小路的地图，讨论了攀登湖区的不同山峰可以带给旅游者的好处以及潜在的危险。此书于1880年初版后，修改重印了无数次，是二十世纪初去湖区的旅行者的必备之书。

华兹华斯因其一贯所持的保护主义立场广受湖区人尊重，但他居然也写了一本供旅行者用的指南，让后人颇为费解。现在有研究者写论文把华兹华斯视为在湖区"开创现代旅游业的先驱"，若华兹华斯在天之灵闻此一说，肯定会哭笑不得。其实，华兹华斯写《湖区指南》（*A Guide through the District of the Lakes*）纯属偶然，这得从在湖区传道的威金生牧师（Joseph Wilkinson）说起。威金生牧师业余时间习画，经过几年努力，结集了四十八幅描绘湖区风景的版画准备出版。他考虑到好的文字可以增加读者对画的了解，便邀请柯勒律治为他写前言。柯勒律治婉言拒绝了，转而推荐他的朋友华兹华斯。华兹华斯一口接受了牧师的邀请，虽然他所写的前言与牧师展现湖区"风景似画"的想法大相径庭。

其实，华兹华斯对当时流行的"似画"理论和风景旅行很不以为然，认为大自然为上天所造，自然景色本无美丑之别。美丑只是观者将自己的主观认知或感受与景色叠加后产生的判断。大自然自有其天赋之美，不会按画家的审美意愿和取向而改变。画家、美术评论家从满足人类审美的视角去定义，规范自然之美是毫无意义的。所以，当威金生的画册于1810年出版时，华兹华斯甚至羞于署名。具有反讽意味的是，为威金生牧师写前言这件事，让诗人华兹华斯初次尝到了用散文来写湖区风景的妙处，加之他所写的前言颇受读者的欢迎，还得到了一笔可观的稿费。于是，华兹华斯后来真的动手写了本《湖区指南》。他首先介绍了他最熟悉的几个地区，譬如温得尔湖、安波乐小镇、尔斯湖以及科日克平原地带，然后讨论了由于自然变迁而形成的湖区地貌风景，以及由于人类在此地区的持续栖居而受到的各种影响。显然，华兹华斯的指南是全方位的，从自然谈到土著居民，尽力发掘土地与其栖居者之间的关系，而不只是供游客走马观花的使用手册。这本指南在华兹华斯在世时就再版过好几次，发行总量甚至超过他潜心创作的诗歌代表作《抒情歌谣集》——正所谓"有心栽花花不开，无心插柳柳成荫"。华兹华斯对这本书也是宠爱有加，在朋友圈中不时得意地提及"我那册写湖地的小书"。

怎样观看湖地："崇高"与"似画"

十八九世纪的文人骚客们关于湖区的旅行札记，大多记载了他们个人的旅行经历和感受，偶尔也兼顾提到旅行时"看了些什么"和"去哪儿看"；而美术理论家和画家们却乐于直接充当先生的角色，诲人不倦地教世人去识别"什么是自然之美"之类的哲学，也对"美有些什么类别""如何去识别美"等审美细节喋喋不休。爱尔兰政治家和哲学家埃德蒙·贝尔克（Edmund Burke）所著论文《对崇高和美的来源的哲学探讨》（*A Philosophical Enquiry into the Origin of our Ideals of the Sublime and the Beautiful*）是在这方面最重要的文本之一。

在贝尔克设定的理论构架中，"the beautiful"（汉语译为"美"）不是我们通常用的形容词，泛指"好看的"，而是一个美学术语，特指所画之物"表面平滑""结构层次有序增减"，因此能令人产生愉悦情绪的一种属性。贝尔克理论中的另一个概念"the sublime"，则指所绘之物"晦显""浩渺"，具有让人产生恐惧感的属性，是造成"恐惧与痛楚的原因"。他举例说："阴云密布的天空比蓝天白云更sublime，夜晚比白日更 sublime"。按照贝尔克的定义，很多人，包括华兹华斯，都用"the sublime"的概念来描绘湖区多变的天气、陡峭的山峰、幽暗的水域、晦显的平原和高地。"the sublime"汉语译为"崇高"，虽然"崇高"一词显然保留了英文词原义中"浩大""壮观"的视觉意蕴，但普遍用于革命浪漫主义作品中的"崇高"，还派生了原定义中所不具有的"高尚""有使命感"的道德意蕴，与贝尔克对"the sublime"的纯美学所指不完全等同。

"风景似画"是汉语中司空见惯的一个词语，殊不知英文中的"似画"是一个源于湖地的特定美学标准和范畴。英国牧师兼画家威廉·吉尔平（William Gilpin）是贝尔克的同时代人，他认为贝尔克提出的上面两种美的标准和范畴尚不足以确切描绘自然，于是进一步提出用"picturesque"——我把此概念译为"似画"——作为一个新的美学概念来衡量湖区的特定自然风景。

吉尔平也是湖区老乡，出生在湖区东南的一个小镇，生长于湖光山色之中。他虽然不像华兹华斯兄妹那样醉心于山林间的徒步远足，更不屑于关心乡村人的生活，但酷爱待在户外，观察日出日落，云聚云散，全身心投入地去做一个"自然的观察者"。他认为自然天生擅长设计，创造出各种色彩和形状，却不擅长创造出平衡的整体结构。因此，他把"picturesque"定义为能产生像图画一样的整体效果的特定美，并进一步主张用"似不似绘画"来作为评定自然山水美不美的标准。应该说明，吉尔平的"似画"标准并不排斥那些质地不圆滑、不均匀的物体。即便是那些戏剧性粗犷的景观，只要像图画般构图平衡，层次分明，就符合"似画"的要求，就可以被誉为"似画美"。

为了推广此理论，吉尔平身体力行，于1772年到湖区旅行了五天，写了一篇题为《"似画美"之我见》的著名旅行札记。随后几年，他又多次到英格兰东南部及威尔士旅行，并用旅途中发现的例子来论证他的"似画"理论，继而还在伦敦发表了一系列以"观察"自然为主题的文章，包括他在湖区所作的旅行札记。吉尔平认为真正的风景并非天生蕴藏在自然之中，也并非所有旅行者都用肉眼就看得见，而需要按他的示范，凭借"似画"的框架去看才能有所发现。吉尔平的文章图文并茂，有时他用自己的绘画来说明他的理论，有时用文字去诠释画，注重教导读者如何去"看"到细节。比如说到怎样看瓦伊（Wye）河时，他细列了四个怎样看的要点：一是看河本身；二是看河的对面及背景，找到视角聚焦处；三是看河的前景，注目于蜿蜒河床中流动的河水；最后他还仔细描写了当他沿着河往下游走和往上游走时所看到的岸上变化的景观。他还大力推荐"看什么"的四个装饰性要素，即看地面、看林木、看岩石和看建筑。

吉尔平用他个人所创作的绘画来界定自然的美不足以服人，尤其考虑到吉尔平的画不是摄影，不是景物写实（他承认自己有时添加了想象之物，以获得结构上和层次上的和谐性和可看性），旅行者不可能通过看自己所创作的画在自然中找到同等景观，发现"似画"之美。然而，尽管当时很多读者对吉尔平的理论似懂非懂，却喜爱读他的连载文章。他的系列文章给当时的读者和旅行者提供了一个观看大自然，尤其是观看湖地的方法，这让他作为画家、美术教育家和作家的名声长存于世。他的画，包括不少湖区风景画，成为世界各大艺术馆永久收藏之佳品，在美国华盛顿特区的国家画廊里，就能看到《乌尔斯湖远景》和《似画的风景》等以湖地为题材的作品。

罗斯金之"看"与"看见"

谈到对湖区有重要影响的学者和艺术家，不能不提到约翰·罗斯金。罗斯金是英国文化史上有名的通才，既是哲学家、科学家、诗人、美术评论家、画家（尤其醉心于画岩石、植物、禽鸟、山水等自然物）、艺术赞助者、诗人、散文家，又是教育家、社会活动家（包括组织参加保护劳工法和保护湖区生态环境的社会活动等），对维多

到湖区定居时的罗斯金

利亚时期英国社会和文艺思潮有广泛影响，尤其是他视大自然为神明，认为自然万物是人类精神之精华的观点，继承了华兹华斯的传统，有助于让湖区在后人眼中变成一片有灵魂的、能陶冶人的性灵的风景。

罗斯金生于伦敦一个殷实人家。父亲是个进口商人，经常为了生意去欧洲出差，罗斯金自幼便随父亲跑遍了英国不少地区，包括湖区。他还去过威尼斯等欧洲著名的都市，也去过几趟阿尔卑斯山。远方的自然景观、历史和建筑给了少年罗斯金无尽的灵感，激励他写诗作画。他十二岁便开始发表作品。家产丰厚的父母把他留在家里上私塾，由母亲亲自执教，直到他进入牛津大学上本科。罗斯金的父母本来想把他们的独生子培养成为一名牧师，甚至主教，但罗斯金却发现让他能最好地理解造物主的不是宗教，而是美术。

罗斯金具有超乎寻常的好奇心，这种好奇心让他从科学的角度细致入微地去观察自然现象和万物：天气、山脉、河流、岩石、矿物、昆虫、花草，而他所受的古典人文传统的熏陶又给他对自然的观察加入了哲学和诗学的维度。对他来说，一生的乐趣不过是客观地观察和体验世上存活的一切：草场、鸟巢和空气带给人的精神力量，岩石和水流及其带给人的欣喜和惊奇 —— "这些就是我衷心挚爱的大自然之本质，就是我的成长之根，就是知识带给我的光明"。在罗斯金涉猎广泛的众多论述中，关于"看"和"看见"的理念对世人的影响尤为深远。

　　罗斯金认为："在这个世界上，人类能做的最了不起的事莫过于能看见事物，并清楚地给他人描述自己之所见……能清楚地看见是诗，是预言，是宗教——三位一体。"（《现代画家》第三卷）他说自然中的"每一条线都丰满而性感，漂浮着，波浪般地弯曲着。色彩深沉、丰富、优雅又柔软，像缓慢而狂放的音乐般让人陶醉，让每一道注视它的目光变得恬静痴迷，仿佛它是云彩之神秘光晕。"对他来说，创世之真实就是清楚地看见脚下的大地，头上的蓝天以及其中蕴含的万物之关系。他相信美术最接近创世，因为美术所昭示于观者的"不只是物质的真实，也是道德的真实，印象和形式的真实以及思想和实体的真实"。因此，画家的作用在于他们能用自己的作品真实地昭示上帝所造万物之无上荣耀。

　　在罗斯金眼中，英国风景画家透纳（J.M.W. Turner）具有特殊的能力去"看见"，并捕捉自然之美，最接近他所阐述的创世之真实，从而画出了最好的风景画。透纳以风景画闻名于世，出道之初，为了寻找新素材而遍游英国，二十二岁时首次造访湖区，而后又多次应一位住在湖区的伯爵之邀去旅行作画，先后画过德温湖、巴特米尔湖、尔斯湖等，生动地描绘了湖区无穷无尽的原动力和素朴粗犷的美。实际上，替透纳的画当开路人是罗斯金从他先后涉猎过的其他学科——如地质学、植物学和建筑学——全力转向美术评论的原因，尽管比他年长三十岁的透纳有时并不领会他的抬举。

　　《巴特尔湖阵雨》是透纳在野外写生时所作画中著名的一幅，和透纳的其他作品一起收藏在著名的伦敦透纳博物馆。罗斯金认为画中的黑山黑水，汹涌着自然之原动力，与阵雨洗刷过的蓝天和隐隐的彩虹相映成趣，昭示着自然与其造物主、物质与道德、形式与印象、实体与理念的多元化的真实。通过对透纳的风景画所作的精细入微的长篇大论，罗斯金很快便成了英国美术评论界的领袖，而他的"看见"之理念引导维多利亚时代的观者既从地理学和植物学的科学维度，也从诗意的、神谕的人文维度去看湖地，感受湖地，从中捕捉创世主的声音。罗斯金的"看见"的理念——像华兹华斯的诗歌一样——是把湖地从一个地域升华成为英国人心中一片独特的精神风景，一个超验的创世神话的最关键论述之一。

其实，与透纳大体同时代的另一位浪漫主义画家约翰·康斯坦博（John Constable）对怎样观察风景也有独到见解。康斯坦博在英格兰东部风景秀丽的斯图尔（Stour）河岸上度过了自由自在的童年，周围的自然环境不但无时无刻不愉悦着他的眼睛，而且陶冶着他的灵魂。他认为画是表达情感的另一种语言，而时时浸润其间的大自然让他情感丰富，把他塑造成了一个画家。康斯坦博三十岁时，受到伯父资助，首次去湖地画素描。绘画之余，他特地去"鸽舍"拜访华兹华斯一家，交谈甚欢，还特地为华兹华斯画了一幅肖像素描作纪念。

当时，去湖区画风景的人不少，但多数是为了找到符合吉尔平"似画"理论的风景。为了像吉尔平那般不遗余力地引导观看者，这些画家喜欢在画面上加个人物，背朝观画者，但用身体姿势指导观画者的透视点，告诉大家应该往哪儿看。康斯坦博有意挑战这种约定俗成的"导看"，让观者自由进入画面。在他看来，风景画所表现的是瞬息万变的自然中的一个瞬间，好的风景画让观者不仅仅能看到，并且能感受到画面上的风正迎头朝他们吹来，落日的余晖正在他们身边弥散，各种云朵正在天空中彼此追逐，等等。他不满足于画一幕静态景象，而是努力利用光线和阴影来捕捉"此刻"，并进一步用题跋来突出观者"在场"的视觉效果，比如"斯图尔的水闸——翻滚的云""斯图尔河上的船——牧场上的亮光""德汉的水磨——一阵正午的强光"，或"诺阿 - 汉得里的古堡——晨——一夜暴雨之后"，等等，不胜枚举。除运用题跋之外，他还勤于用笔记记录每幅画作画的时间、天气变化以及光线变化对色彩应用的影响，以此来增强"在场""实录"的效果。遗憾的是，康斯坦博不是美术评论霸主罗斯金所代表的主流美术评论界的宠儿，他的画有时甚至无人收藏。难怪透纳二十七岁便入主英国皇家学院，而康斯坦博五十三岁才苦苦挣得同等荣誉。

　　罗斯金与华兹华斯相差近五十岁，平生只见过华兹华斯两次。他少年时随父亲旅行经过湖区的莱达镇，去圣玛丽教堂做礼拜，刚好华兹华斯和骚塞也在场。罗斯金回忆说华兹华斯在听布道时一直打瞌睡，而骚塞则恭谨认真，看上去也更有名士风度。第二次是罗斯金在牛津上大三时，得了一个显赫的诗歌奖，而为他授奖的正是碰巧来校园访问的华兹华斯。

　　湖地无疑是罗斯金大半生中所向往的"远方"，但他是家中的独生子，也是有名的孝子。他在母亲逝世后一年，也就是 1872 年，才在湖区西南部孔尼斯顿（Coniston）湖边一个叫"黑雁木"（Brantwood）的地方买了二百五十英亩地

从罗斯金在黑雁木半山的书房里看到的孔尼斯顿湖

（约一平方公里），包括一座十八世纪建的楼房，在湖区正式落户。孔尼斯顿不在湖区的主要公共交通干线上，只能从湖区南端的温得尔镇乘车前往。而到罗斯金的旧居"黑雁木"还得从镇上坐渡船，再爬山。我第一次造访湖区时，没有足够时间去"黑雁木"。第二次再访湖区，去孔尼斯顿镇当然是必做之事。我提前一天就从科日克搬到温得尔镇过夜，次日一大早乘头班车前往孔尼斯顿镇。

　　记得那天是周六，一路上细雨纷纷。去孔尼斯顿镇的马路狭窄，公共汽车在遍布青苔的古老石墙和树丛中颠簸着前行，遇到对面来车，总少不了一番进退让路。一个多钟头后终于下了车，迎着丝网般的秋雨，沿着滑溜溜的石板小路慢步前行，到达罗斯金博物馆时，唯一的馆员兼馆长正在开门。馆内展示了罗斯金收藏的各类物品，从纺织和刺绣（罗斯金非常珍惜本地民间艺人的创作）、各类乐器（其中有一件像中国古代的编钟，但用纯自然状态的石头串联而成）、大量绘画（水彩画，尤其是罗斯金早年在威尼斯所画的古建筑素描）到湖区的各类自然物，如岩石、木制品等，不一而足，丰富得出人意料。走出博物馆，已是午后了，我急忙赶着去渡口坐机动船到湖对面参观"黑雁木"。路上经过了训练本地艺术工匠的"罗斯金工艺学校"，还看见不少写生的画家（想必大多为业余画家），或穿着雨衣，或坐在撑起的大雨伞下，或坐在小咖啡馆门前的街沿专心作画。

　　罗斯金旧居在半山腰，依山临湖，楼内的主要房间，如客厅、书房、绘画室、主客卧室都面湖，从低到高修建了大大小小的露天阳台。达尔文等一系列英国的科学与文学名人都曾造访"黑雁木"。与华兹华斯和其他名人的旧居不同，罗斯金旧居里的家具和物品大都为原物。罗斯金在"黑雁木"只住了七年便精神崩溃，全靠他的表妹照顾。其表妹夫为罗斯金画的一幅肖像，毫不留情地表现了这位博学大师晚年的绝望神情。罗斯金去世后，家产由其表妹一家继承，不少家具物品一度被卖出。但"罗斯金协会"近年来花大价钱买回了主要物件。一个优雅的老年女馆员告诉我，住宅里最大的那个书架就是刚从爱丁堡一个收藏家手上买回来的，按原设计恰到好处地镶嵌进书房正面的墙上。罗斯金的住宅固然设计得别有匠心，但他修建的三百六十度全方位环绕的花园更令人称赞。花园建在湖边的斜坡上，沿 Z 字形小道上升，象征但丁在《神曲》中所描述的人之灵魂从地狱升入天堂，并与象征原罪的七个露台交错。花园中有瀑布，由几条风格不同的小路和生长于不同季节的植物分成几个含不同主题、扩散性的园中之园。

离开罗斯金的花园，乘渡船回到镇上，雨终于停了。裹着暗淡的天色，拖着疲惫的步子，我又去了城外的圣安德烈教堂，想拜谒罗斯金的墓。天色已暗，我在墓地走了几个来回，却找不到罗斯金的墓碑，只好去打扰一位依然在画画的中年女士。还没等我把罗斯金的名字说完，她便开了口："教堂后面第二排最大的那块墓碑。"罗斯金的墓碑上刻着一位正在运笔作画的优雅男子和一位弹拨竖琴的淑女，而罗斯金的姓名和生卒年月横插两者之

罗斯金选择死后被埋葬在孔尼斯顿镇，这是他的墓碑

间。雨后的墓园格外宁静肃穆，但我分明听到曼妙的竖琴声从墓中飘升而起，令人惊诧。张皇四顾，只见五六个习画者在苍茫暮色中专心运笔。

罗斯金逝世了两百多年了。虽然各种新文学、新美术理论来来去去，各领风骚十来年，但这位维多利亚时期的老派人文学者却并未过时。期刊《八盏灯：罗斯金研究》仍不时发表有新意的好文章，罗斯金所擅长的跨学科研究方法今天又重新引起学界的重视。位于湖区边缘的兰开斯特大学专设一个罗斯金图书馆，收集了罗斯金的手稿和画作。于 1901 年在孔尼斯顿镇建立的罗斯金博物馆越办越红火，而于 1932 年成立的"罗斯金协会"至今也不乏参加者。

"让火车开进来"

十九世纪中期住在湖区的另一位知名人士是哈瑞特·马提诺。马提诺是英国最早的社会学家和女权主义作家，也是维多利亚时期英国最有影响力的社会活动家之一。她出生在一个信"一神论"教的殷实家庭，有兄弟姐妹六个，父亲在她还是婴儿时就病逝了，由母亲支撑全家生活。马提诺回忆她幼时经常受母亲虐待，加上少年时因患病丧失了味觉，听觉也逐渐退化，长期倍感压抑。幸亏她很早就学会了识字，整日以书籍为伴，慢慢试着在教堂的《简讯》上发表些短文。她后来去伦敦住了一段时间，还到过新大陆，结交了一批有识之士。马提诺很早就认识到要改善社会，必须研究其政治、宗教、社会机构和家庭，因而努力写作，一生在英国的左派报刊上发表了上千篇文章，有影响的专著包括《政治经济勾描》《家庭教育》《病室手记》等。其著述内容之丰富，足以展现她对社会问题的广泛关心。马提诺中年患了一场重病，据她说是当时颇有争议的催眠疗法救了她一命。她病愈后爱上了户外徒步，希望以之巩固重新获得的健康。四十三岁那年，马提诺受一位住在温得尔镇的朋友之邀，首次造访湖区，对之一见钟情，很快便决定搬去湖区安度余生。

马提诺在一个叫"疙瘩"的小丘上造好房屋，安顿下来，便去安波乐北边拜访刚当选为皇家协会"桂冠诗人"的华兹华斯。虽然马提诺在当时的社会声名并不亚于华兹华斯，但她既非名门淑女，也非主流学者。更糟糕的是，她的名声往往来自她所持的极端的社会主张和另类的生活方式，比如接受催眠疗法之类。华兹华斯的太太玛丽则是个保守的家庭妇女，每当马提诺来访，她总是借口有事外出，回避与这位持激进见解的社会活动家见面。其实，政治观点保守的华兹华斯与马提诺也只是礼尚往来，避免谈论时下有争议性的社会话题。老年的华兹华斯那时已不能长时间徒步于山水之间，所以特别热衷于园艺，对树木花草了如指掌，很乐意给马提诺提供栽什么树、种什么花之类的建议。据说，他甚至亲手帮马提诺在其新盖的房子前种了一棵松树。

马提诺也喜欢在湖畔的林中徒步，尤其喜欢在冬天人少时外出行走。一年后她出版了一本小书，叫《安波乐一年》，细说她在湖区的乐趣："早上去山间散步，尤其是穿着防水雨衣与劈面而来的暴雨搏斗，其乐无穷。我在早上有足够精力去抗争，也不用担心因天黑迷路；待穿过了暴风雨后回到家，坐在壁炉边享用早餐，那是何等的享受啊！"马提诺的社会名声让这本书广为传播，对那时的城市读者有很大的影响，吸引了不少人来湖区旅行，效法她的生活方式。

马提诺虽全身心享受华兹华斯爱了一辈子的湖地自然环境，但她对湖区未来的设想与华兹华斯大相径庭。她热衷于发展，主张开发湖区旅游，增加现代设施，改善湖区居民的物质生活，以实现其贫富均等的社会理想。她支持把铁路引进湖区，相信铁路不仅有助于发展湖区的经济，还可以对湖区本地人进行启蒙，打开他们的眼界，让他们接受现代化的生活方式。马提诺搬家到湖区后不久，就兴高采烈地参加了蒸汽船"湖上夫人号"首航温得尔湖的大型仪式，不久后还应邀写了一本《湖区指南大全》（*A Complete Guide to the English Lakes*）。为了突出蒸汽船通航后的新旅游路线，她还特地在书末附了一张自己精心绘制的地图。马提诺还主张重建在湖区四处可见的石头小屋，以改进本地劳动者的住房质量，甚至还买了一些土地供修建具备现代设施的房屋。为了让湖区农牧业效率更高，她公开挑战本地牧人的习俗。本地牧民一直相信得有三亩地才能养一头奶牛，马提诺在她的房子旁买了两英亩地，却养了两头奶牛，牛奶产量还很不错。她很得意，逢人便夸耀自己的成功，还特别邀请她的邻居——著名诗人马修·阿诺德（Mathew Arnold）去参观她的实验牧场。

和马提诺相反，华兹华斯对工业化带来的近代文明忧心忡忡。他拒绝参加蒸汽船开通到湖区的庆典，还特别担心铁路早晚会开进湖区来，不但带来太多观光客，扰乱本地人平静的生活，而且必然会导致伐木，毁坏自然环境。华兹华斯深信，人不是四周环境的主宰，不应居高临下、剥夺自然资源。对他来说，人类的住所是自然环境的有机部分，而用湖地特产的层岩石和鹅卵石修建的座座小石屋最契合湖区的自然环境。暗灰，接近石头的本色不但从建筑美学上看来更合适，而且能彰显人与自然融为一体，因此，他竭力反对把石屋粉刷为白色的风气。

事实上，华兹华斯和他的"湖畔派"诗友都极力维护湖区的游牧共和制，即以家庭作为社会的基础结构，政治上自主自理，经济上靠天吃饭，可利用的自然资源贫富共享，不对自然过分索求。马提诺所力求达到的高效率使用土地，显然不是华兹华斯和他的朋友们所赞同的。华兹华斯在他早年写《湖区指南》时，就清楚地表明了他希望湖区变为国家的资产，让所有能用双眼去看、用心灵去欣赏的英国国民都有权共同欣赏其美景，这是人类历史上第一次提出建立"国家公园"的设想。今天，当过度工业化使全球生态环境遭到破坏时，我们才认识到华兹华斯这位用诗歌来维护生态环境的先知先觉者并不是"消极"。

《兔子彼得》与国家公园

要实现华兹华斯让湖区变成人人共享的国家资产的设想，还得经过几代人的努力。我们从前文已知道，罗斯金在理念上和实践上都是华兹华斯的传人。罗斯金在牛津大学艺术系作过关于湖区环境的系列讲演，听讲的学生中有个叫饶斯里（Hardwicke Rawnsley）的，深受影响。此人毕业后便应其表兄的邀请，到湖区的孔尼斯顿小镇当牧师，特地选择了罗斯金居住的"黑雁木"附近的一个教区。饶斯里牧师支持保护本地的自然环境、人文资源以及本地的手工技能技巧，是个响当当的环保主义者和传统文化的守护人。他花大价钱来保存"湖畔派"诗人居住过的房产，先买下了柯勒律治和骚塞在格拉斯小镇住过的旧居，又在去世前三年买下了华兹华斯兄妹住过的"鸽舍"和他们初到湖区时在科日克住过的小屋，最后一并捐赠给了他所设立的"国家历史遗址及风景名胜信托基金会"（National Trust for Places of Historical Interest and National Beauty）。这个基金会后来成为让湖区变成国家公园的财政支柱之一。

比饶斯里年轻的贝雅特丽丝·波特（Beatrix Potter）也受到华兹华斯－罗斯金自然传统保护主义的感召。贝雅特丽丝出生于伦敦的一个殷实人家，父亲喜欢摄影绘画，可惜才能平庸，但他支持小贝雅特丽丝习画，还常带她去有成就的画家朋友米勒斯（John Everett Millais）家串门。说到米勒斯，还得说一下米勒斯和罗斯金之间的恩怨。这段恩怨因米勒斯与罗斯金的前妻亦菲（Effie）之间的恋情而起，轰动一时，成为文人骚客们闲聊的谈资。《罗斯金研究》编委会提到 2013 年有两部关于罗斯金的重要出版物，其中之一就是《不方便的婚姻》，以罗斯金与亦菲的结合和离异为主题。2020 年居然又出了一部直接以《亦菲》为名的新电影，重新唤起人们对这段文化史上的不了之案的兴趣。

贝雅特丽丝从小热爱小动物和阅读

　　亦菲的父母是罗斯金家族的世交，而少女时的亦菲是罗斯金作画的缪斯。亦菲成年后，罗斯金把她从苏格兰迎娶到伦敦，和父母同住。深宅之中，婆婆势利挑剔，公公冷酷严峻，才华横溢的罗斯金专心于仕途，不分昼夜地写作，对新婚妻子冷漠，不尽做丈夫之责。青春美貌的亦菲日渐憔悴，患忧郁症，头发脱落。在一次随罗斯金去苏格兰写生的旅行中，亦菲结识并爱上了同行的画家米勒斯。后来屡经周折，亦菲终于以罗斯金性无能为理由得以离婚，继而与米勒斯结婚，生儿育女，余生快乐。罗斯金的性无能至今仍是罗斯金研究中的一个不透明点，弄不清是由于他有性生理障碍呢，还是因为他是一个被时代压抑了的同性恋者？

　　我们再回过来说贝雅特丽丝吧。贝雅特丽丝少时和父亲一起去米勒斯和亦菲家做客时，想必对前辈间的纠缠一无所知，而米勒斯对少年的习作颇加赞赏，无疑给了她很大的鼓励。家里兄弟姐妹不多，加上她又没有出去上过学，无法交到朋友。好在父亲所藏的书画甚丰，让她读了不少书，养成了沉静多思的习惯。她还养了各种各样的小动物为伴，从狗到小白鼠，从乌龟到蝙蝠，从鸭子到青蛙，应有尽有。为了和小动物交流，贝雅特丽丝给每个小动物都取了名字，细心观察它们的习性。波特一家热衷于旅行，一年中几乎有三分之一的时间都在外地旅行。他们的旅行常常兴师动众，不但得带行李书籍，还得带上马匹和小贝雅特丽丝的小动物们。

　　1882 年，贝雅特丽丝十六岁时，她全家旅行到饶斯里做牧师的那个小镇住了一段时间，认识了饶斯里牧师。牧师发现小贝雅特丽丝有出众的文学才华，便鼓励她写作。同时，贝雅特丽丝也经常给她的家庭教师安妮的孩子讲自己编造的关于小动物的故事，总是让孩子们入迷。因此，安妮也建议贝雅特丽丝把她讲的这些故事写下来，和她画的动物绘图一起送出去发表。贝雅特丽丝按长辈的建议，送出了她的第一本儿童故事《兔子彼得》，可是投稿却一次又一次被拒。饶斯里牧师知道后，帮忙把稿件送去与他关系甚好的一个出版社，也无济于事。四处碰壁之后，贝雅特丽丝决定自印自销，初版印了二百五十本，很快就销售一空。以前拒绝过她的出版商这时才对《兔子彼得》产生了兴趣，但建议她删减些页数，并给绘画着色。1902年，贝雅特丽斯的"小兔子书"终于正式出版，畅销一时。随后二十多年里，她一共出了二十四本动物题材的图书。《兔子彼得》一版再版，到现在已销售了四百多万册。

《兔子彼得》1902年首版

1936年沃尔特·迪士尼开始出品动画片时，本打算从《兔子彼得》入手，却被贝雅特丽丝拒绝了。兔子的形象后来进入不同的通俗文化圈内——从迪士尼乐园到"花花公子"，从节日庆贺的图像到政治讽刺的象征。本人住的山脚小镇上，就有一个"兔子博物馆"，还以收藏丰富入选吉尼斯大全。

儿童故事及绘画给贝雅特丽丝带来了持续增长的名声和财富，圆了她在湖区安居的旧梦。她买下了第一个牧场，却不得不时常回伦敦去照顾年迈的父母。直到父母去世之后，她才搬到湖区，在离罗斯金居住的孔尼斯湖不远的山坡上修了房子，开辟了一个叫"山顶"（Hill Top）的牧场，骑马、养牛羊、种植物，很快就习惯了过自然而简单的牧场生活，还与一位本地绅士结了婚。

贝雅特丽丝意识到她所敬重的华兹华斯、罗斯金等人的湖地传统正面临工业化带来的威胁，便和丈夫一起慢慢地开始收购周围的小农场，并逐渐增加羊的数量。1943年圣诞节的前两天，贝雅特丽丝在"山顶"的家中因肺炎病逝。这位"小兔子画家"在遗嘱上写明，将其一生购买的十六个农庄、四千多英亩地、几千头羊和几百头牛全部捐赠给饶斯里牧师所建立的"国家历史遗址及风景名胜信托基金会"，这成为该基金会所得到的最大一笔捐款。当英国政府终于在 1951 年决定建立湖区国家公园（英国的第二个国家公园）时，贝雅特丽丝的捐赠是关键的一部分，正像美国洛克菲勒家族将其多年收购的小农场捐赠给美国政府，建立了大提顿国家公园一样（见本书第五章）。贝雅特丽丝没有直接写湖地故事、画湖地风景，但她身体力行，帮助实践了华兹华斯等湖地前辈的理想。她通过画动物、为儿童写动物故事为湖区保存下来的土地，是让关于湖区的宏大叙事从文学、艺术创作走向社会实践的关键一步。

走进湖区

多亏华兹华斯、罗斯金、饶斯里、波特等几代有识之士传承下来的自然保护传统，反对在湖区修铁路，至今为止，只有两条铁路修到了湖区外围，一条经过湖区南端的温得尔镇，另一条经过北端的彭里斯镇，而湖区中心地带连接各个湖和其间散落的小镇全靠古罗马帝国统治时修建的几条马路，让传统湖区的完整性得以保存。我们从电影中看到公元一二世纪时罗马军团的马车在这些路上驰骋是何等的壮观，但这些"马路"按现在的标准来看很窄，常常只能过一辆车。路面铺的也不是现在流行的水泥或柏油，而是传统的碎石子。坐在双层公交车上时有颠簸，得随时抓牢扶手。最让我感慨的是，由于路面窄，司机得随时注意对面来的车辆，判断自己是否有足够空间通过。若过不去，得提前找块稍宽一点的地方停下来，让对面来的车过去后再继续行路。因为往往是私人开的小车让公交车，路上又基本没有红绿灯，所以湖区公交车一路顺畅，很少误点。

在湖区，观光旅游大巴极为少见，私人驾车的也不多，而拄着手杖的背包徒步者倒是随处可见。开始，我很纳闷为什么公交车沿途常在前不挨村、后不着店的地方停下，后来才知道停车的地点多是徒步小路的起点或终点。这些沟通山丘树林的小路大多是湖区土著塞尔特人修建的，后来的樵夫、农夫、牧羊人和像华兹华斯那样的徒步者不时加以维修，把它们保留了下来。这些小径有的三四英里，走到尽头便可换乘另一路班车回住处，不用走回头路；有的则长达上百英里，要好几天才能走完全程。

我在格拉斯镇度过的第一周很悠闲，每天乘不同线路的公交车到不同的终点站下车，然后在湖畔的山坡上徒步漫游，或者在湖里划双桨木船；下午回到镇上逛逛古玩店和陈列销售本地艺术家作品的画廊，最惬意的是去一个叫"三木读书"的本地小书店浏览图书。这个书店建于 1887 年，专门收集造访湖区的作家所写的有关湖区的作品，包括"湖畔派"诗人的诗集及研究"湖畔派"的专著，还有罗斯金的各类作品及后人对他的研究，比很多大学图书馆的收藏还丰富。小镇只有一条街，但有三四个卖古玩的小店，有用本地资源做的石头制品、羊毛制品、姜糖糕盒子（此镇的姜糖糕，一开门就有人排队购买）、塞尔特人的服饰及音乐唱片之类。对我来说，最珍贵的是看到几册多萝西的日记集，虽然是经后人重新编辑过的，加入了不少插图，取名为《多萝西·华兹华斯的湖地日记》，但都是初版。我为是否购买一册带回丹佛而犹豫了好几天，因为书是大开本，无法装进我随身带的行李箱，加上价格也不菲，所以只好放弃。

来到湖区，最期待的当然是像华兹华斯那样，能徒步走遍几个主要湖泊及其中的山坡平原，但这次我们时间不够，只好退一步，采用了本地人步行加搭公交车的方式。我们一行三人：老布、小威和我。老布是个飞行员，是看云识天气的专家，对利用星座识别方向也经验丰富；小威是本地人，对湖区的地理、植物和鸟类了如指掌。我在出发前花了不少时间向老布学看云，也收集了不少有关湖区植物的图片，期待着路途中能加以识别。我所能贡献的是选一些华兹华斯的诗歌、柯勒律治与多萝西写湖区的游记，途中与他们一起分享。

我们从格拉斯镇出发。那天上午阳光普照，站在格拉斯镇旁的山坡上极目四望，天上无数悬浮的云块与山坡草地上缓慢移动的羊群相映成趣。丰润的雨水赐给山间的平原一片盛夏时节的绿茵，但点缀其间的浅黄深红的树丛却告诉我们已时值中秋。尽管是大晴天，湖区也不会像我那时所居住的科罗拉多高原那样，给人阳光灿烂之感，而是张九龄的"空水共氤氲"的意境。远处传来教堂的钟声，提醒我们礼拜已经开始，得赶紧上路了。

一路上最吸引老布的是云，但那天温和清朗，云层变化不大；最吸引小威的是鸟，知更鸟、渡鸦，还有整个灰雀家族——褐色灰雀、灰头灰雀、红头灰雀、红腹灰雀一路相随；最令我开心的则是满山遍野的石头。石头是湖区取之不竭的原材料，新石器时期的湖区人用巨大的岩石围成圈，在当中求神祈祷，祭祀祖先，或者用竖立的岩石作为村界。现在我们还可以在湖区山坡上找到五十多个保存完好的石柱群遗址。一路上的河岸和桥是石头堆成的，路是碎石铺成的。一道长长的石墙告诉旅行者，前面是个可以歇脚的村庄，而村庄的房屋、教堂、街道，还有房后的围栏无不是用石头砌成的。最有趣的是石头上的苔藓，厚薄不一，颜色各异，吸附空气中的黏稠的水汽，把它们输送给石头，让石头也有色彩，闪现着鲜活的面容。

一路走走停停，还搭了一小段顺路的公交车，当我们到达赫尔威利山脚下的一个小村庄时已过了下午五点，天色开始变暗。按小威的安排，我们在一个叫麦凯米尔的农家歇脚过夜。麦凯米尔太太为我们做了一顿土豆加猪肉肠的可口晚饭，但主人家没有客房，所以晚饭后我们三人便各自在客厅里找地方和衣躺下。我蜷缩在一张破损却很舒服的长沙发上，望着窗外的赫尔威利山峰。山像是一块横空出世的巨石，下宽上窄，山顶平直，山腰对称，棱角分明的线条在惨淡的月光下显得异常冷峻。月亮很晚才迟钝地爬上山顶的大平台，椭圆形的，周边发虚，仿佛是一个蛋清色的柠檬摇晃在云海里，窗外雾愈来愈浓，我的眼皮疲倦地奋拉下来。

次日，大家天明即起，喝了一杯麦凯米尔太太为我们准备的黑咖啡，加上两片新烤的荞麦面包，典型的农家早餐。麦凯米尔先生碰巧要去前面希尔湖（Thirlmere Lake）附近的一个村庄运喂马的干草，便让我们搭他的卡车上路了。天上飘着雨丝，"润物细无声"的那种，让起伏的原野看上去朦朦胧胧的。驾驶室里有一个座位给老布，而我和小威则穿着雨衣，缩在车厢的角落里。麦凯米尔先生的车老掉了牙，挣扎着一路往上，加上路面没有铺过，颠簸不已。慢慢地，雨丝化成了浓雾，直到完全看不见面前的路。麦凯米尔先生只好找了块平坦的地方，把车停下来，等雾散去。

我想走动一下，便跳下车厢。"站住，不要动！"有经验的小威马上大声警告我，"你的左前方有头牛！老天，这家伙怎么到这儿来的？"我停住脚，屏住呼吸，确实感到身边有个异物。虽然看不见，但分明感到它的呼吸，它的体温，它的气味，它外溢的生命力。可能过了二十多分钟，太阳慢慢地升起来了，身边的浓雾变薄了。朦胧之中，我看到一头有着黑白交加的大斑纹的牛就卧在离我咫尺之遥的山坡边沿。要不是从英国电视连续剧《大大小小的生物》中见过这种短角公牛，我一定会混淆它的品种，认定它是一头奶牛呢。它很淡定地看着对面的我，好像在质问："你这家伙是从哪儿来的？"没等我向它问声好，小威又对我发出了警告："不要对视它的眼睛！"其实我感觉公牛很放松，最多哞哞几声而已，动也懒得动。

英伦多雨，湖区尤甚。从大西洋吹来的风挟着丰润的水汽，一着陆便凝聚成雨水。由于湖区山丘和湖泊连绵，水汽在不同温度和日光下演变成云、雾、雨、霜、彩虹，而这些水汽形态之间错综复杂的纠缠，创造出瞬息万变的图景，这情景只有身在此山中才看得最真切。那时，我们脚下和身边的雾渐渐化成一抹抹薄云，再粘连上别的细云，抱成越来越大的云团，又被风推着，海浪般地涌向远处。极目四望，又见远处一柱浓密昏黑的雨云从天穹直泻到黄绿斑杂的高原上，消失于从散落的农舍屋顶袅袅升起的炊烟之间。待雾散天晴，我们才又上车继续前往希尔湖。我们告别了麦凯米尔先生，在湖边小憩了二十分钟，各自净化了一大瓶湖水，吃了几块麦凯米尔太太给我们的面包和奶酪，便赶着步行上路，去今天的目的地科日克镇，那是华兹华斯和多萝西最初搬来湖区时居住过的地方。

所幸的是，过了希尔湖，一路都是缓坡，所以我们赶在落日时分到了镇外的石堡圈（Castlerigg Stone Circle）。湖区有五十多个石柱群，这是规模最大的一个，由三十八块未经任何雕琢的岩石呈三百六十度圆形展开，石块高矮大小不等，最高的达三米多。这些石块有的情侣般相依而立，有的像幼儿簇拥在母亲身旁，有的孤傲地站着，也有几块在漫长的时间中崩塌倒下了，让石柱构成的圆周看上去凹凸不平。那一刻，近处的日光已经暗下来，黝黑的石柱靠着背后被落日余晖染红的猫铃山（Mt. Cat Bell）和布满彩霞的西天，一片沉寂。夕阳消失在猫铃山，我们转身下坡，和石柱的相遇倏忽一下融入了天长地久。这种感觉让人目眩。

第三天我们照常早起。没等太阳完全露脸，驱散原野上的薄雾，我们已登上了猫铃山，远观脚下的德温湖在朝阳的映照下一层一层地褪去缭绕的晨雾。猫铃山和德温湖一带是湖区最受人喜爱的地点，见多识广的罗斯金认为此处风景可以在全欧洲名列前三。我们走过一个很长的山隘，前往当天的目的地巴特米尔湖。路边有不少弯腰劳作的农人、牧人，我们经过时，他们总是直起腰来跟我们打招呼，偶尔还聊上几句。我暗想，他们的祖先可能也是这样和华兹华斯打招呼的吧！巴特米尔湖清澈平静，犹如一块天造明镜，映照着四周红黄绿夹杂的冷杉、桦树和榉树林，以及高低起伏的浅坡的倒影，四处万籁俱寂。我们不约而同地降低了说话声，好像人声会打破这片神创的宁谧似的。偶尔有山鹰掠过湖面，打碎光滑的镜面，发出嗷嗷声，给人威胁之感。

第四天，我们离开巴特米尔湖，继续往高处，景色很像是在苏格兰高地，一路相伴的青草地被大片大片青黄色的苔藓所取代。那天我们在 Wasdale Head 客栈歇脚。这是湖区最古老的客栈，专门为去攀登附近的斯卡费尔峰（Scafell Pike）的登山者而开。Pike 的意思是长矛，形容这座英格兰最高的山峰拔地而起，像一把长矛直刺向天空。接下来的两天里，我们先继续上坡，穿过好几里铺满碎岩石的裸坡，然后慢慢下到湖区的中心地带，在长谷上的一个小村庄里度过了这次长途行走的最后一晚，也是最舒服的一晚。房主姓霍布金斯，是小威的朋友，本地教堂的牧师。吃完晚饭，两杯本地啤酒下肚，月亮已上树梢。小威正儿八经地宣布："现在是观鸟的最好时刻，准备好了吗？""黑夜观鸟？"读者免不了会问。没错，要是前一夜在客栈没有听过小威的故事，我一定会满脸狐疑。

小威告诉我们，他从小就迷上了鸟，少年时有一段时间特别为夜莺着迷，天一黑下来，就到林中寻找夜莺，却一直不走运。失望至极，他在一个夏晚拿出长笛在后院吹一段小曲。因为是初学，他重复吹了好几遍。突然，近处的林间响起了更为婉转的音乐，那是一只夜莺来加入小威的夏夜音乐会。小威停下来，这只夜莺却继续唱，其他鸟儿也慢慢加入进来，近处远处，林中天际，一片自然交响曲。记得那时我插话说，夜莺的鸣啭在浪漫主义诗歌中总是哀婉悲伤的。可小威说，他记得夜莺的鸣啭欢愉无比，因为有同类的呼应。他认为鸟类的啼鸣永远是与同类交流，也是与人交流。遗憾的是很多人听不见，也听不懂鸟儿的语言。

此刻，谁也没有再开口，而是各自穿上外套，走进树林。月光如水，但树木仍在幽暗中。大家深一脚浅一脚地踏着软湿的苔藓，鞋子全湿了，我索性脱下鞋子。赤脚踩在苔藓上的感觉妙极了：千古的青苔聚集着大地的琼浆，涨得鼓鼓的，脚踩下去，一片软绵绵的温柔，而清凉的琼浆则像海绵似的从脚趾的缝隙间挤出来。大家都尽量眯缝着眼睛，搜索猫头鹰。小威低声告诉我们："不要只看，还要听！"其实不只是猫头鹰在夜间活动，大多数鸟类都是夜之生灵。虽然它们夜间大多在鸟巢中栖息，但各种各样高高低低的声音总是在空气中流转，相互呼应。

　　我们压抑住非要看到猫头鹰的欲望，放弃寻遍树林，而是带着敬畏之心，只在一个小范围内踱步、顾盼、倾听：啄木鸟还在劳作，它们啄木时发出的哒哒声似交响乐队的鼓声；知更鸟的高音频在混沌中偶尔出现；渡鸦的嘶哑声让人联想到一个悲剧动机的出现；而杜鹃的啼叫悠长而哀婉，让人想起歌剧中悲剧女主人公临近生命的最后一刻。在黑暗中，我的嗅觉也似乎特别灵敏：夜间开放的野茉莉花香味浓重刺鼻，四处蔓延；毒常青藤的气味苦涩，而山楂树则是酸酸的。远处小溪的淙淙流水，身边飘荡的银色的雾，树林、青苔和草地的奇妙混合，则告诉我们说，地球在痛快地呼吸着，而迷失在黑暗中的我们也正是其中的一部分。

　　那晚，我们到最后也没有看见一只猫头鹰，但大家都感到收获满满。黑暗的树林让我们回到了原初的自我，提醒我们人类并非世界的主宰。能不能看到你想看的那个生灵，不在于急功近利之心，不在于你的社会地位、学历、财产、长相、喜好，而是需要平常心、耐心、佛心和一点幸运。要是我们没看到猫头鹰，而看到了乌鸦或是驯鹿，那也同样是造物的馈赠。观鸟是一种既无法从书本上学到，也无法从别人那里模仿的特殊个人体验，是一种只有身临其境才能受到的教育。它不要求我们用任何特殊器具，不许诺我们任何报酬，同时却又要求我们带上自己与生俱来的所有资质，赠与我们无法用势利标准来衡量的精神上的收益。有时候，看不见的部分远比看见了的更让人神往。

在路上的最后一天，照常早起。早起显然成了我们这次徒步旅行中养成的新习惯。霍布金斯牧师的管家太太为我们准备了一顿典型的英式早餐：红茶、邻居当天早上新挤的牛奶、现烤的面包、两面黄煎蛋，当然少不了湖区家家都有的猪肉肠。这样的猪肉肠湖区人每家每户都做，各家有不同的配方和作料，和很多中国老百姓春节时喜欢自己做香肠和腊肉一样。但英式肉肠不风干，也不烟熏，新鲜食用，所以各家主妇们可以日日创新。湖区乡村的物产甚丰，本地人以食用本地农产品为荣，我们的饭桌上摆满了各种茶、果汁、果酱、果脯、坚果、奶酪、蜂蜜等，都是自家制作的。光蜂蜜就有十多种，记得有葵花蜜、橘花蜜、三叶草蜜、桉树蜜、腰果树蜜、夏威夷坚果蜜，足见湖区植物的多样化。谢过管家太太，我们一行参加了霍布金斯牧师主持的周日早礼拜，然后便踏上了归途，从躺在湖区中心的长谷一路下坡，穿过平原上的几个小村庄回到安波乐镇。

这天六个多小时的跋涉，如同穿梭在一幅流动的田园风景画中，远山近水和村庄小路，次第在我们眼前展开。直到穿过一座石桥，可以远远望见在夕照中熠熠闪光的温德尔湖，我再也走不动了，一屁股坐在山坡的草坪上，伸直双腿，张开双臂，彻底躺平，感受到大地深沉而从容的呼吸慢慢进入了我的鼻孔、气管、心脏、全身皮肤的每个毛孔，甚至渗透进血液。天上的云朵饱含着水汽，低垂着缓缓而行，把一团一团大小不同的阴影投射在我身上，投在我身边的丛林上，有舞台上追光灯的效果。我的身体仿佛失去了重量，形体也变得模糊，背上仿佛长出了无数细小的根须，拉着我越来越紧地贴着草地。山坡上的羊群像是地上的云朵，而远处温德尔湖上的天鹅像是水上的游云，偶尔有小木船闯进天鹅群中，游云便腾空而起。周围的山坡被推远，慢慢隐入云朵间……这时候，那首本地人人皆知的苏格兰民歌

《男孩丹尼》随着一个塞尔特女孩的声音在天地间回旋，清澈如山间的溪流：

> 哦，男孩丹尼！你可听得见
> 风笛正在吹响，从平原到平原。
> 夏天已经过去，玫瑰都已凋零；
> 你得远去了，让我们挥手告别吧！
>
> 等草地转绿，或平原再被白雪覆盖，
> 别忘了再回来看我，
> 无论我躺在阳光下或是阴影中。
> 男孩丹尼，我爱你天长地久！

湖地，我的精神家园，你永远不会离开我心灵的视野。等夏天来临，你能和我再度约会吗？

第三章

维也纳：历史兴衰的风景线

维也纳环形大道上的街景

> 这座城市的真正天才之处在于
> 它能把存在巨大差异的文化融为一体……
> ——斯蒂芬·茨威格《昨日的世界》

夜色深沉维也纳

2018 年夏天在德国维藤大学开完欧洲汉学会的前半部分，与会学者们乘一辆大巴去维也纳大学开后半部分，主题是汤显祖与十七世纪中国戏剧。早上从离科隆不远的维藤小镇出发，因时值欧洲难民潮高峰期，路上警察两次让车停下，检查每个乘客的护照签证，到维也纳古城外已近半夜。两位临时雇用的俄罗斯司机尝试从几个路口进城，但因为大巴太宽，结果卡在一个路口，堵塞了交通。两位漂亮却异常严厉的女警察前来解围，先责怪了司机一番，然后指挥后面的车一路倒车，让大巴退出路口。超时工作的司机把大家的行李胡乱扔在路边的街沿上，便消失在夜幕之中。

维也纳老城的旅店大多由旧时私人住宅改建，客房数量有限，所以会议主持院校订了五六家大小不等的旅店，均分布在灯光昏暗的小街上。更糟糕的是，主持院校派出的同行者中只有一位姓宋的助教会说中文。另外四五个为大会服务的研究生都是德国人，热情有加，可是不但不会说中文，连英文也说得不流利。大大小小的行李沿狭窄的街道横七竖八地摆着，几十个与会者——中国香港来的戏剧家，中国台湾来的诗人，中国大陆来的文学评论家，以及韩国来的汉学家，还有美国和英国的教授——各用各的母语怨声载道，颇为一道街景。

城中心一带上不了谷歌地图网站，大家只好等着宋女士一一分组，由说德语的研究生们护送前往预订的小旅店。在路边站了一个多小时，还没人来招呼我这组，我实在等不了了，便站出来叫道："去 B 旅店的跟我走！"于是有七八个人拖着行李，有气无力地跟着我，借着昏黄的街灯去找旅店。行李的轮子滚压过石砖铺成的街道，噼啪噼啪，叮叮当当，把黑水晶般宁静的维也纳之夜敲出了大大小小的坑。终于找到了背街的小旅店，自然没有电梯。等大家把行李一件件扛上楼，住进各自的房间，已经是凌晨两三点了。

那天在大巴上缩了十四五个小时，非常疲劳，但走在维也纳暗黑的老街上，既迷失又好奇，却也增加了几分对维也纳的体验。维也纳的夜晚灯光幽暗，可即使在夜色茫茫的寂静之中，也非常形象地诉说着自己出现在地面时的历史文化环境。哥特式教堂的尖顶直插月色惨淡的夜空，巴洛克剧院和博物馆则从容地横躺在宽阔的大街旁。大街两边的公寓房顺路排开，大多三四层，楼层间隔很高，还错落有致地配置着阳台。底层多用罗马式的大圆石柱支撑，底楼入口处有拱形门厅，且门面宽大，可供社交聚会、饮酒、喝咖啡，甚至小型音乐会所用。背街的小巷都是石砖铺成的路，早已被时间磨损得高低不平，显然是十八九世纪修筑的，让那些穿着高跟鞋或拖着带轮子的行李箱的同事们尤感不便。气派恢宏的建筑提醒着我们这座城市在战前灿烂辉煌，而投在这些建筑上的阴影却诉说着它作为战败国的惨状以及因追随纳粹德国，在战后持续颇久的集体羞辱。世界上可能很少有别的城市有过像维也纳那样从天堂一头跌进地狱的经历。我若是画家，肯定会用金色和黑色来涂抹维也纳。金色渲染这个城市战前的繁荣、镏金溢彩的音乐与艺术和市民们金子般的自豪感；而黑色则象征其战后的政治经济惨状、集体羞辱感还有其伤痕累累的躯体。

三大陆文化视野中的茨威格

维也纳从公元五世纪就有塞尔特人和其他种族定居，十三世纪后期，哈布斯堡王室开始统治。哈布斯堡王室产生了几位开明君主，在他们执政期间，维也纳逐步变成了一个经济贸易发达、文化艺术开放的国际都市。维也纳的音乐家、画家以及建筑师按照他们对这个城市的想象，赋予了维也纳城特别的面貌和性格。这个创造过程从十九世纪中期到二十世纪初达到了最高峰。世界闻名的作家斯蒂芬·茨威格（Stefan Zweig）所作自传《昨日的世界：一个欧洲人的回忆》提供了对黄金时代维也纳的经典记载。

德奥地区的作家的译作（除歌德、席勒的代表作之外），"文革"前在中国不多见，茨威格的作品进入中国读者的视野是二十世纪八十年代的事。这里我想先说明一下八十年代初外国文学的翻译出版情况。"文革"时，在我们这一代人手中秘密传递的，多是之前出版的俄国和苏联作家的作品，如托尔斯泰的《战争与和平》、屠格涅夫的《父与子》、莱蒙托夫和普希金的诗歌（其中不少是手抄的，夹杂着抄写者的即兴创作和修改，难辨真伪）、高尔基的《母亲》和《我的大学》，当然还有奥斯特洛夫斯基的《钢铁是怎样炼成的》。英国小说有狄更斯的《双城记》《远大前程》《雾都孤儿》等英国批判现实主义作品。法国浪漫主义作家雨果激扬革命情绪的《九三年》和赞扬人道主义的《悲惨世界》《巴黎圣母院》也同样受欢迎。朋友中有人可以大段大段背诵出由罗曼·罗兰所作、傅雷先生所译的《约翰·克利斯朵夫》中的经典段落。这本书和爱尔兰女小说家伏尼契的《牛虻》简直是我们这一代人的"圣经"。七十年代末国内文化环境改善了一些，一些早期的译著开始公开出版。记得为了买到这些书，我和朋友们不惜在新华书店门外通宵排队。因为一人一次限购两本，所以朋友之间还得事先达成协议，每人买不同的书，以后交换着看。记得那时在工厂当徒工的工资也就二十多块钱，而像我这样刚从乡下返城的知青更是囊中羞涩，排两次队买书就得花掉大半个月的伙食费，但买书在那时真是其乐无穷，远胜过现代人买彩票。

茨威格的作品进入中国读者的视野是八十年代"文化热"中的事。那时，除了出版译著的几个老牌出版社，如上海译文出版社大量重印"文革"前出版过的译著，新的出版社也开始出现，并通过翻译中国读者不熟悉的作家和作品来打造品牌，如译林出版社和漓江出版社均推出了大批当时不为中国读者所熟悉的作家的译作。八十年代初由北大西语系张玉书教授翻译的中篇《一个陌生女人的来信》是我最早接触到的茨威格的小说之一。茨威格的很多小说都发生在维也纳，因此，维也纳的大街小巷便成了我观察世界文化地图的一个焦点。

如今，茨威格的名字在中国读者中已不再陌生，他绝大多数作品的中译本已陆续在大陆和台湾地区发行，如以《一个陌生女人的来信》命名的中篇小说集、短篇小说集《与恶魔做斗争》、传记《三大师传》和《三作家传》等。《昨日的世界》（舒昌善译）于 2012 年由生活·读书·新知三联书店出版。为了庆祝这本传记发行七十五周年，上海译文出版社又在 2018 年特邀徐友敬等人重译，重印了此书，用来为美国试验派电影导演维斯·安德森（Wes Anderson）的电影《布达佩斯大饭店》助销，书名后还特意加了个副标题——"《布达佩斯大饭店》灵感之来源"，其名声在亚洲各地区的汉语文化圈里可以说是如雷贯耳。

茨威格在欧洲大陆也颇受读者的青睐。在柏林著名的巴斯曼书店（Bussmann），茨威格的作品占了整整一个书架。据说他作品的法译本也从未脱销过。相比之下，茨威格作品的英译本数量在美国却远远少于中文和欧洲其他主要语种的译本。纽约著名的司传德书店（Strand）号称其拥有的图书按标题排列可达十八英里（约二十九公里）之长，但从中只能找到六七部茨威格的作品。即使在大学和学术圈子里，茨威格的名字也鲜为人知。曾长住美国、在哈佛大学任教的华裔学者李欧梵素以阅读广博著称，但他也承认说自己对茨威格是"后知后觉"，仅在退休后回到香港，才开始注意到他的作品。

　　奥地利汉学家霍芙乐（Arnhilt Johanna Hoefle）的英文专著《中国的茨威格：跨文化接受的力度》研究茨威格的作品在中国的翻译及读者的接受情况，也讨论了茨威格受美国批评家冷落的原因。茨威格在二十世纪前二十年是最受读者称赞的德语作家之一，后来一落千丈，原因之一是第一次世界大战之后，欧洲现代派文学兴起，开创了很多新的人文主题和艺术表现方式。与同是用德文写作的卡夫卡（Franz Kafka）和托马斯·曼（Thomas Mann）等人所展示的异化主题和尝试的新写作技巧相比，茨威格仍然满足于用优雅艳丽的文字、老派的叙述结构来讲述精英阶层的感伤故事，没有什么突破。原因之二是茨威格作为一个犹太作家，在二战中先后流亡英国、美国和巴西，但一味怀念奥匈帝国昔日的辉煌，没有对奥地利政府与第三帝国勾结所造成的灾难做出实质性的批判。当时在美国颇有影响的犹太文化批评家汉娜·阿伦特（Hannah Arendt）对此的针砭尤为尖锐。

　　进入千禧年后，都市大众的阅读趣味有很大改变，茨威格的名字几乎销声匿迹。但2014年上映的《布达佩斯大饭店》再度激活了美国读者对茨威格的兴趣。导演安德森在接受记者采访时说，他几年前旅居法国时，偶尔在书店里读到茨威格的小说，立刻便被吸引住了。他认定茨威格的作品是他创作《布达佩斯大饭店》的灵感来源，还特地在电影的结尾加入一个学生模样的女孩，捧着一本厚厚的书，在茨威格的塑像前顶礼膜拜的镜头。

　　的确，安德森在这部影片中借用了茨威格所擅长的用大故事套小故事的叙事结构，以大饭店或旅馆作为故事场景也可以看出茨威格的痕迹。茨威格在世时，常在世界各地游学讲演，而旅馆里的一夜风流、火车站的浪漫邂逅、饭店里的艳遇常是他津津乐道的情节。他的名著《一个女人一生中的二十四小时》就是发生在旅馆里的故事。更重要的是，安德森的电影和茨威格都试图再现二战前的维也纳这个格调高雅的世界艺术之都。但安德森显然意识到战后残存的维也纳城已无法支撑自己对那个美轮美奂的城市的想象，只好把外景地选在德国的一个中世纪的贸易古城，叫戈尔里兹（Goerlitz）。这个小城因其保存完好的各式建筑著称于世，而电影中虚构的布达佩斯大饭店则是城内一座商业大厦。即使如此费心选外景，安德森依然无法像黑白片《一个陌生女人的来信》那样生动地再现昔日维也纳的光景。

其实，也许我们根本没有必要要求导演安德森去重现茨威格的世界。茨威格的作品风格严肃、不苟言笑，试着用好朋友弗洛伊德（Sigmund Freud）当时正在创建的精神分析学来建构心理张力，且语言精美华丽，一如他那个时代的精英文化。安德森却诙谐、冷峻、嘲讽，丝毫不在乎读者阅读的心理深度。虽然小说家茨威格与导演安德森各有风格，他们之间远隔一个世纪的呼应却是世界文学得以不断延续的前提。

茨威格的维也纳

《昨日的世界》记载的是维也纳的近代文化史，尽管是非常个人化的一段历史。书中字里行间充满了茨威格在他生命的最后一段时间里对似水年华的怀念，对失去精神家园的悲痛，同时也分析了传统欧洲文化被"欧洲人自己"（确切地说，是被德国民族主义）所毁灭的原因，展示了维也纳作为一个普通的城市伴随其精英文化的精神历程，怎样在十九世纪末二十世纪初变成欧洲一道亮丽的文化艺术风景线，最终却变成了欧洲开放文明的一曲挽歌。下面是这本自传开宗明义的第一段话：

　　如果我要为第一次世界大战前及我长大成人的那一段时间作一个简要的概括，那么我希望如此说：这是一个太平的黄金时代——这是最确切不过的了。我们那个几乎有千年历史的奥地利君主国，好像它的一切都会天长地久地延续下去，国家本身就是这种延续的最高保证。……我们的货币，奥地利克朗，是以闪闪发光的金币形式流通的，因此它的价值是不会改变的。有房子的人把房子看作留给后代的万无一失的家园；农场、商店则代代相传。就连襁褓中的婴儿，也已经在储蓄罐或储蓄所存下了一笔钱，这是为他的将来准备的一笔小小的储蓄金。在这个辽阔的帝国里，所有的一切都紧紧依靠国家和那个至高无上的白发苍苍的皇帝。谁都知道（也都相信），即使老皇帝去世，新皇帝即位后，旧的一切会原封不动地得到保持。谁也不相信会有战争、革命，会有颠覆政权的行为。在一个理性的时代看来，任何激烈的暴力行动都是不可能发生的。

　　接下来，茨威格喋喋不休地告诉读者，说他出生于一个"逐渐发迹的上流犹太资产阶级"家庭，父亲在五十岁时按国际标准也可以称得上是一位巨富，但他"克勤克俭，绝不挥霍，也绝不挪用款项"。母亲来自一个富有的"国际化的意大利大家族"。然而，对父母双方的家族来说，"精神高于物质"最为要紧，因为"犹太人真正的愿望，他们潜在的理想是提高自己的才智，使自己进入更高的文化层次"。

　　虽然让子女受到良好教育是茨威格的父母的最大心愿，他所上的那所公立学校的教育却非常保守乏味，让他在书中抱怨连篇。中学阶段，茨威格唯一感兴趣的是文学，并和几位志同道合的同学互相鼓励："我们每天都相互交换习作，提出疏忽和不足，讨论每一个韵律的细节。"并试着投稿，开始文学创作生涯。高中毕业后，他升入维也纳大学，继续结交有志于文艺的朋友，勤奋写作，二十三岁就获得哲学博士学位。

　　显然，茨威格为奥地利的开明君主制感到无比骄傲，对社会稳定性持肯定态度，因为"全面稳定带来全面繁荣，而全面繁荣必然引起对艺术的最强烈的追求"。他认为在欧洲没有一座城市像维也纳那样热衷于音乐文化生活，因为音乐是打破社会界限、让人人感到平等的媒介。维也纳的市民们不分社会阶层和种族，人人都可以出席皇家剧院的演出，参加盛大庆祝活动。而无论是公民个人的婚事和葬礼，还是宗教仪式、政府组织的军事检阅，都是维也纳市民举行庆祝的理由。他说：

　　"人们对声响色彩的感觉，对表演，对通过表演来反映生活的兴趣全城都是一致的，好像从空气中就能获得乐感似的。即使是一个生活在下层社会的维也纳人，也由于自然环境以及城市里音乐艺术的耳濡目染的熏陶，而具有很好的审美意识。"

　　作为欧洲老派人文学者的典范，音乐是支撑茨威格精神世界的核心。的确，维也纳产生和培养了各种流派的音乐大师，如格鲁克、海顿、莫扎特、贝多芬、舒伯特、勃拉姆斯、约翰·斯特劳斯、古斯塔夫·马勒、勋伯格等，世界上没有任何一个城市可与它相比。但最让茨威格感到骄傲的，是普通的维也纳市民对音乐的兴趣和鉴赏水平。一般市民每天早晨读报时，第一眼看的不是国会辩论或世界上发生的大事，而是皇家剧院当天上演什么剧目：

　　"皇家剧院的演员像是一群情趣高尚的'宫廷侍臣'，他们向社会昭示一个人应该怎样穿戴，怎样行事，如何与人交谈，用什么样的言辞等。剧场、舞台不仅是娱乐场所、社交场所，也是学习优雅风度的课堂。总理、大臣和富豪在维也纳街上走过不会有人回头张望，可是当一个皇家剧院的演员出现在街头，售货员或马车夫都认识他们，对他们表现出近似宗教的崇拜。一个受人爱戴的歌唱家或艺术家的去世，顿时就会让举国哀悼。"

　　茨威格极少谈论他非常富有的祖上和双亲，让他最乐于追述的人是小时候家里雇用的一位厨娘。有一天，这位厨娘感情激动，含泪冲进客厅，告诉茨威格的家人说，皇家剧院的领衔女主演夏洛蒂·沃尔特死了。这位目不识丁的厨娘为一位素不相识的女演员的去世而表现出的悲伤，让茨威格一家深感艺术对普通人的影响。

茨威格的写作题材甚广，包括小说、戏剧、文化名人传记、音乐评论、自传等达三十六卷之多，另外还有五百多篇文章发表在报刊上。他的作品不但给他带来了巨大的声誉，让他跻身欧洲文化名流圈，还带给他带来可观的财富，让他进一步成为世界上最有名的作曲手稿收藏家。他花大价钱收藏了德国作曲家海顿、巴赫、莫扎特、贝多芬、瓦格纳、马勒等人的手稿，现分别珍藏于大英图书馆、纽约州立大学和以色列大学图书馆等处。茨威格的文学生涯和作为人文学者的声誉在二十世纪的最初二十年达到了顶峰。

环形大道、咖啡馆和音乐厅：混凝土浇筑的开放精神历程

茨威格是维也纳的儿子，他与这座城市的血缘关系亲密不可分离。他所经历的历史、文化事件都铭刻在城市的空间布局和各类建筑上，让各种用石头、砖瓦和混凝土筑成的物件都获得了灵性和历史记忆，给后人细说维也纳城的故事。

老维也纳的城市空间布局和建筑结构告诉我们，这是一座社会阶层分明的城市，像老北京一样，这个城市的社会等级可以平面上的环形来标示：哈布斯堡皇家的城堡在空间上处于城市中心，这也是哈布斯堡帝国的政治文化中心，是第一环；城堡外是奥地利、波兰、捷克、匈牙利大贵族的宫殿，构成了第二环；再向外是本地社会名流、知识精英的府邸，在三环上；而最外边的第四环是小市民阶层和无产阶级的住宅群。第一次世界大战之后，哈布斯堡皇室向维也纳开明知识分子和新崛起的资产阶级——尤其是新兴的犹太资产阶级——陆

续做了些重要让步。比如，让犹太教合法化，允许犹太人开业经商，在政府部门工作，并免除了对犹太人的额外税收。开明的精英知识分子和新兴资产阶级得利于这个开放宽容的政治环境，用开明的精神气质来重新塑造维也纳城，从而大大地改变了维也纳的面貌。

重塑维也纳计划的核心是"维也纳环形大道"工程，即拆毁环绕王宫贵族居住区的老城墙和其他障碍物，在绕城的空地上修建供全体市民使用的公共建筑和中产阶级的私人住宅区。这个决定是开明皇帝约瑟夫一世（Franz Joseph I）在 1857 年圣诞节前宣布的，被维也纳人看作是王室赐予他们的最佳圣诞礼物。此后四十年中，议会大楼、市政厅、国家歌剧院、皇家剧院、国家美术博物馆、自然历史博物馆、维也纳大学校址等一系列核心公共建筑相继在环形大道上出现。其中有的是新建的，有的是从其旧址搬移过来的。在这些恢宏的建筑物之间，文化精英和富裕的中产阶级的私人住宅、咖啡馆、书店等也相继出现，为维也纳那时正在形成的公民社会提供了物质基础。按茨威格的描述："在古老的要塞围墙旧址上，现在是一条环形林荫大道，大道上的华丽楼阁环抱着城市最珍贵的核心，即王宫贵族的古老宫殿……从市郊走进市区，你会看到城市的发展轨迹像树干的年轮那样层次分明，但旧的建筑并不抱怨新的建筑，就像敲下来的石头并不抱怨岿然不动的大自然一样。"这种视觉和精神上的兼收并蓄，构成了世纪末维也纳的特殊风景。对于维也纳市民来说，"环形大道"不仅是一个耗资巨大的土木工程，为维也纳市民创造了一个共享的文化空间，也是一个趋向平等的社会政治运动，是开放文化的象征，实践以兼收并蓄为特征的新文化艺术的舞台。简而言之，环形大道让维也纳从一个一般意义上的城市，转变成了十九世纪末欧洲文化艺术的大都会，展现了开放、包容的文化风景。正是在这种意义上，肖欧思基（Carl E. Schorske）在其名著《世纪末的维也纳：政治与文化》中满怀感情地断言："'环形大道'不仅是一个工程，更是一个特殊的历史时期，是维也纳人的精神历程，是历史对劳苦大众的救赎。"

维也纳的城市建筑在其形成之初就和大自然融合得很好，不像纽约、伦敦或其他大都市那样与自然截然分离。城外的住房有的蜿蜒于多瑙河边，有的面向宽阔的平原，也有的散布于阿尔卑斯山末端高高低低的山坡上。环形大道修好之后，不少精英文化人士和新兴的资产阶级，尤其是上层犹太市民的住房被划到了郊外，这让他们对花园产生了浓厚的兴趣，刺激了欣赏和修建花园的热情。英国知识阶层认为建筑是人为的，而与之相对的花园属于自然，是修整过的自然。维也纳的精英艺术家们则认为，花园是建筑的延伸，其功能不在于模仿自然，而在于彰显人类的理想。这个看法与维也纳现代艺术家们对装饰艺术的兴趣密切相关。那时，不少优美的皇家花园已向平民开放，加上散落在民居之间的新建的各式私人公园，让维也纳成为一座名副其实的花园城市。在气派恢宏的传统建筑和具有现代趣味的民居和个性化的私人花园之间，也已冒出一些现代的高层建筑。

维也纳作为一个文化名都的特质到现在仍不难被辨认出：从气派非凡的皇宫、哥特式教堂、博物馆、大大小小的剧院和音乐厅，到各式各样普通市民日常生活中的书店、古玩店和遍布街头巷尾的咖啡馆。尽管欧洲各大城市中咖啡馆都很常见，但真正的咖啡馆文化之都却非维也纳莫属。咖啡馆在十五世纪下半叶就在维也纳出现了，在人行道上、公园里或剧院门前，到处都摆着桌椅，任人喝咖啡或品下午茶、吃小点心、约会朋友、看杂志、看手机，或者只是晒太阳。公共汽车站旁的小店一般只有几张板凳，甚至只能站立等待，但同样顾客盈门。

对那些"小荷才露尖尖角"的文艺青年来说，咖啡馆不只是他们聚集、休闲的地方，也是探讨新观念的场所。茨威格认为"在世界上找不出任何一个地方的咖啡馆能与这里的相比"。他回忆说他那时在学校里根本接触不到任何新知识，而环形大道上的咖啡馆却是他真正的课堂。咖啡馆"实际上是一个只买一杯咖啡就可以买到几个小时乐趣的民主俱乐部：可以讨论问题、写作、玩牌、阅读信件、免费浏览最新报刊等"。他自己正是在咖啡馆的杂志架上发现了对他后来文学创作影响颇深的里尔克等人。

那时最具盛名的格林斯坦特尔咖啡馆（Café Griensteidl）是文学青年的大本营，被称为文学神童的霍夫曼斯塔尔（Hugo von Hofmannsthal）就在那里定期朗诵自己的作品，他以其典雅的语言、丰富的内涵和飘逸的文采征服了全城。一些跨世纪的咖啡馆到现在仍在营业，比如位于国家剧院、市政厅和维也纳大学之间的兰德曼咖啡（Landtmann Café）建成于 1863 年，是"环形大道"时期的产物；蔻壁咖啡（Korb Café）开业于 1904 年，深受维也纳人爱戴的皇帝约瑟夫一世亲自到场祝贺。而建于 1876 年的中心咖啡（Café Central）则以其建筑风格和室内装饰吸引了当时不少先锋艺术家和文化精英们，住在附近的心理学家弗洛伊德、画家克里姆特常来光顾。咖啡馆几个世纪以来都是维也纳社交和文艺创新的热身场所，难怪联合国教科文组织在 2011 年将维也纳咖啡文化列为"世界非物质文化遗产"之一。

除了咖啡馆外，维也纳人对他们城市的记忆与音乐厅、剧院和美术馆也息息相关。茨威格回忆说，"环形大道"工程决定把首次上演莫扎特的歌剧《费加罗的婚姻》的皇家剧院搬迁到环形大道上时，"维也纳的整个社交界像参加葬礼似的，神情严肃而又激动地聚集在剧院大厅里，幕布一落下，人们就冲到舞台上，为的是抢到一块原装舞台地板的碎片，好带回家永久珍藏"。在专供演奏室内乐的博森多尔夫音乐厅被拆除前的最后一场贝多芬钢琴曲告别演出结束后，四五百位音乐迷没有一人离开座位："我们不停地鼓掌，有些妇女控制不住哭出声来。在维也纳，每当有历史意义的建筑被拆除时，都像抽掉了我们的一部分灵魂。"维也纳最大的不幸，当然是在二战期间，大部分歌剧院、剧场和音乐厅都被炸毁，整个城市的灵性被炮弹挖空了，成了残存的"空心人"。

环形大道旁的国家歌剧院

世界公民之都与大师之死

在茨威格和"环城时代"的文学家和艺术家们的眼里，维也纳最让他们感到自豪的是：

这座城市的真正天才之处，在于它能把所有存在巨大差异的文化都融为一体，这座城市的公民都期待把自己变成超民族主义者、世界主义者和世界公民……维也纳的天才，特别是在音乐方面，从来就是把各民族和各种语言的对立因素融合在一起，维也纳的文化是西方文化的合成体。凡是在维也纳工作过和生活过的人，都会觉得自己摆脱了狭隘和偏见。在维也纳更容易当一名欧洲人……在维也纳，人们喜欢愉快地聊天，习惯于和睦相处。穷人和富人、捷克人和德国人、犹太人和基督教徒，在维也纳都能和平相处，尽管偶尔会互相嘲弄几句。

茨威格用"世界主义者"来界定自己，认为在这种兼收并蓄的文化环境中，"犹太人创造的文化不能只以犹太人文化特有的原型出现，而是以与奥地利文化交融的形式出现，体现出奥地利及维也纳的特点"。的确，当时的维也纳堪称"全球化"的首都，对各国移民，尤其是犹太移民的开放程度最大。有人开玩笑说走在维也纳的一条大街上，可以听到上千种语言。正是因为这种开放气象，让维也纳聚集了大量的文学艺术家，尤其是犹太文学艺术家。茨威格列出的具有国际声望的犹太文学艺术家，包括作曲家戈德马克、马勒（Gustav Mahler）、勋伯格（Schoenberg）、奥斯卡·斯特劳斯、莱奥·法尔、卡尔曼，文学家霍夫曼斯塔尔、阿尔图尔·施尼茨勒（Arthur Schnitzler）和霍夫曼，戏剧家马克斯·莱恩哈德、心理学家弗洛伊德。不夸张地说，欧洲二十世纪前二十年的文化新潮都在这里酝酿成型，包括欧洲社会主义。而斯大林、托洛茨基、弗洛伊德这些对世界历史有着巨大——建设性或破坏性——影响的人物都曾住在维也纳，而且大多住在同一城区。不幸的是，维也纳的多元文化未能成为人类文化的楷模，最终被当时世界各地兴起的极端民族主义所毁灭，法西斯主义即是祸首。

1934 年，希特勒和"第三帝国"的兴起让茨威格感到灭顶之灾将至，便携第二任妻子离开奥地利到英国避难。1940 年更多欧洲国家失陷，夫妻二人又横渡大西洋到了美国，在纽约市和康涅狄格州的一个小镇上住了几个月。作为一个趣味高雅的老牌欧洲人文学者，茨威格与正在美国冒头的大众文化格格不入，所以同年 8 月又南行到巴西里约热内卢郊外一个说德语的小镇上定居。在那里，虽然人身安全不成问题，但精神上的巨大失落让他对生活的信心丧失殆尽。1942 年 2 月23 日，茨威格和妻子双双自杀于寓所。他留下的遗书极短，除了感谢巴西的朋友在他生命的最后两年的款待之外，平静地用下面一段话作为结束：

"活了六十年，我实已无力重新开始，应该自尊地结束自己的生命了。我曾把一生的智力与精神都奉献于追求人的自由、纯净的喜悦等大地上的最高价值。我在此祝福每一位朋友在长夜将尽时，能再见到美丽的晨曦！我耐性不够，只好先走一步了。"

大师那时年仅六十岁，按现在的说法，还只是一个"年轻的老年人"。

在维也纳漫游的几周里，我曾试图找到关于茨威格生活的蛛丝马迹，但毫无着落，这让我颇感困惑：为何这个培养了这位文豪的城市没有给后人留下任何可以追忆他的凭借。后来，我打听到萨尔茨堡有个茨威格博物馆，便专程去寻找。萨尔茨堡是莫扎特的故乡，是个依山傍水的小城，从维也纳乘火车去只需半个多小时。由于这些原因，不少维也纳的名人雅士，包括茨威格都在萨尔茨堡拥有避暑别墅。扬名世界的维也纳交响乐团整个夏天都在那里演出。

我到了萨尔茨堡，去公共图书馆打听博物馆的地址。一个年老的管理员接待了我，很热情，但她不会说英文，而我又不会说德文。好在她认出了我写的茨威格的英文名，便用德文为我写下了一个地址。我把地址输入谷歌地图，走了不到二十分钟便听到提示说"你的目的地到了"。抬头一看，面前是一座陡立的山坡，死路一条。我以为导航有误，便离开那里，重新设置地图后再开始。谁知导航仍然把我带回了同一地方。困惑之时，我注意到有个人从山坡的右上方走了出来。原来，山坡背后有条两百多个阶梯的小道。爬上去后，果然看见了一个用德语写的小路牌指着前方的一座小楼，我认出了上面有茨威格的名字。

进了楼房，才知道这不是什么博物馆，而是隶属于萨尔茨堡大学的茨威格研究所。有一个馆员在内，但忙着在电脑上干活儿，根本不搭理我。室内展示了茨威格已发表的作品和一些图表，如茨威格的家谱、年谱、出版明细，没有什么第一手研究材料，连茨威格生前的照片也是复制的。我知道茨威格是从他在萨尔茨堡的别墅直接逃离奥地利去英国的，便向管理员询问茨威格逃离前住处的地址。馆员居高临下地笑了笑，似乎觉得我的问题很荒谬："我们奥地利人的住址都是私密的，何况茨威格住这儿时已是七八十年前的事了……他大概就住在这附近吧，希特勒也在这附近住过呢。"我无言以对，道了谢，走出小楼。从山顶上看下去，一层层布满苔藓的房顶，都很古旧。想必茨威格和希特勒在此处的旧居可能都还存在，但物是人非，狭隘的民族主义和种族歧视让人类相煎何急，造成了多大的灾害啊！茨威格的遗体或骨灰终于没能被运回他自认是故乡的维也纳。据说他的墓地在柏林费里德利希北边的一个小公墓里，与黑格尔和布莱希特等德国文化精英为邻。茨威格最终在德国落脚，显然是因为他是德语文学的骄傲，但他也是德国民族主义的牺牲者——这是何等的讽刺！

　　就在那时，钟声响起，山下不远处的晚场音乐会快开始了，人们匆匆赶往音乐厅。参加音乐会仍然是萨尔茨堡的传统，所有人都得盛装出席，即便是游客。音乐在这里无疑是跨越国界的，但外国人与奥地利本地人在视觉上的差别一眼就能看出：外国女士多是长裙飘飘，低胸裸背；而本地女士穿一种白色短袖上衣，袖口和胸部由松紧带收紧，外罩一条低胸、艳丽的短裙，叫"Dirndl"，最传统的还加上一条颜色相配的精致围裙。这种裙子显出女性胸部和腿的曲线，但绝对不能露乳沟。至于男士，外来者多身着晚礼服，而本地男士则身穿白色上装和一种叫"lederhosen"的皮质短裤，在奥地利以外极为少见。驻足于此刻这个历史节点，俯瞰山下这些匆匆过桥、赶往古老音乐厅的人们——世事如斯，生活之潮不停地往前涌……但我们还记得昨日的世界吗？

《一个陌生女人的来信》：一个关于维也纳的寓言

那天我在归途中安慰自己：别为找不到茨威格在维也纳的遗迹而懊恼，他的作品中不就布满了大师在自己所钟爱的城市中的足迹吗？的确，茨威格不仅是维也纳精神的阐释者，也够资格成为任何人在维也纳的资深导游。他的小说大都以维也纳为背景，点缀着维也纳的地理、文化和风俗，其中最有名的是《一个陌生女人的来信》。

这个中篇讲的是一个哀婉的爱情故事：家住维也纳的丽莎如痴如迷地爱上了刚搬来楼下的青年钢琴家。虽然丽莎不久就不情愿地随父母搬到外地，她仍独自逃回维也纳，想方设法接近钢琴家。第一次，丽莎苦等到钢琴家的演奏会结束，得以在音乐厅外的街头与钢琴家攀谈了几句；第二次，除了攀谈，丽莎还受钢琴家的邀请在附近一个华丽的饭店共进了晚餐；再下一次见面，两人在风景游览车上耳鬓厮磨，最后双双回到钢琴家的公寓，共度了三天三夜的销魂时光。钢琴家不久便随乐团去萨尔茨堡演出，两人在车站依依道别。他们再次见面已是多年以后的事，丽莎嫁给了一个有钱有势的军官，还是一个男孩的母亲；而钢琴家也已不再年轻英俊，琴技一路下滑，已有多年没开过独奏音乐会了。丽莎最后一次敲开钢琴家的家门，留下一封信，便永久消失了。

茨威格是讲故事的高手。这篇小说用第一人称"我"来叙述，全篇以追忆来展开叙事，开篇第一句话是"我的儿子昨天死了"，而最后一句话则为"他也是你的儿子"。整个故事情节紧凑而巧妙地组装在"我""你"和"他"这几个人称代词之间，文字流畅艳丽，善于一步一步地建构情节张力和人物的心理张力，使这篇小说成为当时欧洲受过教育的读者最心仪的小说之一。然而，文学批评家们并不买账：有人认为这篇小说主题缺乏新意，不过是重复了无数文人骚客们讲过的多情女与薄情郎之间的故事；也有人指出，男女主人公的性格塑造都颇为扁平，没有个性和心理深度。他们讥笑茨威格妄自与弗洛伊德交往了一番，还自称是弗洛伊德心理学的忠实信奉者，却根本没有发掘人物心理深度的才能。依笔者所见，《一个陌生女人的来信》的主人公既非丽莎也非钢琴家，而是音乐之都维也纳。

　　故事中的钢琴家自始至终对女主人公的喜好、家庭和个人历史毫无兴趣。虽然他有一两次提到"我想听你说说你父亲的事"，但女主人公不接茬儿，男主人公也就不了了之。从头到尾，他甚至连女主人公的名字也记不得。更奇怪的是，男主人公每次见到女主人公似乎都不记得他们前不久刚见过面，只是说"你看上去很熟悉"，或者"我好像在什么地方见过你"，直到故事结尾，男主人公开始读老管家交给他的那封"陌生女人的来信"而感困惑时，管家才把丽莎的名字写在纸上给他看。这个家伙压根儿就是个失忆症患者，连寡情都谈不上。丽莎也不知道，或者说，根本不想知道男主人公的姓名和家庭情况，只知道他能弹钢琴，她就心满意足了。显然，茨威格所关心的并不是创造出两个有独立个性、独特心理状态的人物，而是通过这对男女的故事来创造他心中的维也纳及其音乐文化。

　　在很大程度上，《一个陌生女人的来信》是一部关于维也纳的寓言，其文字颇具印象主义效果，让读者雾里看花，感到似是而非，这大半是作者故意营造的效果。但小说毕竟是文字艺术，虽能激起读者的想象，但很难形象地把事件发展的全貌呈现在三维空间中。电影则是空间和时间的综合艺术，导演可以用无所不在的叙述角度，调动观看者的视觉和听觉来感受一个事件、一个城市，尤其是日夜充溢着音乐的维也纳。要呈现维也纳，不但要呈现其城市建筑，更要呈现其音乐形象。而不同的音乐类别、乐调、乐器、演奏者、表演地点都像故事中的不同角色来参加讲述维也纳的故事。在全方位呈现维也纳方面，德国出生的导演奥夫斯（Max Orphuls）于 1948 年改编的同名黑白片，远胜于茨威格用文字所讲的故事。奥夫斯也在维也纳住过，对那儿的大街小巷、剧院、夜总会及音乐厅了如指掌。

电影开始时，女主角丽莎（琼·芳汀饰，"50后""60后"的中国观众可能对她主演的黑白片《蝴蝶梦》仍难以忘怀）站在一座豪华的公寓楼前，大声称赞正搬入的新邻居留在外面的家具、艺术品、装饰品和钢琴："多优雅啊！多美呀！"等她见到这位衣着华贵、年轻潇洒、风度翩翩的新邻居（路易斯·乔丹饰）时，更是暗自赞叹。当晚，这位帅哥开始练琴，一旦如水的琴声在空间流动，丽莎顿时感到身不由己，陷入情网（琴声）中而无法自拔。从那时起，她每晚都悄悄躲过家人的视线，蜷缩在一个能听到从楼下传来琴声的角落，直至进入梦乡。在电影的下半部，丽莎带着儿子与一个富裕而又有地位的人住在一起，似乎很满足，还要儿子管那人叫"爸爸"。可当她偶然得知钢琴家已回到维也纳时，便不顾丈夫的要挟，一意孤行地又见了音乐家一面，但不久就和儿子一样，死于当时蔓延欧洲的西班牙流感。

茨威格认为对戏剧、文学和艺术的热爱是维也纳人的天性。读过《昨日的世界》的读者，不难把钢琴家和丽莎与茨威格在书中激情描绘的两类维也纳人联系起来：一类是才华横溢的文化精英——音乐家、艺术家和文学家；另一类是欣赏、理解和崇拜音乐和文艺的粉丝。为什么维也纳的艺术家和音乐家能创造出世界第一流的音乐和艺术？茨威格认为原因如下：第一，维也纳兼收并蓄的文化吸引了大批有天才的艺术家来此发展。第二，所有的音乐家和艺术家都明白自己在市民心里的殊荣和特权来之不易，因而特别珍惜。与此同时，维也纳的听众和专业评论家也都是一流的。音乐家在技巧方面的差错绝对不可容忍，因为这不仅关系到个人，也关系到全城的荣誉。每位歌唱家、演员、音乐演奏家都必须竭尽全力，不然就会被淘汰。第三，茨威格和他的同龄人之所以对艺术如痴如醉，是因为那时的伟大作品都是年轻人创作的，如以施尼茨勒（Arthur Schnitzler）为首的"青年维也纳派"，还有让维也纳文学青年们倾倒的天才美少年霍夫曼斯塔尔，因为他的"诗句是那么完美，音乐性是那么鲜明，相貌是那么迷人"。"青春"在那个时代不仅指美，也指天才和丰裕。

电影《一个陌生女人的来信》中的钢琴家显然是维也纳艺术家的代表。影片开始时他青春年少，才华横溢，风度潇洒，出门有专车接送，回家有管家伺候，还在城里拥有专门的演出场所和就餐座位。但后来青春不再，才华耗尽，于是一蹶不振。女主角丽莎则是维也纳音乐崇拜者的缩影。她对钢琴家钦佩得五体投地代表了茨威格和他的同时代人对艺术、天才、美和青春的崇拜。与我们这个时代的精英知识分子往往对明星崇拜持批评态度不同，茨威格认为，维也纳人对文学艺术的崇拜并非由虚荣心和盲目热情所致，而是因为他们"对每一种艺术都抱着崇敬的态度，经过几个世纪的艺术熏陶，才有无与伦比的鉴赏力，而正因为如此，我们才得以在一切文化领域中达到超群的水平。艺术家只有在备受推崇和尊重的地方才能最舒畅，最受鼓舞；艺术只有在全民族生活中是一件大事时才能达到顶峰 —— 文艺复兴就是有力的佐证"。由此来看，社会各阶层对艺术和艺术家的膜拜，是造就维也纳独特文化的条件。茨威格骄傲地介绍说，维也纳的报纸为文化界发生的新鲜事腾出特别的版面，到处都可以听到人们在谈论歌剧院和皇家剧院的事，证券交易所里挂着著名演员的画像，而城里过半数的中学生在歌剧或戏剧首演的前一天下午都会因"生病"而向学校请假，为的是在三点前去排队买便宜的学生站票。茨威格毫不忌讳地坦白说，他自己是艺术家的超级粉丝。据他回忆说，有一次在街上碰到作曲家马勒，他立刻感到"像取得伟大胜利一般骄傲"；他十二岁时见到勃拉姆斯，"感到受宠若惊，神魂颠倒了好几天"。他甚至说，"纵然是见到约瑟夫·凯恩茨的男仆，我们也会怀着崇敬的心情注视他。因为他很幸运，可以待在那位最受人爱戴、最富有天才的演员身边"。

如果说男女主人公的性格塑造在小说和电影中大同小异，电影中加入的各种音乐形式、乐器、演奏者、演奏场合等大大丰富了对维也纳特殊文化风景的呈现。如果说维也纳城才是这部电影里的真正主人公，那么各种建筑、乐器和音乐就是它的肢体和言语。十九世纪和二十世纪之交，纽约、伦敦、巴黎等世界大都市都是车水马龙，人声喧哗，而维也纳的空中从早到晚却充溢着各种音乐。影片开始时，男主人公在寓所的一系列钢琴独奏曲如诉如泣，系紧了女主人公丽莎对钢琴家终生景仰的红丝线。丽莎的父母搬到维也纳外的小城后，给她介绍了一个前途无量、颜值也不低的青年军官。待军官正欲向丽莎求婚时，突然来了一个军乐队，吹着刺耳的进行曲。不协调的氛围破坏了军官的美梦，却解救了丽莎。丽莎第一次与钢琴家共进晚餐的豪华饭店灯火通明，由小乐队演奏着浪漫的室内四重奏，而当二人走出饭店，在路上又碰到一行唱着圣诞欢歌的街头艺人。钢琴家居高临下地说："我对这类'艺术家'不太感兴趣。你呢？"为了迎合钢琴家，丽莎顺从地回答："我也如此。"第三次约会时，两人到一个舞厅去跳舞，由一个女子管弦乐队演奏华尔兹。华尔兹由于舞步快得近乎旋转，主调华丽流畅，是欢愉优雅的维也纳的象征。两人跳到半夜还意犹未尽，沉浸在白日梦之中，乐手们只好各自离去。这时，半醉的钢琴家坐在钢琴前开始演奏，而丽莎却半跪在他身边，抬起头看着他，一如信徒仰望主耶稣，眼光如痴如醉（琼·芳汀尤其擅长用眼神表达优雅而顺从的女性）。从她的眼睛里我们足以想象出茨威格所描绘的那些超级音乐粉丝。

后来，丽莎与她崇拜的钢琴家失去了联系，结了婚。有一天她偶然得知钢琴家又出现在城里，但已很久没有演奏了，伤心至极，纠结于是否去见他。丈夫明确告诉她，要是她与旧情人再见面，就会失去一切。丽莎带着一脑子的冲突，和丈夫前去华丽的皇家剧院看新上演的歌剧，没想到却看见了坐在不远处包厢里的"他"。在舞台上矛盾冲突达到高潮时，丽莎在强烈的音乐声中魂不守舍地离开包厢，在回廊上徘徊，反倒撞上了迎面而来的"他"。"你好面熟！我们以前见过吧？"他一如从前那般温文尔雅。出于对音乐的热爱和对钢琴家才华的敬仰，丽莎不顾一切，再次走进了钢琴家的寓所，鼓励他不要放弃钢琴。这是她从世界上消失前的最后一个心愿。

显然，这部电影把以音乐和建筑为核心的维也纳文化塑造成了一团迷离的光晕，一个有韵律的寓言。这个寓言由两个关键部分构成：音乐及音乐崇拜。男女主角就是这两部分的具体呈现。这大概可以解释为什么人物在这个故事中显得概念化，缺乏个性和心理深度，因为电影这个新媒介把重要情节都包装在不同演奏者使用不同乐器演奏的各类音乐中，风格趣味各异，充分展现了维也纳的多重音乐空间。

"男神"克里姆特与维也纳的"金色时期"

除了音乐、戏剧和文学之外，视觉艺术也是十九世纪末到二十世纪初维也纳黄金时期文化风景的一个重要维度。艺术家古斯塔夫·克里姆特（Gustav Klimt）以其卓越的艺术实践，创造了金色维也纳的视觉形象和精神内涵，被推崇为维也纳现代主义文化的领袖。

与含着金汤匙出生的茨威格相反，克里姆特出身于一个地道的平民家庭。母亲酷爱音乐，为了成为一个专业歌唱家而努力了一辈子，但终未如愿；父亲是一个金匠，靠雕刻金银器养家糊口。克里姆特很早就对父亲的手艺耳濡目染。他十四岁考入维也纳工艺美术学校学习，他的弟弟次年也被同一学校录取。兄弟俩本希望将来能像父亲那样，用镶金技术谋生，殊不知"环形大道"时期维也纳的开放环境把兄弟俩推到了艺术创新的前沿。克里姆特作画所用的媒介和材料、构图线条，尤其是以镶金为主的暖色调，不仅在视觉上界定了"环形大道"时期的维也纳，而且作品的主题和所用的象征手法也都由当时开放宽容的精神所催生，变得枝繁叶茂，硕果累累。

　　克里姆特是"维也纳艺术分离派"的主力之一。这里的"分离"，指的是偏离正统艺术轨道，创造出新的艺术流派。这不是主张完全抛弃传统艺术，而是希望在传统文化艺术的古树上嫁接出一些新枝。从 1897 年开始，克里姆特和志同道合的其他艺术家以艺术杂志《青年》为基地，开始在壁画、雕塑、装饰艺术、建筑、构图设计、家具、陶器、玻璃制品、首饰、服装等各方面开始了奥匈帝国历史上史无前例的创新运动。这个运动的发展轨迹可以从克里姆特个人的艺术实践中看得清清楚楚。

　　克里姆特的艺术使命包括两个相辅相成的方面：一方面是把古典绘画与装饰性绘图结合起来；另一方面是寻找新的视觉语言，用以表现由近代科学的新发现所带来的一系列新观念，比如达尔文的进化论所展示的人类与其他生物的递进关系，以及同时代心理学家弗洛伊德正致力于探索的无意识、性欲望、死亡本能等。克里姆特认为，人类文化的进步，在于所有生命形态都能通过艺术相互渗透，而要实现这种渗透，必须打破传统中的纯美术和实用美术之间的界限。

　　克里姆特的艺术实践与环形大道的兴建同步，他还在学生时就受邀参加了好几个由政府资助的大型项目的设计。他独立接受的第一个重要项目是为维也纳国家艺术博物馆创作壁画。接着，他又为维也纳环形大道上的一些公共建筑创作了大型壁画和屋顶画，继续奠定他的声誉。他为皇家剧院（Burgtheater）——也称为城堡剧院（Castle Theater）——所作的楼梯侧面壁画是他最杰出的作品之一，被奥地利皇帝授予金十字勋章。一系列成功激励克里姆特更大胆地进行创作。1900 年，他接受了维也纳市政府艺术、宗教、教育委员会的邀请，为维也纳大学会议厅创作三幅大型屋顶画，分别以"哲学""医学"和"法学"三幅组画交卷。但他万万没想到，一向自称开明的维也纳大学校董事会认为他的创新走得太远，以画中视觉形象性感淫秽为由拒绝接受这三幅作品。这一事件让克里姆特认识到官方文化机构对他的艺术探索的容忍度已达到了极限，于是决定从此以后不再接受任何政府资助的公共项目，进而转向人物肖像创作。

将纯美术与实用美术结合的实践离不开克里姆特对艺术语言的探索。2000 年诺贝尔生理学或医学奖得主坎德尔（Eric Kandel）不但是一位著名心理神经医生和生化科学家，而且对十九世纪末维也纳的现代艺术也有深入的研究，并出版了一本颇有影响的专著《有洞见的时代：对艺术和头脑中的无意识之探寻》（*The Age of Insight: The Quest to Understand the Unconscious in Art, Mind, and Brain*），探讨现代科学和弗洛伊德的心理学对维也纳现代艺术的影响。他在书中提到，克里姆特经过犹太社团社交家和艺术评论家贝尔塔·扎克勘德（Berta Zuckerkandl）的介绍和鼓励，认识了她的丈夫埃米尔·扎克勘德医生（Emil Zuckerkandel）。扎克勘德医生是当时有名的科学家和解剖学家，他向克里姆特介绍了达尔文的生物进化论，还邀请克里姆特观看他解剖。克里姆特在人体构成和生物进化方面的知识大有长进，便进一步邀请扎克勘德医生为其他"分离主义"艺术家们做了一系列生物学讲座。艺术家们对精子和卵细胞怎样发展成胚胎、成长为婴儿颇感兴趣。

传统的人文主义信仰建立在理性的人的基础上，认为理性的人对自己行为的理性控制是维持社会稳定的关键。但弗洛伊德那时正在进行的研究，则向世人昭示藏在日常生活表面之下的新真理：人除了理智之外，还受情感、本能、潜意识，尤其是像动物一样通过性交来传宗接代的欲望的控制。人的行为常受非理智冲动的影响，因而直接威胁社会的稳定。他的座右铭"发现隐藏于表皮下的真理"激励着各路英雄发现新概念，探索新艺术语言，采用新表现手法。维也纳的另一位艺术大师奥斯卡·柯克契卡（Oskar Kokoschka）曾公开宣称："我们都是弗洛伊德，我们都是现代派，我们都想'发掘隐藏于表皮下的真理'。"的确，探讨生死之难题，寻找能表现瞬息万变的性冲动、潜意识和"死亡驱动力"的视觉语言是克里姆特的长期目标。

克里姆特创新的第一个策略是抛弃古典绘画三维空间的原则。按古典绘画原则，用三维空间透视原则所画出来的人与物品与现实中的大同小异，因此是真实的、可信的和可靠的。弗洛伊德的新发现揭示了人的无意识瞬时即逝，不可捉摸，激励画家用新的透视维度和技巧来表现之。现代派画家，如印象派祖师爷塞尚（Paul Cezann）、野兽派画家马蒂斯（Henry Matisse）、立体派画家毕加索（Pablo Picasso）都先后尝试使用二维空间，并加上自己的独创方式来表现现代意识。克里姆特的独创，是在画面上的二维空间中 —— 如在人物背景、女人的长裙等物体上 —— 镶嵌进各种宝石碎片、银屑，尤其是金箔组合，镶拼成性感的曲线、精子游动的螺旋形、卵子似的小圆圈、神秘的旋涡以及其他具有性象征意义的装饰性图案。这些微小的三维立体图形被镶嵌在二维画面上，可以产生出具有拼接动感的迷幻光晕，吸引观众穿过形色纷繁的表面的视觉世界而深入意识迷宫。其实，中世纪拜占庭教堂中的壁画是最先采用二维空间以及金粉和镶嵌技巧的，但克里姆特把昔日神明独享的金光用于装饰公共空间，还敢于用来表现性感女人，不能不说是对传统的巨大挑战。

克里姆特用此方法创造了大批绘画。《丹娜》（Danae）画的是身体蜷曲的裸体女神丹娜。她的身体左边是密集的金粒，象征天神宙斯的精子从天而降；右边则是无数嵌着黑色方孔的金色小圆圈，象征着胚胎。另一幅画《希望Ⅰ》（Hope Ⅰ）更受争议：画面上是一个裸体的临产妇人，亮点是她一头蓬乱粗硬而闪亮的红发和一小簇同样闪亮的红色阴毛，衬托妇人浮肿的下身的是一些原始的、深蓝的海洋生物形状的弯曲线条。这幅画印证了被越来越多的开明知识分子认同的生物学观念，即人类胚胎的发育与一般的生物进化是一致的。美术史家布劳恩（Emily Braun）认为克里姆特所画的裸体女人应该从后达尔文主义的、自然主义的角度来看，因为在达尔文之后，画中的女性身体只是一个与其他生物一样的生生不息的有机体而已，具有充分的自为性。

克里姆特才华横溢，又阳刚性感，是社交界名媛淑女和先锋派女艺术家同仁心中的"男神"，绯闻不断，也有人批评他对待女性的大男子主义态度，但他也受到一些杰出女性的影响，弗洛格（Emilie Floge）就是其中之一。弗洛格是克里姆特的嫂子的妹妹，少女时期就认识克里姆特，并在克里姆特的影响下成为一个信奉"艺术分离"主张的服装设计家。她鼓励维也纳妇女背离英国维多利亚时代的紧身服饰传统，不要再穿束身内衣，而穿希腊妇女的宽松长裙。她设计出一款从肩膀处自然下垂的舒展宽松长裙，流行一时。克里姆特支持她的主张，并身体力行，常年都以一袭白色粗布长袍加身。更重要的是，弗洛格推荐的宽松长裙为克里姆特画肖像画提供了一个特殊的装饰性空间，成为他用宝石碎片、银屑，尤其是金箔来进行镶嵌的画布。克里姆特画中人的下身超长，不符合人体的正常比例，这让他能利用长裙上的空间来充分展示镶嵌的色彩和图形的装饰效果。他所画的女性头部与身体也不成比例，且表情强势、冷峻、不可捉摸，尤其是一头难以降伏的粗硬黑发（弗洛格常留的发型）暗示着强势自我、侵略性、潜在威胁性以及让男性感到"难以梳理（驯服）"的潜在挑战。

克里姆特的肖像皆以金色著称，最著名的之一是那幅以画家自己和弗洛格为模特的《吻》。克里姆特在这幅画中将其结合二维空间构图与金银宝石镶嵌装饰的技巧推到了最高峰。画面上那对情侣的全身被长袍包裹，而长袍又自然地融入金色的背景之中。两人相抱得如此之紧，似乎已化为一体。纯粹一纸燃烧状欲望的写照！男人的宽大袍子布满下垂的小方块，象征精子；而女人的裙子上则布满象征卵子的椭圆和花卉图案，与地上的花卉连成一片。这些在拜占庭时期用于呈现圣经故事的闪亮的金银箔片被克里姆特用于世俗男女的情色生活，这无疑把"艺术分离派"的原则推到了极点。这幅画给了后人无限灵感，激发了各种媒介的创作。美国女作家伊丽莎白·亥柯（Elizabeth Hickey）的畅销小说《画吻》（*The Painted Kiss*）就是其中之一。

克里姆特在十九世纪末到二十世纪初创造出大量装饰性艺术，作品如壁画、屋顶画。屋顶雕刻在维也纳城中随处可见。由于克里姆特的提倡和身体力行，维也纳

克里姆特的名作《吻》，画家以自己和终生情侣弗洛格为原型

艺术家在将纯美术与实用美术结合方面也获得了很大成果。1908年，克里姆特为所有集合在"艺术分离主义"和"新艺术"旗帜下的画家、建筑师和各类艺术家举办了一个盛大的展览会，向世人展示了这个流派在融汇各种艺术类别和表现媒介方面取得的成就，这是维也纳新文化、新艺术史上最亮丽的一章。

看克里姆特的画一定要看原作，而且得近观。我第一次看到克里姆特的原作是在坐落于纽约第五大道上的"新画廊"（Neue Galerie）里，当时此画廊刚以1.5亿美元的天价收购了克里姆特的肖像名画《阿黛乐·布洛克－鲍尔夫人肖像》（*Adele Bloch-Bauer*）。阿黛乐是克里姆特时期维也纳声名显赫的犹太美术收藏家和赞助人。画中的阿黛乐充满感性，白日梦般地自我陶醉，既不取悦画家，又不取悦于观者。那天是开幕式，人很多，无法走近细看，加上这幅画被放在一个有保险装置的框子里，视觉上觉得逼仄，与画面散发的扩张性气场不协调。

　　我观看克里姆特的画，最好的体验是在维也纳郊外的上美景宫（The Upper Belvedere）。这个地方以前是一座皇宫，古老的展厅大楼前面是个长方形大花园，被狮身女人头的石雕环绕。欧美的几个著名现代艺术博物馆，如纽约的现代艺术博物馆（MoMa）和法国的奥塞博物馆（Orsay）的展品排列都较为密集，而上美景宫的展厅既高又宽敞，展品排列的空间很宽裕。最大的不同，是室内光线的亮度。世界上大多数博物馆都使用人控光源，避免让自然光线进入展厅，以保护画作，所以每次看到画作的效果是一样的。但上美景宫各个展厅都有大窗户，可以一边欣赏画，一边眺望窗外的花园，而自然光线让观者能欣赏到克里姆特画作的金色表面产生的细微的反光效果。

　　第一次去是在下午快闭馆时，参观者寥寥无几，我得以尽量贴近画面察看镶嵌细节。窗外投进的光线有些幽暗，让《吻》的金色表面

上美景宫外观

显得略带古铜光谱，神秘而凝重。第二天早上我又去了一次，同一画面在柔和的晨光中很有生气，但不流光四射。早上参观者也不多。坐在窗前的长凳上，看着窗外投进的温柔晨光挑逗着克里姆特画上闪亮的点和线，我脑里却想象着要是把现存于"新画廊"中的《阿黛乐·布洛克－鲍尔夫人肖像之一》也平行挂在眼前的墙上，会有什么效果，激起什么样的历史联想。每当想到阿黛乐，总是思绪万千，我把关于她和她的肖像的多舛命运放到本章末去细说。

在世界上以艺术展著称的几个大都市中，巴黎举办克里姆特画展最频繁，我本人造访巴黎时就碰上过三四次。2019 年在巴黎艺术馆为纪念克里姆特百年诞辰举办的"克里姆特艺术沉浸展"无疑是最有创意的一个。此展览用数控摄像机把克里姆特和同时代其他几位现代派艺术家的绘画以及为剧院、音乐厅、博物馆、艺术展厅、咖啡馆等创作的装饰性壁画、屋顶画和喷泉、楼梯、石柱上的雕刻（多数是以古希腊罗马神话为题材的裸体画）和与其相应的建筑外观拍下来，以蒙太奇的手法投射到展厅墙上，再配以十九世纪末最有代表性的音乐类别，比如歌剧、交响乐和华尔兹选段。参观者走进黑暗的大型展厅中，就像回到了十九世纪末的维也纳，不得不沉浸在浮动的音乐和对感性建筑和雕塑的遐想之中。这种全方位呈现对再现维也纳这座城市效果非常好，跟看电影《一个陌生女人的来信》有同样的视觉效果，但其中一些过大的影像、镜头的快速切换和超大音量的音乐有时让人感到置身于纽约的时代广场，被电光控制，没有个人回味想象的余地。

黑暗降临维也纳

克里姆特无疑是黄金时期的维也纳出现的少年天才之一。他不到二十岁就开始参加大型国家项目，潜心创作，从不缺少资金；三十多岁就成了维也纳艺术界公认的领袖，直到五十六岁猝然中风而死。单从时间上来看，要是健康允许，他肯定还能创造出更多佳作，但他去世时，历史巨兽的阴影已开始笼罩欧洲。长期支持开明中产阶级和先锋派艺术家的哈布斯堡王朝在一战后解体，各种走极端的社会流派和政党，包括反犹太的法西斯主义，在维也纳相继出现，让克里姆特和他的现代派艺术伙伴们得天独厚的自由创作环境一去不返。凭着克里姆特与犹太社团的特殊关系及其作为现代主义运动的领袖，他要是活着，注定逃脱不了希特勒的第三帝国的迫害。

1938 年，纳粹德国占领并开始将奥地利合并入第三帝国。成千上万的维也纳人上街热烈欢迎奥地利的土生子希特勒入城，并去听他在霍夫堡皇宫（Hofburg Palace）外的黑尔登广场（Heldenplatz）上进行的演讲。希特勒向来对维也纳的现代派文化、开放主义及其亲犹倾向耿耿于怀，这种仇恨更因为他两次投考维也纳艺术学院均以落榜告终而变本加厉。占领奥地利，希特勒就以他的出生地林茨（Linz）为出发点，一边清除犹太人，一边大力讨伐现代艺术。他把现代艺术贬为"颓废艺术"，还命令他的宣传部部长戈培尔专门组织了一个"颓废艺术"展览，对之进行公开声讨、羞辱。克里姆特在人类历史上最黑暗的阶段到来之前就挥手作别人世，可以说是一种幸运。

在第三帝国占领下的奥地利，受迫害最深的是犹太人，维也纳附近就修了好几个犹太人集中营。一些有影响的犹太精英和有钱的工商实业家在希特勒进城之前便出逃英美。例如，1930 年茨威格在萨尔茨堡度假时，读了德国社会党的出版物，知道灾难将至，顾不上回维也纳的家，便直接从萨尔茨堡逃去英国避难。茨威格的挚友弗洛伊德是当时维也纳最有国际影响的人物之一，因为是犹太人，按法律他不能成为维也纳市民，于是被授予了"荣誉市民"的殊荣，甚至享有维也纳"头号市民"之称。弗洛伊德对维也纳的热爱让他在纳粹的威胁愈来愈严重时，仍拒绝离开维也纳。刚刚出版的《拯救弗洛伊德》

（*Saving Freud: The Rescuers Who Brough Him to Freedom*）详细记载了弗洛伊德在几位忠实追随者的共同努力之下逃离维也纳的故事，让人惊心动魄。在维也纳大学附近一座不引人注目的公寓楼里，可以找到弗洛伊德的旧居。二战期间，这座公寓楼在盟军的空袭中得以幸存，加上历史照片、原版书籍、书信、讲演录音等，以及弗洛伊德的女儿安娜捐赠的家具，忠实地复原了弗洛伊德在此与同事交谈、阅读、写作、接待病人时的面貌。这是一个低调且少为人知的"景点"，却是造访维也纳的必去之地。

　　奥地利与德国合并后，维也纳成了第三帝国的前沿阵地。二战后期盟军对第三帝国的反攻，开始时以英国为基地，并没有把维也纳纳入空袭圈，但美军攻陷意大利之后，盟军调整了战略，开始轰炸维也纳，苏联红军则从地面展开进攻，把德军从奥地利赶出去。德军占领维也纳时，在居民住宅区内修筑了很多防空堡垒，面积不大，但入地很深。为了除去这些堡垒，盟军在维也纳扔了很多炸弹，维也纳四分之一的建筑被摧毁，一座历史名城变成了一堆堆瓦砾。

　　走在维也纳的街道上，稍微细心观察，就会发现很多建筑用的是混合材料，要么是左端和右端颜色相异，要么是上半部与下半部风格不同，明显展示出战后修补的痕迹。盟军获胜后，维也纳被分成四部分，分别由苏、美、英、法管辖，城市中心地带则由四国联合掌管。四国加在一起，驻军达二十六万之多，费用均由战败的奥地利政府负担，摊派在老百姓头上，民生艰难的程度难以想象。当地居民饥饿度日，每天的食物供给极少，而稍有资产的人靠黑市补充些食物，假货、假药、罪恶夜雾般漫延全城。带我游览的维也纳大学的一位教授家中几代都是维也纳本地人，曾祖父母和祖父母都经历了那个痛苦的时代。他告诉我说："那时，要是你家的猫不慎上了他人的房顶，绝对无法生还。"虽然已经隔了三四代人，他的幽默中仍掺杂着无比的心酸，我无言以对。

《第三人》：维也纳之噩梦

维也纳错综复杂的历史和战后的现实，吸引了年轻的英国制片人孔达（Alexander Korda）。1948年，孔达和好莱坞制片人塞立克（David Seiznick）决定集资拍一部反映战后欧洲状态的电影，地点就选在维也纳。英国著名小说家格林（Graham Greene）应邀为尚在酝酿中的电影写剧本。格林是一个具多面性的复杂人物：天主教徒，患有躁郁症，喜爱旅行冒险，尤其喜欢去非洲、远东等尚未开发的地区。他是新闻报道好手，还酷爱写影评。最重要的是，他还为英军做过记者，熟悉二战中的欧洲。我第一次知道格林的名字是在"文革"中读到他的小说《问题的核心》（*The Heart of the Matter*），当时是以"内部参考"的名义出版的。主角的职业已记不清了，好像是个警官，一个有社会地位的人。他因怜悯而对一个年轻的寡妇产生了爱情，但又不忍伤害自己的发妻，最后因无法摆脱两难境地而决定自杀，但又考虑到自杀对两位女子都会造成伤害，于是煞费心机，把自杀伪装成自然死亡。格林是写心理剧的高手，让我现在回想起这位主人公复杂的内心冲突时，依然感到身临其境。

由于早知道格林对宗教和道德的执着，后来听说他在二战中曾为英国情报局工作，而且是在位于维也纳中心区的英国情报局总部（现为一个五星级饭店）写完《第三人》剧本的，我颇感意外。一个致力于探讨道德问题的知识分子怎么和情报机构扯到一起去了？细想起来，反击纳粹法西斯的确是全世界有良知的知识分子的共同事业。再则，格林对描写侦探、间谍的文本与其中人物的善与恶、性与谋杀之间的错综关系颇感兴趣，也颇为在行。《第三人》是他对侦探类文学的成功尝试，他早年在《问题的核心》等作品中对同情、怜悯、背叛及救赎的关注，也给这部电影注入了伦理道德和心理冲突的深度。

《第三人》在电影史上被划为"黑色电影"（film noir），情节惊悚，充满悬念，让人欲罢不能，是黑色心理剧的经典。导演瑞德（Carol Reed）在二战中服役英军时，拍摄过关于维也纳的纪录片，对维也纳城市的大街小巷了如指掌。这部电影情节的展开都以纪录片般真实的细节作为铺垫，也是了解战后维也纳的绝好历史资料。

故事中，二流小说家赫利·马丁斯从美国来到战后的维也纳找他儿时的朋友哈瑞。哈瑞的看门人却告诉他说，主人前不久不幸丧生于车祸。马丁斯去墓地参加葬礼，遇见了一位冷艳、看似柔弱的女郎，后来得知她是哈瑞的女友安娜〔由那时享有"世界上最美丽的女人"

维也纳的下水道

声誉的匈牙利籍女演员阿丽达·繁丽（Alida Valli）扮演］。自以为悲天悯人的美国人马丁斯被忧郁的安娜深深吸引，决定留下来查出哈瑞的死因，可安娜并不买他的账，两人关系时好时坏。一天深夜，马丁斯在拜访了安娜之后，走在黑暗小巷里，看见本属于哈瑞、后来由安娜收养的猫在路旁的一个门洞外滞留，他意识到隐身在猫身后黑暗中的正是已"死去"的哈瑞。他大叫哈瑞的名字，哈瑞却乘黑夜溜走了。

与此同时，警探贾洛威少校也全力以赴，要查出哈瑞突然死亡的真相。为了得到马丁斯的配合，贾洛威少校向他摊牌说，他的老朋友哈瑞是个在维也纳黑市上卖假药的惯犯，并给他看了一些因注射经哈瑞稀释过的假盘尼西林而濒死的儿童的照片。马丁斯陷入社会道德与背叛朋友 —— 不只是哈瑞，还有让他坠入爱河的安娜 —— 这一矛盾之间，但最终道德战胜义气，他同意与警方合作。根据马丁斯提供的情报，警方利用哈瑞来探访安娜的机会，把他逼进下水道系统。维也纳的下水道四通八达，极为复杂，几百名警察的围追堵截也没能捉到哈瑞，但受伤的哈瑞最后死在老朋友马丁斯的枪口下。哈瑞的结局把格林所擅长制造的恐惧、暴力、背叛、遗憾和救赎推向了极致。

在组建拍摄班子之初，以影片《飘》（Gone with the Wind）与《蝴蝶梦》（Rebecca）两次获得奥斯卡金像奖的好莱坞制片人塞立克早已私定好了出演主角的人选，但资历并不深的英国制片人孔达却力荐由因《公民凯恩》（Citizen Kane）走红影坛的威尔斯来出演卖假药的骗子哈瑞。威尔斯是电影史上少见的演技派明星，出演的电影不多，但对好莱坞影响深远。在《公民凯恩》中，他不仅出演主角凯恩，而且兼任导演和制片人。此片半个多世纪以来都居于世界杰出电影之列，至今仍给艺术家们提供灵感，比如 2021 年获奥斯卡提名的黑白大片《曼克》，就是以质疑当年因此片获奥斯卡原创剧作奖的曼克（Herman Mankiewicz）与威尔斯之间的复杂个人关系为主题。威尔斯在他所参与的所有项目中都是强势人物，所以有人猜测他才是《第三人》的真正导演，但威尔斯在多种场合公开辟谣，说这部电影百分之百属于英国导演瑞德。

黑暗中吹出的一串口哨

由于一个偶然的机会，导演瑞德在战后维也纳的一个啤酒店里听到安通·克拉斯（Anton Karas）演奏古琴，颇受感动，便说服制片人邀请克拉斯为筹划中的电影谱曲并演奏。古琴在西方乐器中不是挑大梁的，用于演奏电影主旋律更是罕见。克拉斯的古琴独奏在《第三人》一开头便出现，时而高亢快捷，时而若即若离，给观众带来不安和悬念。古琴节奏跳跃而逼仄，正所谓"大珠小珠落玉盘"，但毫无喜悦可言。如果说电影《一个陌生女人的来信》中的多样化音乐风格和音响效果表现了维也纳在金色时期的快乐和富足，那么《第三人》中的古琴独奏则让观众焦虑不安，像遍体鳞伤的维也纳在黑暗中吹出的一串口哨。

电影《第三人》中主角哈瑞被困在下水道里

除了创造音响氛围之外，克拉斯所写的乐谱还颇具叙事效应，与特定情节相连，如"马丁斯到达维也纳""哈瑞的假葬礼""马丁斯遇到安娜"等。其中最令人难忘的镜头之一是结尾"安娜离场"：马丁斯在哈瑞的第二次葬礼上再次见到安娜，但安娜根本不屑与他搭话。葬礼结束后，上校让马丁斯搭他的车回城。开了一段路后，马丁斯却要求停车，下了车在路边等候步行的安娜。安娜沿着维也纳公墓旁的一条长径，一路踏着落叶朝着马丁斯和观众走来，走近，走过……连眼皮都没抬一下。观众只能看到她身穿长风衣的背影，踏着愈来愈快的节奏，一步一步远去，直到消失在无限的远方。这段长达五六分钟的镜头，没有对白，语言所无法表达的全由古琴音乐跌宕有致地道出。

《第三人》主题曲当时在欧美激起了一阵古琴热。一个叫"超舆论"（Ultravox）的英国通俗浪漫乐队步克拉斯后尘，于1981年特地为维也纳创作了一张专辑。除了用古琴独奏的主旋律之外，《第三人》中还采用了好几首用不同乐器演奏的华尔兹和波尔卡，比如《维也纳森林的故事》《蓝色的多瑙河》《溜冰华尔兹》《莫扎特波尔卡》等。这些名曲的使用与克拉斯的古琴独奏形成对比，相得益彰：古琴讲述的是战后的维也纳，是安娜和哈瑞们的维也纳以及它的挫败和艰辛；而华尔兹反衬出的是战前的维也纳，是茨威格们风度优雅的维也纳和克里姆特们金碧辉煌的维也纳。正如克拉斯所写的一段歌词：

> 一旦古琴弹响，
> 你就会想起昨日
> 令人难忘的艰辛，
> 盼望维也纳从中重获新生，
> 自由又开心。
>
> 当你听到"第三个人"主题曲，
> 在你心中猛然亮起，
> 一段已被遗忘的旧梦；

还有你忘掉的某人，

和那段已经消逝的

倾城之恋。

"地点！地点！地点！"

前面说过电影《一个陌生女人的来信》中的两位角色没有个性和心理深度，是因为导演用他们作为战前维也纳的象征性载体来表现这座城市。《第三人》中的几个角色刚好与之相反，都极具心理深度和性格特点，但也并没有削弱维也纳这座城市在电影中的重要性。"地点！地点！地点！"——导演瑞德坚持全部外景都在实地拍摄，澳大利亚摄影师罗伯特·克拉斯克尔（Robert Krasker）雇用了两个摄影组轮班工作，拍摄尽可能多的实地镜头。这些镜头是盟军滞留时期维也纳城市街景的最原始的影视材料。

导演力求让维也纳在电影中成为一个活生生的角色。为此，他设计了好几场重点追逐戏来展现维也纳的城市地标：鹅卵石铺成的小巷、街心公园里的雕像、散落各处的夜总会、奢华的饭店、莫扎特咖啡馆、Am Hof 广场上的圆形空心布告筒、大转轮、空袭后维也纳唯一幸存断桥……最有意义的是维也纳庞大而复杂的下水道。这些地标形象地给我们讲述了维也纳昔日的辉煌以及历经乱世的悲伤。《第三人》中故事发生、发展的场景足以作为游览维也纳的指南。实际上，维也纳的城市游览项目中真有一个是以《第三人》的故事展开为线索的。

维也纳城市的变化还进一步用来展示主人公性格的变化。乌斯特布力特娱乐公园的大转轮是 1897 年为庆祝皇帝约瑟夫一世的百年诞辰而修建的。转轮上升到高处时可以看到维也纳全景，是维也纳重要的地标性建筑之一，也是昔日维也纳繁荣的象征。在《一个陌生女人的来信》中，大转轮是作为男女主角浪漫约会的背景出现的。在二战空袭中，大转轮是维也纳城区少数几个幸存的几个公共场所之一，所以导演把哈瑞和马丁斯的唯一一次谈话安排在大转轮上。当大转轮升到高处，他们二人所看到的不是昔日歌舞升平的维也纳，而是战后遍体鳞伤的维也纳，还有那些顾不上体面、挣扎求生存的维也纳人。这与人们战前来此娱乐消遣、谈情说爱恰成对照。正是在转轮上，哈瑞向他儿时的朋友坦白了自己的生存哲学："从这么高的地方往下看，一切都像蚂蚁那般渺小，微不足道。你想想——你难道会为了下面那些可怜虫而放弃保全自己吗？"好一个社会达尔文主义版的"适者生存"！

　　摄影师克拉斯克尔精心拍摄的画面不仅记录了维也纳城伤痕累累的躯体，也记录维也纳人扭曲的心灵。克拉斯克尔深受德国表现主义的影响，在《第三人》中用了很多倾斜的取景角度，以表现所述的故事与历史的错位，给人以不稳定感。他还大量使用广角拍摄人的脸部，让其变形，显出战后流散在维也纳人中的不道德感、罪恶感、负疚感和荒诞感。

　　为了营造出神秘、悬念和罪恶的气氛，克拉斯克尔大量进行夜间拍摄，并想方设法强化黑白对比，如采用技术强光，甚至通过把水泼在鹅卵石铺的路面来产生黑黝黝、湿漉漉的光影效果。他还通过控制光源，拍摄高度舞台化的人体投影。其中最令人难忘的一幕是哈瑞被警察逼进一条狭长的干涸下水道里后，每个转角处都有用高强度背光衬托出的警察的身影，展示哈瑞的穷途末路。摄影师先从哈瑞背后拍摄了他不合比例的高大身躯似乎被卡在下水道中，往前投下了一个巨大的阴影，然后马上转用超强光，拍他的脸部特写。这个超近的特写让观众甚至可以看到哈瑞脸上因紧张而渗出的汗珠，感到他绝望眼光的热度和穿透性，极具表现力。《第三人》在 1949 年底公映后即获戛纳国际电影节金棕榈奖，1951 年又获奥斯卡黑白片最佳摄影奖。

一个多世纪来，《第三人》一直在各种电影排行中榜上有名。但这部广受欧洲人欢迎的影片在其拍摄的城市只上映了两三周便草草收场，后来也一直遭维也纳人的冷遇，应了"墙内开花墙外红"之说。探究原因，战后的维也纳人可能只希望看逃避现实的电影，以帮助他们要么忘掉战争中所经受的饥饿和苦难，要么沉溺于战前的太平盛世。可是，出自英美胜利者之手的这部电影却不断提醒他们，作为失败者，他们挣扎在被盟军炸得稀烂的废墟上，而且不少人像哈瑞那样为了生存，投机倒把，欺诈拐骗，道德败坏。这部电影不仅不同情维也纳人彼时的遭遇，反而居高临下地迫使他们重温集体挫败感、道德羞辱感和身份失落感。《第三人》不是属于维也纳人的维也纳故事。

我在维也纳停留期间，发现了一个专为电影《第三人》所设的博物馆，但只在周六下午开放，按地址找到的是一座单元楼的地下室。原来，博物馆是由一个叫杰哈·斯特劳斯契望特乐（Gerhard Strassgschwandtner）的人创建的，面积不大，但收藏颇丰：当时欧美各报章杂志的报道和影评的剪辑、剧组成员签名的照片、拍摄时演员穿过的服装和用过的各种器具，包括安通·克拉斯所弹奏的那把古琴都在房间里。斯特劳斯契望特乐既是馆长又是工作人员，他不但自己花钱投资，还把每个周六都贡献给为数不多的参观者。他告诉我，创办这个博物馆不仅因为自己是《第三人》的影迷，也是为了让年轻一代的维也纳人，通过《第三人》这个影视文本来学习奥地利二战前后的历史，因为这段历史至今仍然是奥地利社会所忌讳的话题。离别时，我久久握着他的手，对这个善于自省、乐于奉献、有高度社会责任感的同龄人满眼钦佩。

斯特劳斯契望特乐不是维也纳唯一敢于面对这段历史的人。为了让这段历史存活在维也纳人的集体记忆中，维也纳 Opernring 区的一个小电影院决定每周都赔钱放映一次《第三人》。我住的小旅馆刚好在附近，有一天吃完晚饭，我进去把这部银幕杰作重看了一遍。外面下着小雨，淅淅沥沥，小电影院里格外阴冷。听着安通·克拉斯独奏的古琴，我一次又一次地被笼罩这座城市的历史阴影所吞没。

"金色夫人"传奇

维也纳人对《第三人》所持的模棱两可态度反映了他们对二战前后历史的暧昧。那么，究竟怎样来为维也纳以及奥地利定位呢？奥地利是纳粹德国的第一个牺牲者还是它的第一个帮凶？怎样理解奥地利迎合第三帝国，加入希特勒倡导的德奥联盟？德语国家之间语言和文化的天然联系带给了德奥联盟一定的历史合理性吗？怎样理解移居奥地利的犹太人与民族主义兴起的关系？被纳粹德国强行夺走的艺术品应该退还给战后流亡世界各地的犹太家族后裔呢，还是归还给由政府控制的公共博物馆，比如维也纳国家艺术博物馆？

纽约女作家奥康纳（Anne-Marie O'Connor）对克里姆特及其在维也纳的犹太艺术赞助圈子做了大量研究。记得我第一次在第五大道的"新画廊"参观时，奥康纳在场作了一个讲演，谈到她正在为写纪实小说所做的调研。2012 年，奥康纳出版了她潜心研究和写作的，以克里姆特为其犹太艺术赞助人阿黛乐·布洛克－鲍尔夫人所画肖像为题材的纪实小说，名为《金色夫人：克里姆特之杰作"阿黛乐·布洛克－鲍尔夫人"传奇》（*The Lady in Gold: The Extraordinary Tale of Gustav Klimt's Masterpiece Portrait of Adele Block-Bauer*），长期占据《纽约时报》的畅销书排名榜。这部小说在 2015 年被改编为同名电影，由宝刀不老的英国明星海伦·密尔和好莱坞明星瑞安·雷诺兹联袂主演。这部电影讲述了克里姆特的画，触及战后犹太人收藏艺术品的归属问题，让维也纳又一次进入全球文化的视野中。

小说《金色夫人》分为三部分。第一部分叫"解放"，话分两头叙述了《金色夫人》的创造者克里姆特和他的模特阿黛乐·布洛克－

鲍尔夫人的家庭及成长经历、《金色夫人》的完成过程以及当时维也纳的社会状况。

"解放"二字用于形容阿黛乐和克里姆特都很贴切。阿黛乐的父母受到约瑟夫皇帝推行的亲犹太人政策的鼓励，于阿黛乐出生的前一年移民到维也纳。对没有家园、四处漂流、无法施展才能的犹太人来说，找到一个安身立命之地无疑是一种解放。阿黛乐的父亲在她成长的二十年中，银行生意一帆风顺，成为奥地利名列前茅的银行家，还兼任东方铁路公司的总裁，并与茨威格等文化精英有频繁来往。而阿黛乐也在维也纳浓厚的文艺氛围和上流社会社交圈中出落为一位淑女，还交了不少开明的知识界朋友。她二十一岁与热爱艺术的富商菲迪拉德结婚，为了永久保持妻子在生命最盛期的美丽和魅力，菲迪拉德花了四千克朗，请克里姆特为阿黛乐画一幅肖像，这个价格当时在维也纳可买一座豪华别墅的四分之一。

克里姆特的家世前面已说过。他是维也纳本地人，虽出身贫寒，但"环形大道"和"分离主义"的时代精神给了他创造崭新艺术的机会，让他得到了精神"解放"。与菲迪拉德签了合同后，克里姆特先为阿黛乐画了很多素描，多方面进行揣摩，作品最终于 1908 年 6 月在维也纳市中心著名的昆之秋（Kunstschau）艺术馆展出，轰动一时，被奉为维也纳现代主义绘画的代表作。画布上的阿黛乐尊贵优雅，风情万千，黑发高耸，颀长的脖子上戴着耀眼的金项圈，身着宽松舒展的弗洛格式长裙。裙上布满了克里姆特的特创视觉语言 —— 圆形、方形、卵形和螺旋形的生物象征符号 —— 且都金光熠熠，因此获得"金色夫人"之名。小说的第一部分结束于阿黛乐在 1925 年 2 月猝死于不明病因，年仅四十三岁。她没有儿女，留下的遗书说她的肖像属于丈夫菲迪拉德，待菲迪拉德去世后则捐赠给奥地利国家美术馆，但之后经过半个多世纪翻天覆地的历史变迁，这封遗书引起了世界法律诉讼之争。

克里姆特画作《金色夫人》

　　第二部分叫"爱与背叛"，主角是阿黛乐的侄女玛丽亚·布洛克－鲍尔（Maria Block–Bauer）和她姐姐路易丝，也兼及鲍尔家族其他成员和亲朋好友在纳粹统治时期的遭遇。1938年奥地利总理打开国门，允许希特勒进入奥地利。玛丽亚目睹纳粹拥护者们包括不少热血民族主义者倾城而出，一边摇着纳粹旗帜欢迎德军进城，一边高喊"打倒犹太人！"这些人坚信与德国合并成德奥联盟，可以让奥地利像一战前那般强大。当时在维也纳居住的犹太人有十七万之多，盖世太保很快便开始在维也纳进行全面搜捕。著名的维也纳大学医学院当时有一百九十七名犹太裔教授，其中一百五十三名被解雇。具有世界声誉的弗洛伊德也被送进监狱，后来经由被他治愈的一位美籍百万富翁的周旋才被放出，靠几个欧洲弟子全力救援才得以出走英国。玛丽亚被软禁在家中，而她新婚不久的丈夫弗立兹却被纳粹监禁。两人九死一生，最终在朋友帮助下逃出奥地利。

希特勒本人是个失败的艺术家，对维也纳二十世纪初欣欣向荣的艺术气象和现代派艺术的成就素来心怀嫉恨。德军进驻维也纳后，犹太艺术收藏家们广泛受到监视和胁迫。起初，亲纳粹的奥地利艺术鉴赏家和拍卖人出面，劝收藏家们低价拍卖收藏品，或捐赠给奥地利国家美术馆；后来德军侵占了大量犹太人民宅，原住宅主人要么被送进集中营，要么逃走，他们收藏的大批艺术品便落入纳粹手中。已逝的阿黛乐的丈夫，也就是玛丽亚的姨父菲迪拉德在维也纳郊外的豪华住宅被德国铁路公司看中，成为这家公司的办公室。菲迪拉德自知性命难保，先仓促逃往匈牙利，后来转道瑞士，寄居在日内瓦的一家旅馆里。阿黛乐的肖像和他家的其他收藏品则被委托给一个叫富尔的律师保管。

这本纪实小说最后一部分叫"赎罪"，讲述追寻以玛丽亚为首的布洛克－鲍尔家族的幸存者、并向奥地利政府索还阿黛乐肖像的惊心动魄的故事。菲迪拉德的律师富尔是个大投机家，善于在那些迫不及待逃离奥地利的犹太富豪和亲德的奥地利政府官员之间周旋，从中谋利。经过精心谋算，富尔于1941年用托管的阿黛乐肖像，捎带上克里姆特的另一幅名为《苹果树》的画，与美景宫美术馆交换了该馆所收藏的一幅名画。这样阿黛乐肖像就转到了美景宫美术馆收藏，并在美术馆的指南目录上被改成了德文，叫《金色妇人》(Dame in Gold)。

为了炫耀德意志民族的艺术成就，纳粹于1943年在维也纳举办了一个画展，把阿黛乐的肖像也放了进去，但为了掩盖此画的来源，把画名简化为《妇人肖像》。这样，阿黛乐·布洛克－鲍尔的名字在公众眼中被删去了，她的犹太人身份和与此相联系的家族历史被抹杀了，克里姆特用金箔作画的风格也被抹掉了，剩下的只是一个无名、无姓、无种族、无国别的抽象的"妇人"。这幅闻名于世的杰作战时一直被储藏在美景宫的防空洞里，直到被炸得千疮百孔的美景宫在战后被修复，重新对公众开放。

菲迪拉德勉强活到了战后，但不久就在日内瓦的旅馆里孤独而死。他去世前立下遗嘱，吩咐他的财产由侄女露易丝、玛丽亚和侄儿罗伯特共同继承。玛丽亚和丈夫弗立兹战后经过多年辗转，最终在美国洛杉矶安定下来；路易丝和她的家人则定居加拿大。1998 年 2 月的一天，玛丽亚收到一位老朋友的电话，说奥地利通过了退还二战中被纳粹没收物品的法案，报上的一篇文章还特别提到她姨父菲迪拉德的艺术收藏。玛丽亚与病危的姐姐露易丝决定向奥地利政府索回原属于布洛克－鲍尔家族的画作。露易丝不相信她们姐妹俩能成功，不过还是嘱咐妹妹找一个好律师。露易丝不久便去世了，但玛丽亚找到了她的一位老朋友的孙子，在洛杉矶当律师的冉道·勋伯格（Randol Schoenberg）作为其法律代理人。冉道的祖父勋伯格在维也纳金色时期是一个很有名气的实验派作曲家，还与玛丽亚的丈夫弗立兹有过些私交，而冉道的父母也与玛丽亚和其他犹太流亡者有同样的经历。家庭使命感和道义感让冉道同意接手这个棘手的案子。

走上跨国法庭

冉道先为玛丽亚所代表的十位布洛克－鲍尔家族的幸存者向奥地利法庭递交了一份详尽请求，要求按新通过的法律将菲迪拉德的财产退还给其继承人，但分管财产退还的委员会拒绝了玛丽亚等亲属的要求。于是，八十多岁的前维也纳美人玛丽亚和刚到而立之年的洛杉矶律师冉道开始了一场长达八年的法律诉讼，对手是以傲慢著称的奥地利政府。好莱坞电影《金色夫人》便以这场举世闻名的法律诉讼为故事情节，而同时期拍摄的纪录片《阿黛乐的遗嘱》更集中于这场诉讼的法律细节。

长话短说。奥地利政府不退画的理由是：根据阿黛乐的遗嘱，克里姆特为她画的肖像由丈夫菲迪拉德继承，而菲迪拉德去世后，便捐赠给奥地利国家美术博物馆（即美景宫）。菲迪拉德的律师富尔说他正是按此遗嘱把阿黛乐的肖像捐赠给美术馆的。

冉道和玛丽亚的论点是：

第一，富尔与美术馆做交易时，菲迪拉德虽被逼逃出奥地利，但尚健在。此交易未经尚健在的法定人同意，故不具有法定效力；

第二，阿黛乐遗嘱中提到捐赠只是给丈夫的一个建议，不是一个必须履行的法定义务，菲迪拉德可以有自己的决定。按照他当时在纳粹手下的艰难处境，难以想象他会把妻子的肖像交给亲纳粹的奥地利政府；

第三，按常理判断，要是阿黛乐知道奥地利政府对犹太人的背叛，让他们妻离子散、家破人亡，她绝不会在遗嘱中提及把自己的肖像捐赠给与纳粹德国勾结的奥地利政府。

两方面的论点看起来都不难理解，但这个诉讼因涉及外国政府，过程极其复杂。玛丽亚的律师冉道在洛杉矶联邦法庭起诉奥地利政府，而他的起诉必须得到洛杉矶法庭的支持才有效。所幸的是，审理此案的洛杉矶女法官正好找到一条国际法，指出要是外国政府违反国际法，便可在境外起诉。这条法律为冉道铺平了把诉案直接递到美国联邦最高法院之路，最高法院根据前两个论点判玛丽亚获胜。

但是，即使有了美国最高法院的裁定，奥地利政府仍不愿放弃阿黛乐的肖像。根据小说作者奥康纳的研究，战争中维也纳总共有六万五千多名犹太人被杀害，五千五百多人幸存，约十三万人逃离奥地利。战后奥地利政府规定若离散的犹太人要回归，必须先放弃其所居住国的国籍，否则拿不到奥地利国籍。而要是没有奥地利国籍，他们就无权索赔战时被纳粹和亲纳粹的奥地利政府勒索的财产和已被希特勒"雅利安化"的房产。战后，在文化艺术机构中掌权的大多仍是德国占领时期的官员，他们烧毁或篡改艺术品的原始记录，想方设法阻碍离散犹太人回奥地利索赔其家族在战前的财产，更不用说被视为

"国宝"的阿黛乐的肖像了。

面对美国最高法院的判决，奥地利政府又提出要求由奥地利本地专家组成的仲裁委员会进行最后裁决。仲裁委员会经过激烈讨论，出人意料地投票认可美国最高法院的判决，要求奥地利政府将阿黛乐的肖像以及克里姆特的其他两幅画作归还给布洛克－鲍尔家族的继承人。这个官司几起几伏，长达八年，引起了世界各国对犹太流亡者的财产归还，以及奥地利政府在二战中的地位的深入讨论。

"别了，阿黛乐！"

让人感到惊奇的是，并不是布洛克－鲍尔家族的所有继承人都同意将阿黛乐的肖像带出奥地利。露易丝的女儿、加拿大著名癌症学者奈丽就认为，阿黛乐的肖像是维也纳"金色时期"的代表作之一，是维也纳现代美术的一部分，应该属于阿黛乐所热爱过的维也纳。维也纳人也分成两派，一派与官方的观点一致，认为奥地利是二战中第一个被纳粹德国占领的国家，应该与战争的祸首纳粹德国分开对待。克里姆特是奥地利的伟大画家，而阿黛乐的这幅肖像是奥地利文化的象征，如同达·芬奇的《蒙娜丽莎》之于法国，米开朗基罗的《大卫》雕塑之于意大利，谁能想象将《蒙娜丽莎》从卢浮宫拿走，让《大卫》与佛罗伦萨分离？而年轻一辈的维也纳人却通过这个知名度极高的跨国诉讼案，了解到祖国不光彩的近代历史，认为应该把这幅从犹太人手上掠夺来的珍品退还给布洛克－鲍尔家族的幸存者，还历史以公正。在阿黛乐的肖像随着代表玛丽亚前来接手的律师冉道离开维也纳那天，维也纳的各个车站都贴满了感伤的标语："别了，阿黛乐！"

玛丽亚的初衷是要争得公理，要是奥地利政府承认画是属于她的家族，她愿意考虑让姑妈的肖像留在她热爱过的美景宫美术馆，所以玛丽亚及其家人在胜诉之后首先给奥地利国家美术博物馆买回这幅画的机会。奇怪的是，没有回音。而远在纽约的"新画廊"则出价1.35亿美元收购了这幅肖像，创造了当时美术拍卖史上的最高纪录，还同意保证让这幅画对来自世界各国的美术爱好者开放。

打赢这场官司的冉道不仅名扬四海，而且按他最初与玛丽亚订好的合同，得到了百分之四十的诉讼费。这笔钱当然来之不易，当有采访者问他，要是他的故事拍成电影，谁来扮演他最合适？他摸着头说："自接手这个官司以来，我的发际线越来越往后退（他那时的确快成光头了），内耗太大。"并说汤姆·克鲁斯是个好选择。的确，他接手这个案子时三十岁出头，而结案时已近不惑之年。要是风华正茂的汤姆·克鲁斯代他出现在银幕上，是否能补偿他在八年苦斗中失去的青春年华呢？

正如奥康纳所说："阿黛乐的肖像是上世纪初维也纳的风雅和大都市化的圣像，是显赫却在劫难逃的奥地利帝国的圣像，也是揭露纳粹德国种族理论的谎言和两面性的证据。因为这桩法律诉讼案表明，战后奥地利政府仍拒绝为其与纳粹德国的不光彩合作而向世界悔过道歉。"推而广之，有关阿黛乐的传奇不仅是关于她本人的，也是关于克里姆特和主张创新的"分离主义"艺术派的，更是环形大道时期维也纳的精神历程的象征，其核心是开放包容、兼收并蓄的世界主义。不幸的是，这个历程被德国民族主义所酝酿的法西斯政治扼杀了。正如茨威格在其遗书中痛不欲生之言："我的母语（德语）世界已从我眼前消失，因为我的精神家园欧洲（主要指德语文化）用自己的手毁灭了自己。"在世界各国民族主义甚嚣尘上的今天，阿黛乐的传奇传递给我们一些什么样的信息呢？

第四章

大溪地：殖民欲望的想象

大溪地海景 　　　　　　　　　　　　　　　　　　大溪地山景

島嶼是殖民者的实验室。

——佚名

浮出历史的地表

在浩瀚无际的南太平洋中，有一片由火山岩石构成的群岛，大大小小上千个，星罗棋布在方圆一千零四十多平方公里的浅海滩上。大溪地是其中最大的一个。波利尼西亚人在公元三世纪到八世纪之间陆续开始在大溪地和其附近的一些小岛上定居，但直到十五世纪欧洲冒险家开始环球航海，找寻殖民地，大溪地才被"文明"世界"发现"。据说最早到达大溪地的欧洲人是葡萄牙和西班牙探险家，但最早有文献记载的是 1767 年 6 月 18 日英国航海家瓦利斯船长（Samuel Wallis）驾"皇家海豚号"环大溪地绕行。本地勇士驾驶自制的独木舟用弹弓向"皇家海豚号"射石子，英国水兵开枪还击，强行登陆，双方僵持了一个月之久才达成和平协议。一年后，法国航海探险家伯根维尔（Louis-Antoine de Bougainville）所率领的两艘法国远航轮在大溪地停泊了十余天，受到原住地岛民友好接待。法国船员称大溪地是个"新的爱神之岛""水手之天堂"，甚至带了一个土著岛民上船返回法国。伯根维尔还根据其旅行经历用法语出版了一本短篇故事集，叫《高尚的野蛮人》，引发了一向热衷于异国情调的法国人对这个世外桃源的兴趣和初始想象。

对大溪地以及整个南太平洋的海洋地理最有影响的无疑是英国航海探险家库克船长（James Cook），他从 1768 年到 1779 年三次航行太平洋，初次制作了澳大利亚、新西兰、大溪地、夏威夷等地的海图和航行路线。库克出身贫寒，最初在商船上打苦工，但很快显露出在航行和绘制海图方面的才华，被皇家海军收于旗下，并快速得到提拔。1769 年的大溪地之行，是他作为船长所率领的首次远航。与前面两次探索性的远航不同，这次是受英国最权威的科研机构伦敦皇家学会的赞助，专程去观测一个罕见的天文现象，即金星如何穿行于地球和太阳之间。其实，首先注意到大溪地这个观测星象的绝佳之地的是瓦利斯船长。他认为若在大溪地获得有关观测数据，皇家学会测定金星与太阳之间的距离可能会更为精确，并可以用此修正太阳与其他行星之间的距离数据。

库克船长及其部属乘"奋进号"在大溪地的马塔维（Matavai）海湾登陆，修了一个小型天文观测站进行观测，但所得结果却远不如皇家学会的天文学家所预想的那般精确。尽管如此，库克和随船到达的著名植物学家班克斯（Joseph Banks）以及其他测量家和画家一起对大溪地的地理、植物、民俗做了详细考察和记载。他还首次巡视了群岛中的华海意（Huahine）、瑞阿提阿（Raiatea）和波拉波拉（Bora Bora）等几个较大的岛，并对一些重要地点进行命名，把英国对大溪地群岛的殖民想象变成殖民实践。马塔维海湾被改为"金星尖"（Pointe Venus），群岛中的第二大岛木瑞阿（Moorea）被命名为"约克岛"，而大溪地则被赐予英国国王之名，被称为"乔治王岛"。为了彰显伦敦皇家学会对此次远航的资助，库克把这片群岛中的十四个较大的岛统称为学会群岛（Society Islands）。此名中的"Society"一词，常被误译为"社会"，由于皇家学会与此次探险的历史关联，正确译法应该是"学会"。大溪地后来易手法国，但"学会"一词延续至今，正确的汉语译名应为"法属学会群岛"。

库克于 1773 年 8 月月底率军舰重返大溪地，停留了八个多月，进行了更多考察。他最后一次远航大溪地是在 1777 年 8 月。为了取得土著首领的信任，他竟然参加了当地以活人为祭祀的仪式。库克船长无疑是大英帝国推行全球殖民的最显赫的先锋之一，但他所代表的殖民者与殖民地原住民之间的矛盾和冲突是无法协调的，最终导致他十年后在夏威夷与土著居民发生的冲突中丧命。库克对大不列颠帝国的全球殖民事业贡献如此之大，以至于夏威夷岛在被并入后起之秀的美帝版图中之后，安葬库克的小小岛仍法定为英国领地，有人负责每天按时升降米字旗。显而易见，这番苦心不仅在于保护这位殖民先锋的墓地，更是为了给世界展示大英帝国旧日的殖民神话。

欧洲殖民者在南太平洋"发现"的这片群岛，地图上的这一连串小黑点，后来是怎样变成人们心中的"人间仙境""爱神之岛"，变成欧洲殖民者心驰神往的一片风景的呢？这个波利尼西亚人世代居住的天涯海角经过了一些什么样的殖民想象和实践，吸引外来人不远千山万水前来膜拜呢？这里的外来人包括早期的探险家、被运送到岛上的华人劳工、欧洲殖民者和旅行者、寻求创新灵感的艺术家、为大众文化消费提供原料的好莱坞以及世界各国游客，而波利尼西亚人在被迫开放的过程中大大小小的抵抗、谈判、自我殖民和为了与外来者共处所进行的各种协调，也决定了这道风景线的色调和规模。

高更与毛姆

最初把大溪地带入我的视野的不是地图，也不是历史，而是法国后印象派画家高更（Paul Gauguin）的画。高更用粗线条画的大溪地土著民，棕色躯体，无论站立还是躺卧，都壮实得近于笨拙，让观者能感到实实在在的体重，且神情呆滞，似睡非睡。尤其是土著妇女，浓密黑发瀑布般地倾泻而下，耳边总挂着一朵艳丽的红芙蓉，神情木然但总透着一种似乎是与生俱来的沉着，冷冷地撩惹着情欲。他的画面上没有文明世界中常见的物件，却充斥着动物、树木，尤其是南太平洋岛屿上特有的花卉，色彩艳丽单纯，衬着赤红的山或蔚蓝的海，阔叶尤其亮绿。海水呈深深浅浅的蓝，绿松石般光亮平滑，无休无止地追逐，撩动着透明的光波，无边无际地漫延至天涯。

后来学了美术史，知道高更于 1882 年在法国的金融危机中投资失败，丢了证券交易所的工作，转向发展艺术，之后几年在外省周转求发展，却四处碰壁。尤其是 1888 年冬在阿尔勒（Arles）那座黄色小楼中与凡·高的一段生死纠缠，让他声名狼藉，认识到自己在同仁社交圈中不受欢迎，而且也无法按照印象派祖师爷毕沙罗的路子得到法国画界的认可，加之失业后家境急遽下坡，他老婆本来就性情急躁，这时还得捉襟见肘地养五个孩子，夫妻之间大动拳脚便成为家常便饭。传记作家南希·马修（Nancy Mathews）在其近作《情色一生说高更》为高更的妻子辩护，认定高更是家暴的主犯。不管谁是谁非，高更于 1890 年弃家出走（一说是被老婆踢出家门），次年便出发去大溪地另寻生路。

高更为何要去远在天涯海角的大溪地呢？回答这个问题至少涉及历史、地理和个人经历等几个方面。欧洲老牌帝国在十八世纪后期开始对全球进行殖民扩张，太平洋上的岛屿首当其冲，正如历史学家所说"岛屿是殖民者的实验室"。"实验室"在此首先是一个名词，因为海岛与世隔绝，岛上动物的种类有限，植物基因单一，加上气候极端，是研究两极化生态环境的最好选择。达尔文（Charles Darwin）和华莱士（Alfred Russel Wallace）两位生物学家对海岛原生态的考察让他们在研究生物进化研究方面取得了显赫成就。当然，把岛屿视为"实验室"也是一个暗喻，类比殖民者通过殖民未知岛屿来摸索控制世界，包括控制种族关系、社会结构和经济可行性的模式。海岛不但是研究生物进化的理想场所，也提供了研究人类两极化的情感结构，如悲与喜、慰安与恐怖等的典型个案。

岛屿作为探索人之心理、种族和社会的实验场所，可以追溯到莎士比亚的名剧《暴风雨》。该剧讲述一艘英国船遭遇特大暴风雨，船员漂流到一个不为人知的小岛上避难，其间与所见到的土著男巫普鲁士佩罗（Prospero）及其半人半兽的仆人卡利班（Caliban）之间发生的奇异故事，想象出一系列土著民与外来殖民者之间的社会界限，以及双方必须遵守的行为准则。外来者对原住岛民的控制和改造在欧洲文学中不乏例子，比如笛福的《鲁宾孙漂流记》、摩尔的《乌托邦》等。虽然高更前往大溪地的动机与库克船长等官方派遣资助的殖民者的不同，但他的种族主义意识和殖民主义行为方式与岛屿政治所展示的两极分化的历史进程和文化心理背景是一致的。

除了个人生活之外，高更去远在天边的大溪地有什么艺术契机呢？传记研究者认为高更受到 1889 年在巴黎举行的一个法属殖民地画展的启发，也有人说他受到伯根维尔所描述的大溪地风土人情的故事的影响，但都只是推测而已。唯一可以证明的是高更很想为当时风靡一时、以大溪地为题材的浪漫小说《洛蒂的婚姻》创作插图，也可以说，是为了寻求一个独特的艺术实验室，一个尚不为人所知的异教空间。

异域风景与扩展人类的视觉想象密切相关。学者卡斯格雷（Denis Cosgrave）在其专著《地理与视觉》中说，科学意义上的"画地图"与艺术中的"画画"都是人类对空间的认识和实践，因为两者均综合了人类的心理想象。无论测量学上被认为是精确的地图，还是艺术家通过想象而创作的绘画作品，都与绘图者或画家的意识形态、对人类社会的不同认知方式和结构有关。高更正是期待在远方的大溪地找到一种全新的绘画语言——新的构图、新的线条和新的色彩——来重现原始的、非基督教的创世神话。为了凑足旅费，他竭力调度欲望进行想象，向朋友们兜售洛蒂书中所创造的大溪地神话：一块尚未被文明世界发现的伊甸园，土著成天赤身裸体在阳光下的森林中歌唱做爱，无所事事，等待香甜硕果从树上掉下来。不久，他居然在朋友圈中凑足旅费，在海上颠簸了一个多月之后，终于在大溪地首府帕帕伊提上了岸，到达了他心中的"远方"。

在高更的想象中，大溪地是个世外桃源，是异教徒的天堂。虽然他一开始就知道那里已有法国殖民社团立足，但压根儿没估计到人数如此之多，而且已经建立了两个圣公会教堂，他暂住的小木屋就在其中一个教堂的对面。每逢礼拜日，土著民用本地语唱着赞美主耶稣的圣歌，一声声撕碎了高更对原始异教的向往。岛上的法国殖民社团还总是让他想到自己在法国美术界受到的冷遇。于是，高更决定进一步自我异化，搬到远离帕帕伊提中心的土著民区去居住。可是，他与原住民的关系也不好。为了创造异教神话，他雇了不少本地女孩做模特儿，还先后娶了三位年仅十四五岁的女孩。这些土著模特儿同时也是他的女佣和性奴隶，都传染上了他的花柳病。土著人的敌意不难从高更所画的女性脸上看出：即使为他摆姿势，原住民妇女也总是带着一副带调侃的冷脸，既找不到"蝴蝶夫人"对西方人的那般柔情顺从，也没有"西贡小姐"那种生死离别的悲痛。

高更在大溪地头两年的创作并没有给他带来预期的声誉。当他第一次离岛回到法国时，没有一个人去码头迎接他，他的画在巴黎也仍然无人问津。尽管如此，高更还得把自己始创的大溪地神话继续编下去。为了维持巴黎人对大溪地的兴趣，他使出新招，告诉大家说他已着手写他在大溪地自由生活的自传，取名叫《诺阿诺阿》，尽管只有他自己才知道此书内容纯属虚构。在法国客居不到一年，被成名欲望驾驭的高更决定重返大溪地，继续制造他的梦想：用全新的图像和色彩把大溪地的天文、地貌、历史统统编织进自己的想象之中，"让巴黎震撼"。

一个地方的景色对画家的影响是非常奇妙的，我们知道晚期印象派大师凡·高、高更和马蒂斯都转向南方，探索用明亮色彩和流畅涌动的线条来创造新鲜的画面。马蒂斯也到过大溪地寻求创作灵感，其晚期的剪纸采用的鲜艳色彩和简单构图与高更的绘画有异曲同工之处，但他对大溪地自然环境和本土自然神教的隔膜阻止了他达到高更所具有的心理和文化深度。有批评家认为，虽然高更没有被印象派接受，但他所创造的新的视觉语言让他比同时代的印象派大师，如毕沙罗、莫奈等人，表达了更广泛、更深刻的人类学和文化哲学含义，这与他长住大溪地的经历分不开。

　　高更二进大溪地后，生活更加落魄，搬到了更远的微型小岛海法欧（Hiva Oa）去住，离帕帕伊提七百多里。随着热带雨林的长年浸润、赤道上阳光的强烈照射、原始民俗的耳濡目染，他的晚期画风变得更凝重，色彩中浸润着生命的冲动，有刺激性的视觉效应，线条简单、粗犷又流畅，构图带有强烈的叙事感，能负载他对自然和人类之归属的深刻思考。1894 年完成的《神之日》是高更最重要的作品。此画的主题来源于高更对土著波利尼西亚原始神话的想象和解释。画面的中心是南太平洋岛屿上的土著之一毛利人神庙中的泰饶（Taaroa），左后侧有两位着埃及白色长裙的侍女，古雅庄重；右后侧则可见几位波利尼西亚舞女衬着大溪地的海岸扭动着身体，撩起艳色的裙子。有人说她们跳的是古代祭祀自然神的舞蹈，也有人说是当时被英国殖民者禁止的土著色情舞蹈。更引人深思的是前景海滩上的三个裸体人物：右边是一个身体缩成一团的匍匐的人，似母亲子宫里的婴儿；中间为一个坐立着的成年人；左边是一个卧地的蜷曲的人。这三个人物显然表现了人生的三个阶段：出生、成长和死亡。画面最前景是水，但不是大溪地随处可见的蓝色的海水，而带有色彩斑杂的光影，像被海浪磨平的圆滑岩石，又像岩石投下的阴影，让人感到海水流动的韵律和质感，感性而又抽象，像一个亘古不衰的人类故事，或是一个永恒的哲学命题。

　　高更晚年对人类的思考强度如此之高，以至于他在生命晚期常常直接用一连串问号做画题。他把一幅画命名为：《我们从何而来？我

们到底是什么？我们走向何处？》，画中前景右侧是一个类似婴儿的
人体，左侧躺卧着一个奇怪的老妇人，背景上看似一片神奇的森林，
却是一座立在形形色色的土著图腾中的女神像。这幅画与《神之日》
一样深受波利尼西亚原始宗教影响。在波利尼西亚原始宗教里，植
物、矿物、动物和人类都同根同源，这种信仰让波利尼西亚的文化与
自然紧紧地纠缠在一起，不可分离。高更后期变成了波利尼西亚原始
自然教的信徒，完全抛弃了上帝造人的基督教信仰。他的技巧被后世
的美术评论家概括为"有机的抽象"，因为他画中的色彩和线条不是
对客观现实的描绘，也不是吉尔平所抬举的"似画"，而是由心里的
想象激发出的幻觉般的生命形态的抽象，是艺术家的孤独、激情和欲
望的无休止颤动，这与跟他永远分手的朋友凡·高所用的燃烧的色彩
和颤动的线条有异曲同工之妙。

高更画作《神之日》

高更对大溪地着迷，而英国小说家毛姆（William Somerset Maugham）却对高更在大溪地的经历着迷。为了写以高更为主人公的《月亮与六便士》，毛姆不远万里，专程去大溪地收集素材。尽管这部小说中的细节多为杜撰，与高更的生活史实相去甚远，但他着力探讨了对理解高更个人生活最有价值的两个问题：为何高更对爱上他的女人病态般地残酷无情？为什么高更在四十岁后才开始绘画，可是一旦开始，便如此全身心投入？对于第一个问题，毛姆通过以高更为原型的书中主人公查尔斯解释说："作为一个男人，我当然有性欲，但那事儿一完，我对女人就没什么兴趣了。可是女人却刚好相反，一旦和你有过一次那事儿，就跟你没完没了，恨不得占有男人的全部时间，直到将他耗空。"高更和其法国原配太太结婚十七年，说走就走，再也没见过面，甚至连信也没有通过。原因之一是怪太太靠他供养了十七年，从未出去工作过，但他却为养家糊口在证券交易所浪费了十七年生命。这种怨气，也可以用来解释第二个问题。正如高更留下的少数名言之一："人生苦短，但一个人应该抓紧时间来创造与天地共存的东西，即艺术。"这足以解释他为何在四十岁后全身心投入绘画吧！

对持后殖民主义批评观点的学者来说，高更对女性的冷酷，不只是由于他有性虐待的毛病。他对大溪地土著姑娘的性剥削，也是其白人种族主义作祟。毛姆说他去大溪地收集写作素材时，找到了高更的最后一位土著妻子，但这位妻子对高更没有说一句好话，只痛斥毛姆来采访她，却不付给她钱。颇具讽刺意义的是，毛姆在《月亮与六便士》中用了过半的篇幅铺垫情节，探讨高更对女性的残酷无情，但只对两位法国同乡——其原配夫人和一位死心塌地爱上他的朋友之妻——冷酷无情，对他与大溪地的女人的复杂关系一字未提。以高更为原型的主人公查尔斯在小说中只有一位土著妻子，叫艾塔。艾塔一心想成为查尔斯的老婆，不但为他做模特儿，还低声下气侍奉他，并用自己当女佣挣来的血汗钱养活他。在查尔斯患了麻风病后，艾塔自愿随他远离人群，搬去岛的尽头。甚至当高更几乎已变成一堆骨架时，艾塔仍然为他四处奔走，寻医求救。在毛姆看来，艾塔的所作所为都是因为土著姑娘们对白种男人"总是钟爱有加"。作为一位生长在英国殖民盛世的主流作家，毛姆显然为高更所创造的大溪地神话添加了实质性的一笔：殖民主义是天经地义的，因为被殖民的土著对殖民者的向往和臣服与生俱来。

到 1902 年前后，高更的身体已被梅毒、麻风病和酒精耗尽，但他还在异乡梦想着他心中那个无法到达的"远方"——那幅永远完成不了的大溪地神话图。"我只希望有一张大画布，让我能在上面画我心中珍藏着的那幅画。"他所创造的大溪地无疑是他的激情、欲望和罕见艺术才能结合的奇异升华。这位古怪的、被世人抛弃了的天才画家死后被草草埋葬在海边，沐浴着日出日落，聆听潮起潮落，想必还在云雨中继续着自己关于"远方"的梦想吧！

作为文字的文身

波利尼西亚群岛上不同部落的原住民使用不同的方言，使用人数最多的有萨摩亚语、毛利语和夏威夷语，这些口语的语法结构大同小异，但都偏重元音，且在航海、占星、海洋生物、植物等方面有相对丰富的专用词汇。很有意思的是，据社会语言学家的考察研究，他们使用的方言均起源于中国台湾。虽然最近有学者根据四千七百多人的基因进行研究的结果发现，波利尼西亚原住民是一千多年前从南亚大陆经印度尼西亚迁移去岛上定居的，但语言学界对其语言源于中国台湾的论断没有改变。正如著名华裔人文地理学家段义孚所强调，语言是一个地方及其原住居民身份的标志。在中国台湾近代文学中为原住民发声的作家，从早期的"乡土文学"派主将的吴浊流、黄春明等到最近的吴明益、甘耀明等都竭力展现当地语言的历史性"在场"。甘耀明最近获得"红楼梦奖"的小说《成为真正的人》就是一例。小说通过多样化的词汇，如地理、原住民部落名称、部落土语、殖民国语言在本地的流变、鲜为人知的部落历史人物、各种本地动植物名称等，来展示台湾的殖民历史、文化和语言交错的复杂性。台湾原住民的口语在人口迁移（强制性的）和殖民文化切入（不平等的，甚至是暴力的）过程中与日文和汉语有所融汇，成为

土著文身艺术家

书写文字，产生了不少替当地居民发声的文学。

　　与之相比，流传于波利尼西亚各岛原住民之间的仍然只是口头传说和民谣，在历史上没有产生出书写的文本和书面文学。早期英文著作有传教士艾利斯（Ellis）的民俗地方志考察、儒提阿（Findlay Rutiaro）所著的《南太平洋指南》（*South Pacific Directory*），以及英国海军"邦迪号"的布莱船长所著的《英国航海指南》（*British Admiralty Sailing Director*）。这些著作重点都在为后抵殖民航海者提供方便。那么一代接一代的大溪地原住民是怎样转达其祖先教诲，讲述先辈的故事的呢？

　　再去大溪地时，我去听了一个题为"大溪地本土故事讲述"的讲演。时间到了，大家仰首等待一位学者出现在台上，可是大步走上讲台的，竟然是一位从额头到脚后跟都刺满了图形的文身艺术家，看似一座活人文身塑像。这位讲演者激情有加，以身体当图板，让听众理解到原住民的文化传承不是通过书写的文字和印刷的书籍，而是通

过一代一代人的身体来进行的。神明的启示、自然的惠赠、祖先的教诲、种族神话中的英雄传说都被抽象成线条、图形和色彩，并用骨针文刻在风吹日晒的古铜色皮肤上。他不无骄傲地宣称："我的语言代表我的觉醒，我的语言是通向灵魂的窗口，我的语言是我的勇气。"那什么是"我的语言"呢？那就是他躯体上文满的线条、色块、符号和图像。

说实话，在听讲演时，我并不完全理解演讲人为何骄傲地把接受文身称作是有勇气的男子气的行动，后来看了美国纪录片先驱弗莱荷提（Robert Flaherty）1926年在波利尼西亚群岛中的萨摩亚岛拍摄的无声纪录片之后，才有了切身体会。弗莱荷提对一位萨摩亚的少年进行了跟踪拍摄，而接受文身是这个少年被其部落认可为成年人的最重要的仪式。部落首领、施行文身的巫师、受文身者的父母，以及他选中的未婚妻都得在文身仪式上出场，并相伴整个过程。

仪式开始时，部落首领把水洒在男孩身上，巫师用骨针在洗净后的身体上进行雕刻"创作"。除了男子的未婚妻和母亲不时用扇子为他降温，或用沾着椰油的湿布为他擦抹以外，全过程不使用任何麻醉和缓解疼痛的措施。让男孩最难以忍受的是文膝盖的时候，刺刻的每一条线都敲打到他的神经，让他咬破嘴唇。由于疼痛剧烈难忍，每天只能文一小部分，整个文身过程持续了好几个星期。而只有当整个过程完成了以后，一个男孩才能被部落当成一个成年男人，娶妻生子，并在部落中得到应有的社会地位。因为男孩在文身过程中能承受住痛苦，表明他已经成长为一个有勇气、不畏痛苦、敢于担当的成年男人。此外，线条、色块及其构成的图形不只是文身时使用的语言，也是波利尼西亚传统的木刻、打结艺术、编制和布料扎染所用的视觉语言，帮助本土叙事和交流。原住民缺少文字记载和书写文学，而异域旅行者来岛上旅行又极为不便，所以以大溪地为主题的文学作品很少见。

法兰西浪子洛蒂与《洛蒂的婚姻》

十九世纪，在欧洲流传最广的关于大溪地的故事，是法国人路易－玛丽·朱丽安－维奥（Louis-Marie Julien Viaud）所写的《洛蒂的婚姻》（1880），这部浪漫小说号称是他远航大溪地的自传。维奥在大溪地颇受大溪地女王珀玛瑞四世（Pomare IV）的青睐，被她戏称为洛蒂（Loti）。同时，他又因与那时法国红极一时的女演员莎拉·伯恩哈特（Sarah Bernhardt）关系亲密，有皮埃尔（Pierre）的昵称，所以自己后来索性以皮埃尔·洛蒂为笔名。

洛蒂所写的大溪地的故事得追溯至其长兄古斯塔夫（Gustave Viaud）。古斯塔夫是一名法国海军军医，善于摄影，曾随法国军舰去过大溪地，他所拍摄的照片让法国人首次目睹大溪地之美。在写给家人的长信中，他对大溪地的描述——"天堂般的地方，温热湿润，海岸边椰树成行"——让少年洛蒂神魂颠倒，渴望长大后步长兄之路。不幸的是，古斯塔夫在二十八岁时染上恶性痢疾，死在军舰上，水葬于南太平洋。1867年，洛蒂满十七岁，便迫不及待地加入了法国海军。四年后，他随军舰首航前往大溪地群岛，在几个岛屿上短期停留，记笔记，绘图，摄影等。他忘不了效法长兄，花了不少时间给远在法国的家人写信，让家人把他的信寄给欧洲有影响的杂志发表。在这些信中，洛蒂除了努力把自己塑造成一名环球航海旅行家，还大肆宣扬当时兴盛的殖民主义意识形态，认为法国人的到达给身边这些远离欧洲文明中心的岛屿带来了启蒙之光和先进文明，标志着大溪地土著文化的终结。当然，这只是作为殖民者的洛蒂自我意淫的一种方式。

洛蒂的大溪地之行还有一个秘密的家庭使命，即找到他哥哥古斯塔夫信中不时提到的女人塔哈茹（Taharu）以及与她所生的孩子们。经过不少周折，洛蒂终于在岛上找到一个同名女人，但她带来相认的孩子们的年龄与古斯塔夫在岛上所住的时间不吻合，这让洛蒂大为失望。《洛蒂的婚姻》一书中的女主角也叫塔哈茹，据说是跟洛蒂在岛上两月所有与之有浪漫关系的女人的综合。书中的男主角与作者的长兄在岛上的经历也颇为雷同：一位是法国海军，一位是海军军医，两人都爱上了一位土著女人。当殖民者结束短暂滞留，返回法兰西之际，他们的土著"蝴蝶夫人"都肝肠寸断。

书中对岛上景物风情的描写栩栩如生，殖民者男主角与土著恋人的情感纠葛大起大落，高度夸张，大赚法国读者的眼泪。在殖民主义如日中天的法国，这部小说被公认为"独创而迷人"，在批评界和发行市场都颇受欢迎，对当时流行的自然主义作家左拉平淡写实的风格形成挑战。洛蒂四十一岁时居然以《洛蒂的婚姻》一书击败了创作甚丰的左拉，入选法兰西学院，成为历史上最年轻的院士之一，可谓名利双收。如前提及，为《洛蒂的婚姻》画插画，是处于困境中的高更为了去大溪地再续神话而得到不少赞助的原因。

珠联璧合

进入二十世纪之后，以写《白鲸》著名的美国探险作家梅尔维尔（Herman Melville）写过两个以大溪地为背景的旅行冒险故事，但没什么世界性影响。同年，以《金银岛》著称于世的苏格兰作家史蒂文森在《在南海》（*In the South Sea*）和《历史注脚》（*A Footnote to History*）中也对大溪地有所记叙。这里值得一提的是，史蒂文森的父亲托马斯·史蒂文森是当时一位颇有名声的灯塔设计工程师，在库克船长登陆的金星尖建造了大溪地的第一座灯塔，现在仍然屹立海湾。史蒂文森自幼疾病缠身，拒绝继承父业，但深受父亲影响，酷爱旅行探险，并多次涉足南太平洋。去世前四年，他拖着病体，带着全家，包括守寡不久的母亲，迁居萨摩亚岛。在岛上，他为原住民的利益与英国、德国、新西兰等宗主国多方谈判周旋，死后被安葬于岛上。如

托马斯·史蒂文森在大溪地修建的第一座灯塔

果说史蒂文森是萨摩亚人在西方世界的代言人，那么用英语记录大溪地原住民社会生活的，则非美国作家詹姆斯·霍尔（James Norman Hall）莫属，虽然霍尔没有介入过大溪地原住民与英法之间的政治纠纷和调停，也没有史蒂文森那样高的世界名望。

詹姆斯·霍尔出生于美国艾奥瓦州的一个封闭的小镇，父亲靠务农持家。霍尔聪明好学，考上了本地精英人文学院，一毕业便迫不及待地跳出家乡，前往当时的文化之都波士顿寻找前途。他在业余时间创作诗歌，写新闻报道，并给《大西洋月刊》等刊物投稿。据在《大西洋月刊》做了三十年总编辑的塞吉维克（Ellery Sedgwick）回忆，虽然霍尔执着地写稿投稿，但他在战前投的稿件一篇也没有发表过。尽管他后来去哈佛大学继续深造，拿到一个写作硕士学位，但在写作上仍然没有大突破。1914 年，二十七岁的霍尔去英国参加英国自行车赛，正值第一次世界大战爆发。霍尔从军心切，便假冒是加拿大人，混进了英军，并参加了几个战役，但后来被查了出来，而遣返回美国。他以自己作为加拿大人加入英军参战的经历为题材，发表了第一本小说《科青的民兵》，开始崭露头角，逐渐成为《大西洋月刊》的压轴写手。

1916年，霍尔以《大西洋月刊》特派记者的身份去法国报道"拉法耶特飞行员联盟"（Lafayette Flying Corps）在战时的运作。因战事需要，此组织成员刚得到为法国空军服役的许可，霍尔也就乘机加入了法国空军。待1917年美国正式参战时，已有作战经验的霍尔又转入美军，担任机长，频创战绩，但在战争结束之前的最后几个月被德军击落俘虏，关进监狱，直到战后才获释归国，获得了法国和美国授予的多枚英雄勋章。对霍尔的写作生涯有决定意义的是他受邀与查理·诺德霍夫（Charles Nordhoff）联手，写了一篇关于"拉法耶特飞行员联盟"的报道。霍尔与诺德霍夫在法国参加该组织的活动时并不相识，但一见面便结为知己，成功地完成了报道。

那时战争已经结束，两人均离开了军队，想成为专业作家，并继续合作。但写什么呢？他们急切地想找到新的题材。诺德霍夫的祖父是一个业余航海家，写过海上冒险的故事。其父母也热心于旅行，长年旅居海外，诺德霍夫就是在父母旅居伦敦时出生的。他后来回美国南加州求学，上了一所叫撒切尔的精英寄宿高中（该校以户外活动和骑马而闻名。作者有幸在此校工作多年，在本书最后一章中将对此有较详细介绍）。

霍尔对冒险的热衷和敏于行动的倾向在少年时期就令人瞩目。他是约瑟夫·康拉德（Joseph Conrad）的热情崇拜者，对康拉德所写的海洋、海岛和航海历险无限神往。当然，康拉德是一个颇有争议的作家，有人从后殖民理论出发，批评他在中篇小说《黑暗之心》中把非洲（指刚果）描写成一片死亡之地。其实，康拉德从波兰移民到英国，二十岁以后才开始学英文，虽然他的作品被视为英国文学的现代经典，但其所继承的文化和文学传统并不完全受制于大英帝国的意识形态，这可能是他晚年拒绝英王室封爵的原因之一。不少批评家认为康拉德的作品有丰富的象征意义，不能与地理名词对号入座。就拿《黑暗之心》来说，书中的刚果不是一个地方，而是一个象征空间，一个通过狂暴无羁的自然（海洋）来考验人类勇气和道德力量的象征空间。霍尔对康拉德崇拜有加，甚至给儿子取名康拉德。可儿子长大后与写作无缘，却成了用影像来表意的著名摄影家，还荣获过奥斯卡金像奖。而霍尔本人最终也没能企及康拉德所达到的文学高度。当然，这些都是后话了。

　　如果大溪地为在艺术创作上走投无路的高更带来了灵感和新的绘画语言，那么通过"寻找新地域"来突破写作则是霍尔和诺德霍夫的共同想法。塞吉维克总编辑回忆说，他记得在波士顿的一家意大利餐馆里和两人聊到对今后写作的设想，霍尔手持一张地图，用笔勾画着史蒂文森去南太平洋的路线，满怀激情地说他渴望创作一种新的传奇文学，一种被洛蒂的椰子树和红芙蓉花般的浪漫所包裹，却具有康拉德风格的海上冒险传奇。两人随后向波士顿和纽约的著名杂志兜售其想法、拉赞助，很快就得到颇有名声的《哈珀》杂志和其他杂志资助的七千多美元，得以前往他们心中的"远方"——大溪地。

　　大溪地真远！两人于1919年1月从洛杉矶启航，历经艰险，次年2月才到达大溪地。诺德霍夫回忆他当时问其同伴："终于到了！下一步打算做什么？"霍尔毫不犹豫地回答说："我还没具体想过呢，但从此不再北归了。那里往我脑袋里灌的文明这辈子都消化不完呢！看，我们在这岛上多自在！干吗离开呢？"他们在大溪地定居下来。后来，诺德霍夫娶了一位波利尼西亚原住民为妻，两人养育了四女二男。他在岛上住了二十年，但最终与发妻分道扬镳，改道北上，回到南加州再婚，没几年便忧郁而死。霍尔则与一个有波利尼西亚血统的混血女子结了婚，生了一男一女。他在岛上度过余生，死后就埋在自家老房子的后院里，离海不远，大海无休止跳动的脉搏让他永生。

新冠病毒感染疫情后我重访大溪地，受纪念馆馆长安东尼（Antonio
Mahea）的邀请，去那座简单却典雅的绿房子做客一天，随意浏览霍
尔的藏书，沉浸在他拥有的那部老式留声机放出的音乐中，尽管音质
粗糙，有些变调。我不时与墙上霍尔的肖像对视，感觉如此亲近，完
全没有时间的距离。

　　霍尔与诺德霍夫两人在生长环境、相貌与性格上大相径庭，但
在写作上珠联璧合，为新大陆的报纸杂志写了无数报道，还合作了十
余本书。与两人合作了几十年的塞吉维克总编辑在霍尔逝世后撰稿纪
念，认为："两人合作的成功不在于两人的相同之处，而在于两人是多
元的两半。在这样的合作中，两人不但没有失去各自的个性，反而让
他们构成的同一体双倍丰富。这样的合作在英文写作圈里几乎绝无仅
有。"两人合著的作品包括航海小说、战争故事和南太平洋散文故事。
这些故事最早把大溪地的历史、传奇、地域、人物和社会风情带给新

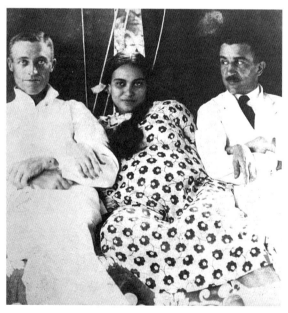

霍尔（右）与诺德霍夫及其身怀六甲的土著夫人威
诺娜（摄于1926年）

大陆的读者，开始塑造美国人对南太平洋的地理和文化想象。关于这个题材的作品主要包括《南太平洋中之仙境》（*Faery Lands of the South Sea*）、《被遗忘的以及南海上的其他真实故事》（*The Forgotten One and Other True Tales of the South Seas*）和《中太平洋》（*The Mid-Pacific*）等。

大兵写的小故事

第一个吸引新大陆读者注意的《南太平洋中之仙境》是霍尔和诺德霍夫两人为《哈珀》杂志写的连载文章，于 1920 年到 1921 年分期发表，后来以单行本出版。两人的写作生涯都是以通过调查、收集资料而创作的新闻故事起步，所以特别注重细节，平淡写实。故事大多为霍尔所作，记叙他在岛上的生活或海上探险时所遇到的各种人物和所观察到的人际关系，比如不同部落的原住民之间的交往、原住民与最早迁移到岛上的华人之间的冲突与互为依存，以及十九世纪以来欧洲移民和冒险家们对岛民宗教生活的影响。

为了彰显写实效果，霍尔的故事一般都用第一人称讲述其与故事主人公（说话者）的相遇，然后转用引文来大段转述主人公的自叙。他写的每篇故事都离不开记叙描写当地人的衣食住行、待人处世和语言交流的趣事，还有对光线、风向、潮起潮落、行星移动、云雾聚散精细入微的文字素描，比如，他描写抵达大溪地时的晨景：

二月里一个风平浪静的清晨，大溪地终于出现在我们的视野之中。残星还在西天泛着微光，沧海浩渺，飘着几片云彩，好似远处若隐若现的岛屿。半小时后，大溪地慢慢沐浴在晨曦里，锯齿形的山峰跟着陡峭的山脊消失在沧海之中，反衬着山壁投下的阴影。几只燕鸥掠过。除此之外，万籁俱寂。没有动静，没有人群，没有任何可能打碎这片幻觉般的原初之美。

同一天上午：

……海边的街道尚空荡荡，华人商贩坐在铺子前等人来买东西，一群土著妇女慢慢地穿过湿润的暗绿通道，身穿喜庆的花裙子在扩散的晨光里蹦来蹦去。一条小渔船像画中的一个细节，仿佛随时都可以让画面晃动起来：要么退出海岸线，要么横渡海湾，要么被云的倒影染上高光，要么从海面上凸显出来。

到了中午：

……炎热午睡时分如此寂静，似乎可以让人听见熟透了的硕果穿过树叶的障碍掉到地面时的回声、夜间拍岸浪涛孤独的轰响，或是那些湿漉漉的光脚板走在铺满月光的石板路上。

笔者几年前首次去大溪地之前，对那里的地理历史文化做过一番研究，但"华人"这个名词没有引起过我的注意。可是一踏上大溪地，形形色色的"华人"历史、文化和种族的痕迹便从日常生活中曲折地显现出来。一个有着古铜色皮肤、走路快捷如飞、入水轻灵似鱼、看起来地地道道的波利西尼亚女导游，一见面就告诉我，她的曾祖父是德国人，而曾祖母是福建人。她祖父母和父母一代都有华人血统。波拉波拉岛最大的超级市场的主人姓李（英语拼写为"Lee"），同行的人都和我开玩笑，问我此行是不是来接管祖上产业的。波拉波拉岛博物馆的讲解员告诉来访者说，华裔血统的移民占大溪地约百分之九的人口，但银行里百分之九十的存款都属于他们。这显然有些夸张，但也说明华人在群岛社会经济中的地位。

有意思的是，霍尔的作品中写华人的地方比比皆是：华裔厨师、华裔管家、华裔店主和街头小贩等。无论大小远近，每个岛屿上开日用品小店的似乎都是华人。让霍尔觉得大开眼界的是华人与波利尼西亚人在市场上的交往。这两个种族在文化和社交方面差异很大，但对讨价还价显然有共同的兴趣。霍尔说他每天都见到买主和卖主为了一个椰子或几分钱而花上一两个小时讨价还价，觉得很好玩儿。霍尔的故事集中有好些章节以华裔为主人公，其中《六便士之歌》写他与华裔劳工辛厚朴（Hop Sing）之间的交往，充满情感。这个故事集是应《哈珀》杂志特邀而作，而当时正值美国的排华高潮，导致了1882年的"排华法案"，所以不能不佩服霍尔拒绝随大流、忠实于自己的真情实感，以及哈珀杂志社按计划发表这些故事的勇气。

故事写的是霍尔刚到岛上，暂时住在帕皮阿瑞（Papeari），出发时带的盘缠所剩无几。他花了三美元租到一个房子，四周果树环绕。他本来打算以水果为食，但房主直截了当地告诉他，他付的租金只限于住房，不包括树上的香蕉、木瓜，连掉在地上的椰子也不能捡。霍尔无可奈何，只好自力更生解决吃饭问题。他从余下的生活费中挪出一些，买了农具和种子，满怀希望地在后院播种玉米。几小时后出去一看，只见成千上万的蚂蚁正忙着把他播下的种子搬进密密麻麻的蚁穴，而本地特有的地螃蟹则忙着与蚂蚁大军抢食争斗，两军之战十分激烈。霍尔这才知道在后院播种徒劳无益，他把未播的种子收集起来，装在一个袋子里，打算送给种植运气好些的农民。走到门口，正好碰上一个中国移民拉着板车经过。霍尔叫住他，打开布袋给他看。那人不会英语，开始只当霍尔想把种子卖给他，拼命摇头拒绝。霍尔费了好大一番周折，才让他明白种子是送给他的，不要钱。那人一脸困惑，勉强接受了。

过了一段时间，有人敲门拜访，霍尔打开一看，原来是那位中国人，自我介绍说名叫辛厚朴。他与上次不同，穿得整整齐齐的，背后还站着一个妇人，身着宽松黑缎子上衣，头发梳得光溜溜的，显然也经过了一番精心打扮。妇人手上抱着一个孩子，背上用布兜儿背着一个，身边还跟着一个。孩子们也都穿戴着绣着彩色花卉和蝴蝶的蓝色帽子，像过年似的。他们显然是辛厚朴的太太和孩子们。最后从板车上下来一位行走困难的孱弱老者，也穿着缎子长袍。辛厚朴通过手势介绍说这是他的老丈人。一行人进屋坐下，辛厚朴试着与霍尔交流。他从上衣口袋里拿出几粒霍尔送他的玉米种子，问："这叫什么？""英文叫'甜玉米'，是金色的。""这种子好，这种子好！"他沉默一会儿，又说："大溪地的玉米不好，太干，难嚼。金玉米好！我的菜园子现在很棒，有金玉米、番茄，还有南瓜，都很棒。"辛厚朴小坐了一会儿，转身出去，先抱进来三个西瓜，第二趟抱进来一只活母鸡、一瓶加饭酒，还有一篮子新鲜鸡蛋。他小心翼翼地把这些东西都放在厨房的桌子上，结结巴巴地说："小礼物……给你。"然后与霍尔握手道别。他的老丈人和太太也一一向霍尔鞠躬道别，留下霍尔目瞪口呆地站在门口，对这家人表达出的中国式的感恩之情不知说什么好。霍尔相信辛厚朴一家对他的友好之情给他带来了好运气。在辛家老小拜访之后，他的房东太太也时常给他送食物，像刚烤好的新鲜面包和鱼之类，还允许他随便摘树上的水果吃了。

辛厚朴的感恩之情远不止于此。有一次，霍尔去首府帕帕伊提寄信回新大陆，刚上岸，便有个不认识的矮胖子招呼他，介绍说自己叫李胖。此人一口混杂着广东话、大溪地土语和英语的腔调，且语速极快，霍尔根本听不懂。说了半天，霍尔听到了辛厚朴的名字，顺藤摸瓜，才知道此人是辛厚朴的妻弟，在帕帕伊提开了个杂货铺，听说霍尔来了此地，便赶来为他接风，但不知霍尔明天一大早就得赶回去。次日清晨，船夫把渡船摇回帕皮阿瑞海滩，霍尔交钱上岸，船主却告诉他，说船费已有人为他付过了，而且还有个箱子给他。"你弄错了吧？我只身一人，没有行李。""没错儿，你看，这是你的名字吧？"霍尔接过箱子，看见上面写着："请交给霍尔先生，李胖（身份牌118号）。"箱里装满了各式各样的宝贝：巧克力、香槟酒、本地产的坚果，还有来自中国的丝绸手绢和睡衣。对当时的霍尔来说，这些可谓上等奢侈品了。

霍尔写的这些平常小故事没有康拉德小说中的语言象征和心理深度，也没有洛蒂为法国人展示的浪漫和自由，而是忠实地提供了一批贴近当地社会现实生活的白描，其中不少细节对后人了解波利尼西亚群岛当时的民俗、社会、种族关系很有帮助。就拿这则小故事来说，读者从中看到的并不是洛蒂所描绘的浪漫伊甸园，处处都是鲜美水果，伸手可得，男男女女整日躺在阳光下做爱，无所事事，而是在岛上谋生之艰难。无论是原住民、早期华人移民，还是像霍尔和诺德霍夫这样的欧洲人都各自挣扎。多种族人民在岛上共存，彼此之间有友谊与合作，也有欺诈与竞争，有仇恨也有幽默，有背叛也有感恩。

李胖送给霍尔的箱子上不只写着他的姓名，还有与姓名同等重要的身份牌号码"118 号"。这个微小的细节披露了一段残酷的种族不平等历史：1860 年前后，大批华人被殖民者作为苦力"引进"大溪地，种植棉花和甘蔗，其劳作辛苦程度和社会地位之低下与美国的奴隶相差无几。殖民者为了便于控制，每人除了姓名，还有一个号码，这成了华人耻辱的标识。作为小说家的霍尔没有刻意去发掘号码的历史背景，或对历史事件进行批评，但他对写实的兴趣以及早期写新闻故事的训练，让他能尽量客观，将历史事实不露声色地凸显出来。这是写实文字的价值。

"邦迪号"兵变

在两位大兵独创和合作的作品中，对世界有长远影响的要数历史小说《邦迪号》三部曲。英国军舰"邦迪号"（HMS Boundy）于 1788 年 10 月 26 日奉维多利亚女王之命，远航大溪地和南太平洋其他岛屿，采集一种叫"面包树"的植物。以前随库克船长到过大溪地的植物学

霍尔与诺德霍夫合著的《"邦迪号"兵变》封面

家班克斯相信，"面包树"可以用来"喂"加勒比海诸岛种植园中的非洲黑奴。"邦迪号"的船长布莱（William Bligh）也是库克首航大溪地之旅中的一员，他航海技艺高超，严肃刻板，谨守职责，但生性暴戾，对船员动辄惩罚。在战舰离开大溪地返回英国途中，副手克里斯坦（Fletcher Christian）和十六名船员愤然起义（英国法庭认为是"兵变"），将恶魔船长和支持他的另外十多名船员扔进一条救生用的小船，让他们在茫茫海上自找生路。

起义船员遂驾驶"邦迪号"返回大溪地定居，乐不思蜀。起义头头克里斯坦独自在附近一个叫碧卡丽（Pitcairn）的小岛住了下来，娶了一个土著姑娘，生了二女一子，但几年后就死于岛上。特别有历史意义的是，当我在湖区参观华兹华斯出生地库克茅斯小镇时，在当地的"历史人物墙"上，惊奇地看见华兹华斯居然和克里斯坦并肩而立。原来，克里斯坦也是湖区的土生子，只比华兹华斯年长六岁。如果说，华兹华斯一生在湖区经历的农牧传统生活方式为工业化和城市化取代的过程，表现了大不列颠帝国从十八世纪末到十九世纪初的内部发展轨道，克里斯坦客死千里之外的大溪地，则是大英帝国同时期在全球扩张的实证。

话说回来，布莱船长和他的支持者靠着超人的航海技艺，居然奇迹般地在澳大利亚大堡礁附近获救登陆，然后辗转回到英国。1791年，英国海军再次开进大溪地，把留在那里的起义船员一一捉拿回英国受审。几个已迁移到其他小岛上的起义者，以其所住地在地图上没有标注，不属于英国管辖为名逃脱，而被捉回英国的或被判刑监禁，或被送上了绞架。然而，这个事件不只是大英帝国的内政，对大溪地的历史也有多方面影响。到过大溪地的大英帝国官员都尽量避免与任何土著部落首领过分接近，因为土著首领之间

"邦迪号"远航大溪地寻找的面包树

的权力争夺激烈。然而，"邦迪号"起义后留驻岛上的船员公开与珀玛瑞家族为伍，间接地帮助了帕玛瑞王朝（1790—1866）的建立。这个王朝的四位摄政王统治大溪地达半个多世纪，直到1866年大溪地正式被法国纳入其殖民圈，才转由选出的地区委员会接管，变成法国的一个自治区。此外，"邦迪号"滞留水手与原住民妇女所生后代，也引发了研究岛上跨种族人口混杂以及语言传承等课题。

　　霍尔与诺德霍夫两位大兵作家是在大溪地定居之后，才决定以"邦迪号"为题材写一部历史传奇小说，并打算尽量忠实于历史记载。他们俩的老朋友塞吉维克总编辑十分支持他们的想法，于1931年春亲自出马去伦敦协助研究，加上有对伦敦博物馆了如指掌的霍特森博士（Dr. Leslie Hotson）的积极配合，很快收集到了有关证据——图像、军事法庭对参加叛乱的水手的审判等官方文件，并将之复制装箱，海运到大溪地。霍尔和诺德霍夫收到这批资料后，按照地图，对

有华人血统的土著导游

事件涉及地点一一进行实地考察，对在场细节则只能加以想象推测，历时十年，终于完成三卷写实主义的新型传奇。

第一卷《"邦迪号"兵变》详细记录了"邦迪号"离开英国后布莱船长与一部分船员的矛盾，最后导致兵变；第二卷《向海洋挑战的人》，讲述布莱船长及其追随者被从"邦迪号"驱逐之后，在海上漂流获救的经历；第三卷《碧卡丽岛》讲述滞留岛上的叛乱船员在岛上生活及被捉回英国归案的经历。此书不只研究考证了许多关于"邦迪号"兵变的历史细节，也涉及对大英帝国殖民政策的许多看法。《邦迪号》三部曲的发表让两位远居天涯的作者在新大陆名声倍增。不久，好莱坞便邀请霍尔把《"邦迪号"兵变》改编为电影剧本，用电光幻影把大溪地变成一个神话。这段造梦过程持续了半个多世纪，耗资无数，构成了西方世界塑造大溪地神话的现代章节，是当代游客想象大溪地乃至整个法属学会群岛的文化酵母。

光影投射的神话

高更的画在他去世前几年慢慢受到一些法国经纪人注意，被廉价收购，运回法国及欧洲其他国家高价销售，以至于名义上设在大溪地的高更博物馆里连一幅高更的原作都没有了。高更博物馆是一座日式建筑，建在大溪地原住民最早居住的村落帕皮阿瑞，一直缺乏资金。待我 2018 年夏天慕名去参观时，博物馆已关门停业，只剩旁边的一个餐馆还顶着高更的名字继续营业。尽管在高更作画的大溪地再也看不到高更的原作，但被他的殖民欲望和艺术想象所内在化的大溪地风景却在世界上广泛流传，随同他在岛上的情色人生，继续刺激后人对大溪地的想象和塑造。

1829 年，德国著名默片导演摩尔那（Friedrich Wilhelm Murnau）说服好莱坞为他投资一部关于南太平洋的电影，随后便驾着用签约的钱买来的昂贵快艇来到大溪地。他对大溪地的美景一见倾心，去海法欧岛上高更的墓地膜拜了一番，决定拍一部叫《塔布》（Tabu）的故事片，讲述一位捞珍珠的小伙子与一位即将被送上祭坛的处女偷尝爱情禁果的故事。摩尔那选中了波拉波拉岛中的 Motu Tabu 为主要拍摄地，让摄制组住在岛上。Motu 在本地语是"小小岛"的意思，而 Tapu 是"圣神"之意。这个四周环绕着白色沙滩和彩色珊瑚礁的小小岛被视为"圣岛"，在女王帕玛瑞四世当政时（1827—1877），只有皇家成员才能涉足。摩尔那的摄制组是第一批登上"圣岛"的外国人，且在岛上滞留了一年半之久，多有失检行为，比如把办公地点设在土著人认为神圣不可侵犯的古墓前，摄影师把摄影机架在圣石上等。一位参加拍摄的祭师目睹了这些亵渎行为，公开诅咒这些恣意妄为的外国人不得好死。当电影终于拍完，在好莱坞进行后期编辑时，时年仅四十二岁的摩尔那死于车祸。这恐怕是应了祭师的诅咒吧！导演的猝死和随后影片的发行在西方掀起了第一波"大溪地热"，但评论界不置褒贬。

大溪地再次引起大众媒介的注目是由于广为人知的"邦迪号"起义事件。好莱坞导演李欧依德（Frank Lloyd）在 1935 年最先拍摄这个题材，由在表现南北战争的超级大片《飘》中饰演主角白瑞德的性感男星盖博（Clark Gable）出演克里斯坦，影片以土著人和英国殖民者之间由于酗酒、凶杀引起的冲突为重点，在一定程度上表现了对欧洲殖民的反思。这部影片在当年得了包括"最佳影片奖"在内的三项奥斯卡金像奖，但其外景主要是在加州的太平洋海岸边拍的，而且是黑白片，没能充分展现大溪地的自然风光。

1966 年，导演迈尔斯通（Lewis Milestone）决定重拍此题材，货真价实地把外景地选在大溪地最迷人的波拉波拉岛和莫雷阿岛，电影的主要戏剧冲突也改为恶魔船长布莱和副手克里斯坦之间的性格冲突，由超级明星马龙·白兰度（Marlon Brando）出演见义勇为的热血青年克里斯坦。白兰度以其对剧中人物的大胆处理、特有的叛逆个性、政治上的极端以及性感形象而拥有众多粉丝，其名声在六十年代如日中天。此片用彩胶拍摄，使用了大量全景镜头来充分呈现大溪地的自然美景和民间风情，可以说是萨伊德所批评的"东方主义"之代表作。这个题材在 1984 年又被拍了一遍，改名为《邦迪号》，意识形态中立，避免把此事件定义为"起义"或"兵变"。此片由另外两位世界级名演员霍布金斯（Antony Hopkins）和吉本森（Mal Gibson）分别出演布莱船长和其副手克里斯坦，而且摄影效果也大有进步，但影响却远不及白兰度出演的那部。

"我的爱，我的创痛！"

白兰度出演的《"邦迪号"起义》不只得益于他的演技和摄影，也得益于拍摄时报章杂志上关于他的铺天盖地的绯闻，好莱坞社交场合也说长道短。片中与白兰度配戏的女配角塔丽塔（Tarita Teriipaia）是波利尼西亚原住民与华人移民的混血儿，当时年仅十九岁，没有任何表演经验，但她的天真和性感却为影片增色不少，尤其是她与绯闻不断的白兰度在大溪地拍外景时的浪漫纠缠，更让该片家喻户晓。白兰度等拍摄一结束，便与第二任太太莫维塔离了婚。颇具讽刺性的是，莫维塔在其电影生涯中扮演的第一个角色恰好是1935年李欧依德版《"邦迪号"起义》中，一位爱上英国水手的大溪地姑娘。她大概没想到她与白兰度长达八年的秘密婚姻，最后竟让位给了一位地地道道的大溪地姑娘。白兰度在1962年正式娶了塔丽塔，两人生育了一儿一女，分别叫特厚土和切娜。两人的婚姻并未成为持续长久的浪漫传奇，塔丽塔婚后仍住在大溪地，而白兰度则在洛杉矶和大溪地之间奔波，他们离多聚少。又由于白兰度除了与前妻藕断丝连之外，还不断有其他情人插足，十年后两人终于正式解除了这段早就名存实亡的婚姻。

白兰度与三位妻子和其他短期情人生下了十多个孩子，自己却一辈子都生活在被生父抛弃的阴影中，不知道如何做父亲。他与第一位妻子、印度籍演员安娜所生的长子克里斯丁和塔丽塔所生的女儿切娜关系都非常复杂，加上克里斯丁和切娜都有吸毒、酗酒及心理问题，让家庭关系更加恶化。切娜二十一岁时交了一位男友，并怀了孕。白兰度让她暂住在自己在洛杉矶郊外的比华利山庄待产，但她的男友却与克里斯丁发生冲突，不幸被克里斯丁枪杀。克里斯丁被洛杉矶法院判刑十年，而切娜在此之后抑郁症加剧，几年后在大溪地上吊身亡。

白兰度晚年不断受到家庭悲剧的折磨，极少回访他曾经如此深爱过的海岛，但大溪地这个地名仍不断出现在美国的报纸杂志上。塔丽塔的自传《我的爱，我的创痛》详细讲述了她和白兰度在大溪地萌生的爱，白兰度如何喜怒无常，几分钟内便可从温和体贴变得残酷无情。她写道："我们经历了可怕的悲剧，两人都备受折磨。虽然马龙不想提到这个事实，但我却想让我们的子孙知道我们所历过的痛苦。虽然如此，我们确实相爱过，一种不可能但的确属于我们两人的爱。"最值得玩味的是，白兰度似乎是他所扮演过的英国殖民者克里斯坦的戏仿：两人都生死情迷大溪地，在天涯海角留下了子子孙孙。

热恋中的马龙·白兰度与塔丽塔

而白兰度对女人的态度更让人联想到高更：两人在男女关系中都是男权至上，绝对独裁，没有真情投入。塔丽塔在书中披露说，白兰度为了保护自己的独立空间，甚至不允许任何对他动情的女人说："我爱你，马龙！"

白兰度于2004年在洛杉矶去世，但他所创造的关于大溪地的个人神话并未终结。白兰度在世时有个不为人知的嗜好，即喜欢保留自己的声音。他在家里设有专业录音室，常常对着录音机自言自语，倾诉心事。他也保存了在各种场合中别人为他录的音，如接受媒体采访时的问答、心理咨询时与心理医生的对话，甚至还有被催眠后的梦呓。他去世后英国导演斯蒂凡·赖理（Stevan Riley）对这些录音进行筛选剪辑，配置图像编成了一部纪录片，片名为"听我说，马龙！"。白兰度在录音中经常喋喋不休地诉说他对大溪地的向往，诉说自己动荡而困惑的心只能在大溪地的怀抱中才能平息下来。他虽然安葬在洛杉矶市区格林菲斯山下供各类社会名流专用的一个墓园，但大溪地才是他的灵魂的真正归宿。

和早期的英法殖民者一样，白兰度对大溪地的情有独钟不仅是精神上和审美层次上的，也是物质上的。他多年来一直希望在大溪地有一块属于自己的领地，并看中了离大溪地三十英里（约四十八公里）的一个叫特提阿莞（Tetiaroa）的小群岛，群岛由十多个围成一圈的小岛构成，方圆二十七平方英里（约七十平方公里）。中间是湛蓝的火山湖，四周为深浅不等的珊瑚礁所围绕。由于海水深浅不一，海水呈不同的蓝色。再往外，有一圈由火山岩形成的薄土，岛上常见的热带植物给这块巨大的蓝色织锦添加了五彩花卉。这块宝地在历史上长期作为皇家私人领地，据说有三个背叛"邦迪号"的英国水手曾宣布特提阿莪为他们所有，并争辩说，布莱船长用的地图上没有此岛，所以此岛不属于英国领土。他们竟因此没有被皇家海军捉回英国本土受惩罚。二十世纪初以来，统治者曾经把这块宝地赐给为大溪地岛民做过贡献的杰出人物居住。

经过与大溪地政府长时间的谈判，白兰度终于在 1966 年得到了九十九年的租用许可，为他在大溪地的家人修了住处。尽管由于台风袭击等自然原因，在此修建和维护房产耗资巨大，但他死前两年还是决定在岛上再建一座作为商业投资的高级度假别墅群，叫白兰度度假村。白兰度度假村包括三十五个建在海面上的豪华别墅，各有私人海滩和游泳池，全部使用太阳能。每个房间都装有超大的玻璃窗，让人能尽量享受阳光和海洋全景，只有乘直升机和私人快艇才能抵达此地。可以说这是世界上建筑最独特、最远离尘世喧嚣的生态村，在那里度假不只是价格昂贵，而且只有为数极少的客人能有幸入住。"白兰度村"于 2017 年建成营业，据说最早入住的贵客包括奥巴马夫妇。

"法属大溪地"还是"大溪地"？

从 1767 年瓦利斯船长抵达大溪地，并把这片宝岛带入世人的视野以来，大溪地为英法殖民者的殖民奇想提供了一块似乎是纯自然的巨大画板，不断通过被"发现"、被测绘、被命名、被描写、被涂鸦、受电光投射而被西方人想象、呈现、表演和代言，从一个普通地名被塑造成一片以浪漫、美丽、丰饶而著名的风景。在这个漫长的过程中，大溪地原住民起了什么作用呢？反抗还是妥协，放弃已有的还是接受调停，综合性地塑造本岛新的形象和身份？

在历史上，大溪地群岛的岛民和统治群岛的帕瑞玛皇族经过了与英法殖民者一段抗争，而且英法两国之间也时有冲突。但从英法探险者先后在大溪地登陆之初，大溪地原住民似乎就偏向于法国的管理方法。1842 年帕瑞玛女王与法国达成协议，但直到 1880 年法国才正式宣布学会群岛为其殖民地，采用"法属学会群岛"之称。于是，库克船长以伦敦皇家学会命名的"学会群岛"变成了"法属学会群岛"，显露了历史的断裂。英法殖民者在其统治过的地区改变了不少本土文化的传统，例如 1818 年英国禁止裸体法案，法国禁止使用本地口语，强制推行法语教育的法律。基督教教会对原住民的文化"殖民"曾引起原住民的强烈反对，尤其是法国于 1966 年到 1996 年在当地进行的 193 次核试验，更是引起全岛居民的强烈抗议以及国际社会的关注和声援。

与南太平洋上的其他岛屿相比，学会群岛在文化和种族方面是一个相当都市化的社会。从人种来看，原住民、早期的作为劳工的华人移民与后来的西方殖民者有较大程度上的种族融合；从语言上看，大部分本地人以英语和法语作为通用语言，但也没有放弃原部落或群组的方言，如萨摩亚方言、毛利方言、夏威夷方言、大溪地方言等。通过英语和法语，本地人可以和西方旅游者交流，而方言则让他们能保持与萨摩亚、新西兰和夏威夷等海岛上的族裔交流。自从二十世纪七十年代以来，倡导和应用本土方言愈来愈引人瞩目。

除了语言以外，原住民文化的保存和发扬光大也让人叹为观止。对太平洋和加勒比海上的不少岛屿——包括夏威夷群岛的土著居民来说，祖先流传下来的文化传统和生活习俗，如今不过是来自世界各地的旅游者观赏的对象，或是具有异国风情的表演，早与原住民的实际生活脱离了关系。大溪地及周围群岛则通过社区之间的各种比赛，继续弘扬光大本土传统，如用本地植物染织、缝制服装，以民谣、民歌和舞蹈为媒介的讲故事比赛，爬树摘椰子，赤手打开椰果，投掷尖树枝捕鱼等祖先使用的谋生技巧，传统的文身艺术在岛上也后继有人。

接触大溪地人让我感到他们的自信。大溪地具有很强的吸收外来文化艺术、将之融入岛国传统的能力。我第一次去大溪地乘的是大溪地国际航空公司的飞机。机尾上画着大溪地妇女，长发飘飘，耳后插着一朵芙蓉花。一进机舱，便感觉到了高更的视觉世界：浅蓝色的内舱，后座上的高更画。空姐们中有不少是大溪地土著，紧身装束，耳后当然插着一朵红芙蓉花，这无疑是迎合旅游消费者，但她们那种迷人而又充满信心的笑容是在高更的画上绝对找不到的。这是新一代的大溪地人。

大溪地的自信和自主意识体现在其自治政府对生态环境的保护，为了不破坏环境，岛上没有高楼大厦，不建高速公路，电缆都埋在地下，倡导用电动小车。各岛之间只有从帕帕伊提到 Moorea 通大渡轮，而去波拉波拉和其他小岛屿只能乘小船或乘直升机。豪华游轮进出群岛有严格限制，"高更号"是大溪地人见得最多的几艘游轮之一，在海法欧小岛上漫游的高更的幽灵绝对想不到他的名字竟然变成了大溪地的代名词。

好莱坞会不会再拍"邦迪号"的故事，现在不得而知。但这个故事通过霍尔和诺德霍夫之笔和三部流行的好莱坞大片，已成了大溪地历史文化的一部分。David Essex 编剧并主演的音乐剧于 1985 年在伦敦上映后，也曾轰动一时，演了五百多场，其中的插曲《大溪地》是当年前十名的流行曲，红遍了英国。最近有法国音乐家又以这个故事为题材创作了一部音乐剧，计划先在巴黎、纽约等世界音乐中心演出，然后在大溪地演出，并作为本地的旅游保留节目。编排这个音乐剧的初衷之一，是给近年在大溪地崭露头角的年轻本地艺术家在像巴黎、纽约这样的世界文化都会显露身手的机会，当然也是用大众文化的包装对大溪地进行更大规模的消费。作为风景的大溪地今后会怎样在传统和现代、本土和世界的经纬网中被继续唤起并呈现出来呢？

第五章

西部：一个说不完的故事

美国画家凯特林眼中的西部大草原

欧洲人竭尽全力保护他们的教堂和神庙，

而我们则必须全力以赴保护我们的荒野，

因为荒野就是我们的巴黎圣母院。

——约翰·弥尔

拿破仑的礼物

　　1776 年 7 月 4 日，北美新英格兰十三个州宣布独立自治，终止了与宗主国大英帝国的关系，这让法国欣喜不已。英法两国作为十八、十九世纪的两大殖民霸主，时有版图和经济利益之争，而大洋彼岸出现了一个造反的殖民地，势必削弱英国的地位。在随后几年争取独立的血战中，法国踊跃为大洋彼岸的起义者提供弹药，制造军服，承担了相当重的战时财政负荷，还有络绎不绝的法籍志愿者远渡大西洋，与新大陆起义者并肩作战。1783 年 9 月，英国终于承认了新兴的美利坚合众国。日后，为了纪念美法人民之间的并肩奋斗，赞美自由平等之精神，法国人又集资为新大陆铸造自由女神像，于美国建国一百周年国庆前正式交给美国。这个至今还屹立在纽约港湾的巨型塑像，从一开始便被美国人视为其集体自我的外在形象，尽管这个形象自二十世纪以来频繁受到各种挑战。目前成千上万的移民大军，跨越美国南部国境，自称受到自由女神的感召，来寻找新的生活，却受到不公平对待。

　　其实，在铸造自由女神像的八十年前，法国就送给了新生的美国一件至为重要但却鲜为人知的礼物，这就是拿破仑于 1803 年：1500

万美元卖给美国的路易斯安那的疆土。这笔买卖包括 215.28 万平方公里的土地，所以这笔交易名义上说是买卖，实质近乎馈赠。馈赠的政治目的是继续给新生的美利坚合众国输血打气，为大英帝国培养一个日益强大的新对手。同时，这片土地上有好几个地区法律上仍属于西班牙，还有游牧的印第安部落，这些都让拿破仑头疼。他知道，远在大西洋彼岸的法国根本没有军力和财力来排除这些障碍，其殖民一直形同虚设，便索性把那些土地一次性全部卖给新诞生的美国。

"路易斯安那疆土"让美国的土地面积净增了一倍多，而其对美国发展的重要性，难以通过抽象的数字来说明。这里所说的"路易斯安那疆土"，远远大于现在的路易斯安那州的版图。我建议有兴趣的读者找一幅美国地图，先在地图上找到密西西比河，然后一路往西，直到落基山脉，这片土地包括阿肯色、密苏里、艾奥瓦、俄克拉荷马、堪萨斯、内布拉斯加、南达科达、北达科达州的全部，蒙大拿、怀俄明、科罗拉多州的大部分，以及明尼苏达、新墨西哥、得克萨斯、路易斯安那的一部分。这片土地构成了新生的合众国的内陆基地。美国外交官利文斯通（Robert R Livingston）和同事为这笔买卖的谈判在巴黎整整住了两年。协定签署之后，他不无感叹地说："我们都上了年纪，但这桩协议无疑是这辈子最荣耀的事。从今天起，美利坚合众国将跻身于世界最强国之列。"当然，这片土地的转手只是开端，之后美国花了几十年的时间驱逐土著印第安人，扫清各种障碍，将其疆土从大西洋沿岸推到了太平洋沿岸。这就是美国历史上颇有争议的"西进运动"。

秘密探险

购买"路易斯安那疆土"是由美国第三任总统杰斐逊（Thomas Jefferson）一手促成的，但拿下这一大片内陆疆土远不是这位开国元勋的最终目标，他的目光早在独立战争之初就穿过覆盖"路易斯安那疆土"的茫茫大草原，到达了阳光灿烂的太平洋西岸。当"路易斯安那疆土"的买卖尚在谈判之中，杰斐逊便给国会送了一个密件，要国会拨款资助一个远足探险计划，国会只拨了两千三百二十四美元。该计划的目标是探测密西西比河以西的地理、气候及动植物状况，摸清印第安人的分布，并与之建立商业关系（那时主要是皮毛买卖）。最重要的，是寻找能从密西西比河直通太平洋的河道，建立未来贯穿新大陆的交通、贸易通道。

为了避免在此涉足过的老牌殖民帝国英国和西班牙对美国这个后起之秀的猜疑，尤其考虑到西班牙此时在法律上仍拥有不少该地区的土地权，这个探险计划必须秘密进行。除了保密，这一探险的技术难度也极高，有很大的冒险性。由谁来领导呢？老谋深算的杰斐逊早就选中了他的私人秘书刘易斯上尉（Meriwether Lewis）。刘易斯是杰斐逊的小同乡，其父与杰斐逊一样，也是蓄奴的大农场主，且与杰斐逊家是邻居和世交，让杰斐逊信得过。刘易斯从学校毕业后先后参加过本地民兵和正规军队，表现出色，晋升为上尉，二十七岁便担任总统的私人秘书。他身强力壮，智力过人，文字交流能力出众，有丰富的从军经验，且颇具领导才能。为了让他熟悉和掌握这次探险所特需的一些技能，杰斐逊秘密安排刘易斯向各领域的顶级专家请教，例如怎样利用星座来导向，如何用残存的地图来判断方向，怎样辨别动植物，如何对病人进行急救、旅途护理。与此同时，刘易斯开始订购探险所需的枪支、器具及给印第安人的见面礼，如烟草、珠子、色彩鲜艳的布料等。他还花了二十块钱买了一条威风凛凛的纽芬兰猎犬，叫西蒙。经杰斐逊同意，刘易斯邀请了在部队服役时的上司克拉克（William Clark）入伙，共同领导这次远足探险。克拉克招募了三十名善狩猎、有荒野生存经验的志愿者，刘易斯也找了十个人，包括两名翻译和一个叫约克的黑奴作为他的仆人一起出征未知的远方，这就是对美国后来的发展意义深远的"刘易斯 – 克拉克探险"。

克拉克于 1804 年 5 月 4 日从设在伊利诺伊州的集训点布波伊斯出发，前往密苏里州的查尔斯城与刘易斯等会合后，再溯密苏里河而上。此后，两路人马有时聚合，有时分头行动；有时驾船在激流湍急的河流上，大多数时间则在似乎永远也走不完的大草原中徒步。密西西比河附近的草齐胸高，再往西一些齐腰深，接近落基山脉的地区则是浅草覆盖，步行容易些。可是，天气说变就变，蚊虫叮咬，疾病与饥饿的袭击从未停止过。探险队一路上遇到了五十多个印第安部落。初见时总有一阵惊险，有些后来化险为夷，有些印第安部落甚至为探险队提供食物、向导、歇脚地和娱乐设施等，但也有几次几乎到了剑拔弩张的地步。

探险队跨越了大陆分水线，进入哥伦比亚河道，继续往西，终于在 1805 年抵达太平洋岸边。他们在 1806 年 3 月 23 日从俄勒冈的科拉特莱普堡（Fort Clatsop）回归，同年 9 月到达圣路易斯。整个远足探险历时两年，行程八千英里（约一万二千八百公里），首次收集到了关于中西部这片处女地的地理、土壤、气候、动植物和土著民的资料，还与一些土著部落建立了首次接触。刘易斯发现并笔录了一百七十八种植物、一百二十二种动物，为不少地区画出了第一张地图。然而，探险队的最大发现也让他们的资助人感到极大的遗憾：没有一条河流可以贯通新大陆。

草之海

大家熟悉的乐府诗句"天苍苍，野茫茫，风吹草低见牛羊"描述了中国西部草原和游牧民族的丰足。这句诗可略加修改，用于描述密西西比河水域以西的大草原："天苍苍，野茫茫，风吹草低一无所见。"旅行者在这片草原上走上几天几夜，也看不出任何地景的变化，找不到任何参照物记录旅行者所在的坐标。这个毛茸茸的巨大荒野海洋般波动起伏，无休无止，无边无际，常被比喻为"草之海"。此处的"草之海"含贬义：画家们抱怨说这是"裸景"，除了偶尔可见几头野牛、几个印第安人的帐篷尖端之外，没有特定的实物能让他们集中视线，找到透视点，纯粹是上帝的一件败作！

英国文学大师狄更斯慕新大陆之名，专门到大草原边上的圣路易斯城看大草原，结果失望而归，抱怨说大草原只让他感到孤独沉闷："那儿的景象让人难忘，但不给人任何愉快的、祈望在天堂里重访这片地域的记忆。"生长在大草原上的女作家薇拉·凯塞尔（Willa Cather）在其著名短篇小说《我的安东妮娅》（My Antonia）中对大草原有更具体的描绘："那里什么也看不见：没有围栏，没有小溪，没有树木，也没有山丘或者田野什么的。要是地上有一条小路，在微弱的星光里也压根儿看不见。除了漫无边际的草原，那儿什么都没有。这地方压根儿不能被当成一个国家，最多不过是一摊可以用来塑造国家的原材料而已。"很多人同意凯塞尔的看法，这片草原上酷夏严冬，终年缺雨少树，纯粹是一片荒原，何以成为替合众国撑腰的大后方？说到底，中西部大草原让合众国的公民在视觉、心理和政治上都感到不适，而这些毛病都缘于它的巨大、空旷，形如裸露的一张白纸，无止无尽。

与画家和作家们的看法不同，只有具有洞见的政治领袖预言这张白纸是书写合众国的新故事、创造合众国新风景的最佳空间。在之后的几十年里，新生的合众国发生着巨变：南部的大庄园继续蓄奴，维持棉花种植经济；北部十三州则逐渐实现工业化，并主张废奴。这两种经济形态和意识形态的冲突，在往西移民的历史环境中达到了白热化程度。问题很简单：联邦政府是否允许西部新出现的移民州蓄奴？这最终导致了美国南北战争。发人深省的是，主张废奴并最终赢得胜利一方的领袖林肯，是出生在中西部大草原的第一位总统。历史学家本尼迪克特·安德森认为，现代国家是其公民集体想象的产物，此论断现已被人们广为接受。而林肯无疑代表了新兴合众国的公民对大草原之"裸景"的大胆政治想象。

　　林肯在 1862 年的年度讲演中宣布："中西部草原上画不出任何分界线。其实，从东到西，从蓄奴州到自由州，只有不到三分之一的地盘上有原生河流的界线，其余的界线都是由测绘人员画出，大家可以随意跨越。我们不应该用写在纸上或羊皮书上的文件来限制拓荒者自由跨越。"把林肯的观点再往前推一步，中西部大草原上没有由大自然形成的山峰或河流画出的界线，是一片无疆界的地域空间，一片不间断的连接，所以生活于其间的人们应该分享同样的身份认同，人人平等，没有主人与奴隶之分。从这个角度来看，林肯为被不少人认为是空旷无用的大草原输入了新鲜的政治意义，把当时在地理和政治上都处于边缘的中西部大草原推到了合众国的政治、文化中心地位。因此，在"南北战争"结束后，合众国一路向西，越过大草原，直到太平洋西岸，初步完成了国父们想象中的合众国的版图建构。

观看的困境

　　当然，对国家共同体的想象不只是通过政治领袖的洞见呈现出来的，更是通过文学、艺术、通俗文化等大众媒介共同完成的。开国元勋之一的杰斐逊很重视这一点，在筹备"刘易斯－克拉克探险"时，就特别指示刘易斯要带一个能状景的画家同行，但刘易斯组团时没有采纳这个建议。虽然刘易斯自己善于用文字状景记事，细致入微，但文字毕竟不可能产生与绘画一样的直观效果，而且更带主观性。从探险队存档的文字记载来看，刘易斯和克拉克对草原的气候、地理、植被的描述比同行人更正面，这很可能因为他们俩是领导，对探险的价值有更多的正能量期待，但由于没有画家，探险队的报告中完全忽略了大草原给人带来的视觉上的单一性与其在地理上和生态上的单一性的联系。

对绘画、摄影等视觉艺术略知一二的人都知道，一个有机的画面需要有横竖交叉的线条来构成三维空间。西方传统绘画理论还强调，好的构图需要有前景、中景和远景以构成景深。可是，一望无际的大草原只有一个维度，那就是水平角度。绘图师没有山坡可以登高远望，画家们也找不到山丘、树木，更不用说房屋、纪念碑等纵向物件来作为构图的参照物。没有机会（哪怕是站在牛车上或磨坊水轮上）登高远望，所以观者在心理上感觉到时间似乎被锁定在某个特定的瞬间，没有进展，没有变化，只有难以承受的无限。就表现大草原的空旷而言，视觉艺术家所面临的挑战远比文学艺术家要大得多。文学家可以像薇拉·凯塞尔那样，用一连串否定词就能激起读者对空旷的想象，可画家们却必须通过展示"有"来表现"无"，即通过描绘他们所能看见的有限实物来表现他们所感觉到的无限空旷。突破欧洲传统风景画三维空间的规定，找到画草原的新视角，这是新大陆画家们所面临的挑战。

1819 年，国会又资助了一次横跨大草原直到落基山脉的探险，由斯蒂芬·龙（Stephen Harriman Long）少校率领。这次，龙少校没忘招募两名视觉艺术家：雕刻师谢谋（Samuel Seymour）和绘图师兼旅行家皮乐（Titian Ramsay Peale）同行。两人在历时一年的旅途中创作了不少视觉作品：小型风景素描、为路上碰到的印第安部落酋长画肖像、临摹所见的印第安器皿、速写各类土著部落的祭祀场景和各类动植物。但他们的作品尺寸都很小，旨在记录旅途所见所闻，而不涉及艺术构图，所以依然没能琢磨出怎样给同代人展示大草原的宏大空间。

乔治·凯特林（George Catlin）是第一个自费西行探险的画家。他出生于费城，年轻时迫于父亲压力，学过法律，还当了两年律师，因为实在感到无聊，便开始习画。乔治幼时见过父亲的不少朋友，包括一些职业猎人和做皮毛生意的人前往西部探险、定居。他还在费城接待过一个来自西部的印第安人代表团。这些经历都激起了他对遥远西部的巨大兴趣。1830 年他陪同克拉克与一个印第安部落进行谈判，首次横穿大草原。之后的八年中，凯特林先后六次从圣路易斯出发西行，其间访问了十八个印第安部落。他在旅途中目睹欧洲殖民地在密西西比河以西地区快速扩展，深感记录这片处女地的历史和文化的急切性。他的五百多幅大大小小的绘画和频繁的写作，记录了印第安人的大量生活和风俗，并于 1841 年完成了巨作《关于北美印第安人生活方式、习俗和状况的信件和笔记》，其中包括三百多张插图。他还以"印第安画廊"为主题，在美国各地巡回展览了百余幅作于密苏里河上游和西部大草原的风景画和艺术品。凯特林试图把他多年收集的印第安手工艺术品和自己的绘画卖给联邦政府，以得到妥善保护，却一再被国会拒绝。费城的一位工业家后来出资把"印第安画廊"的所有作品买了下来。遗憾的是，有的作品后来被转卖，有的遭损害，总数量下降了不少。历经波折，这批文物终于转手到了华盛顿特区的史密森学会（Smithsonian Institute），这是美国最大也最有名的公立博物馆，有雄厚资金保存好这笔印第安文化遗产。

在记录、收集印第安文化物品的同时，凯特林也是第一个把大草原作为艺术主题来处理的画家。面对这片单调空旷、无树无山的"裸景"，他开始也像别的画家一样，感到无所适从，但不放弃别开新路的努力。他早期画的一幅密苏里风景，完全没有结构线条：前景是一大块绿油油的缓坡，中景镶入一小块更绿的小尖坡，然后一起伸向褐黄色的地平线。当时有人认为这是搞笑，而进入二十世纪后，这幅画却被行家品出现代抽象画在表现空间上的创新。除了视角，凯特林也尝试了不少新的题材，比如放荒。现存于史密森学会的《大草原放荒图》是放荒题材的开山之作（见本章标题页）。此作尺寸小，构图简单，前景与后景基本对半开，上半部（后景）是滚滚浓烟，覆盖天空，下半部（前景）是焦黄的草原，滚滚黑烟和干枯的草原之间有舔舐草原的火舌，骑在马背上的印第安人沿四十五度斜线往右前方飞奔逃命，画面中用斜线打破了背景上大致平行的色块。此画既写实，也很浪漫，极具戏剧张力，使放荒的题材成为后来画家所热衷的大草原题材之一。凯特林的绘画和写作常有互文作用，构成了解读殖民时期大草原的地景和政治的一个完整系列。

凯特林预见欧洲殖民者会很快占领大草原以及大草原以西的地方，灭绝土著动物、土著民及其文化。他呼吁在西部建立一个属于全国公民的公园，而不是被白人独占的地域。这个宏大的公园应该让全世界都能欣赏：

"土著印第安人能穿着他们传统的服装，带着弓箭和长矛，骑着奔腾的野马闯过野牛群和大角鹿群。要是美国能保护，并让全世界都来瞻仰其高尚的国民，那会给世界提供多么美好而鼓励人的典范啊！一个'国家公园'，一个让所有秉承着自然之美、清新活泼的人与动物都能生存于其中的公园，那有多好啊！"

接着，他告诉后人："不需要为我立歌功颂德的墓碑，也不需要把我的名字刻在名人榜上，我只希望成为这样一个'国家公园'的奠基人。"遗憾的是，凯特林对"国家公园"的呼吁被迅速展开的西进浪潮所淹没，正像他苦心创作的画作流失于世一样。虽然美国的第一个国家公园在他死后四十年终于建成了，但绝不是凯特林所想象的那个印第安人与外来者们共享、共舞、共庆的大同世界的理想公园——印第安人已被欧洲殖民者从大草原和落基山一带抹掉了。更残酷的是，历史往往是由胜利者书写的，而牛仔电影就是胜利者记录这段血腥历史的一个电光文本。

牛仔、"客运马车"和"西部片"

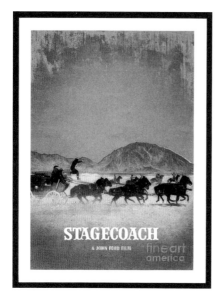

西部电影《客运马车》剧照

在"刘易斯－克拉克探险"首次成行之后的几十年中，去西部做皮毛贸易、探险和定居的人越来越多，板车、马车、牛车碾出几条通往落基山以西的小道，最著名的有穿过内布拉斯加州的俄勒冈小道和穿过堪萨斯州的圣塔菲小道。1848 年 1 月的一天，一个叫詹姆斯·马修的淘金者在离旧金山不远的一个小镇外意外挖到了金沙。这个消息像草原上的野火，转眼间燃遍了世界各地。淘金者远的来自欧洲、亚洲，近的来自新英格兰、墨西哥。十年内，三十多万淘金者到达加利福尼亚。

这些穿越大草原、沿着颠簸的小道去加利福尼亚碰运气的人来自三教五流，但他们一路上的共同对手首先是土著印第安人。刘易斯、克拉克等早期探险家们很注意与印第安人的关系，后来由于西进规模的扩大，大量涌入的掘金者、拓荒者、殖民者有恃无恐。他们强占印第安人的土地，杀戮、绑架印第安人，把印第安人的孩子送进各类基督教教会办的集中营洗脑，不一而足。最能记载、反映或戏仿这段既让人激动又残酷、既充满新希望又充满杀机的西进时代的文化产品非"西部电影"莫属。

"西部电影"因主角总是牛仔，所以又叫"牛仔片"。西部故事起源于早期移民跨越大草原、到达西海岸途中的传说。这些口头传说有些被记录下来，用廉价的纸张印刷销售，得到一个绰号——"一毛钱故事"。十九世纪后半期，欧洲无声电影技术传到新大陆，不少"一毛钱故事"被改编成了无声短片。默片时代最有名的西部片是1903年由波特尔（Edwin Porter）导演的《劫车大侠》。此片来自民间一个广为流传的真实故事，先以舞台剧形式上演，在西部边疆颇受欢迎。改编成电影时，导演又巧妙运用了当时欧洲流行的新拍摄技巧，大为成功。虽然全长仅十二分钟，但完整地表现出了后来西部片的主要结构因素：地点在"狂野的西部"，主角是非法分子，擅长骑术和射击，其专长是劫持蒸汽火车（象征现代性），但只抢富人，不伤害百姓。片中充满枪战、暴力和粗野之言等。1990年美国国会图书馆在选择"在文化、历史和艺术上"均有影响的国家级电影名作时，《劫车大侠》当仁不让地作为"西部电影"经典入选。

西部片导演福特最心仪的西部地带

不少好莱坞的著名导演、演员都导过、演过或者既导又演过西部片，如凯文·科斯特纳（Kevin Costner）、伊斯特伍德（Clint Eastwood）、雷德福（Robert Redford）、纽曼（Paul Newman）等，但要提到西部片的祖师爷，还得从导演约翰·福特（John Ford）、演员约翰·韦恩（John Wayne）和他们1939年携手合作的《客运马车》说起。福特的生涯是好莱坞历史上难以超越的一段神话，他一生拍了一百四十多部电影，还是至今为止唯一得过四次奥斯卡"最佳导演"荣誉的导演，对后代同仁影响极为深远。福特在被问及他导演过的哪类电影是他的最爱时，他连想也不想就说："西部牛仔片。"银幕天才威尔斯·奥尔森的世纪杰作《公民凯恩》在第十四届奥斯卡金像奖上输给了约翰·福特的《我的绿色平原》，很多人都替奥尔森打抱不平。但奥尔森在被问及"谁对你影响最大"时，却毫不犹豫地承认："第一位是约翰·福特，第二位也是约翰·福特，第三位还是约翰·福特！"可见福特的西部牛仔片对好莱坞电影制作有着怎样广泛的影响。

其实，福特筹拍《客运马车》时，西部牛仔片作为一个电影类别已在低谷徘徊多年，要振兴西部片，必须在质量和票房上都有大的突破。客运马车英文叫"stagecoach"，是一种已在历史上消失了的交通工具，难以直译成中文，只好借助于解释：十九世纪后期蒸汽火车发明之前，大草原、西部山地和沙漠是印第安人和牛仔们纵马驰骋的疆场。不能骑马的人需要长途旅行时，得付钱坐载客的马车。这种马车一般由六匹马拉着，车厢里一般有六个座位。每跑十五到二十英里，马就得吃草喝水，乘客也得吃饭休整，天黑了还得在为人和马提供食物的中转站留宿，这种中转站叫"stage"，所以"stagecoach"的字面意思是"运行于中转站间的马车"，转译为"客运马车"更流畅些。

"客运马车"不但是西部旅行者相识、交流和共处的社会空间，也是驾车牛仔显示自己高超车技的场合，尤其是在电影中，在印第安人围追堵截的弹林箭雨中，驾驭六匹奔马穿梭于西部沙漠的场景引人入胜。游客们现在还能在西部的一些小城里看到保留下来的客运马车，但载人旅行的功能已基本消失，因为少有人能同时驾驭四匹马，更不用说六匹奔马了。至于客运马车时代使用的中转站，在西部小城里也存在，但多被改造成演唱西部民歌的牛仔酒吧、小客栈或博物馆。加州有一个大型民歌音乐聚会，每年定期在不同的小城举行，就以"客运马车"之名著称。

电影《客运马车》1939年上映后大获称赞，打破西部片票房的历史纪录，获得当年奥斯卡金像奖七项提名，至今仍然是西部牛仔片的顶尖成就。这部片子不但在视觉上创造出了经典的"西部风景"，也在社会意义上为"西部精神"定了位。导演福特深谙如何通过电影镜头和视角来表意，他的西部片选取的外景大多在大草原最西端的浅草地区，或是现在的内华达、亚利桑那一带的红石浅山和沙漠地带。《客运马车》的故事就是发生在从亚利桑那到新墨西哥的兰斯贝格小城的途中。这些地方早在福特之前固然已有其独特的地景，但福特通过拍摄这些地区的天气所造成的强光浓影，及其投射在赤红色的沙漠上所造成的可触摸、尖硬如刀刻的视觉效果，首次把此地地景转化成让人过目难忘的风景。同时，也是他首次把这个地区一些有特征的地表，如亚利桑那州的大峡谷用镜头戏剧性地记录下来。在构图上，福特喜欢把地平线放在画面下方，让千变万化的天空——要么白云飘移，要么彩霞重叠，要么阴云密布——来讲故事。他所拍的上百部西部片大多集中在这个地区，使此地成为旅行家、冒险者以及现在的游客必须造访的景点。

《客运马车》不但用镜头为"西部"作了视觉上的定义，展示了"真正的西部风景"，而且通过讲述六位乘客的故事和他们在旅途中的转变，界定了什么是"西部精神"，或者说什么是西部的内在风景。福特除了善于用画面来讲故事，也长于用角色之间的对话来塑造人物。《客运马车》的故事非常简单：四男两女乘一辆马车从亚利桑那去新墨西哥州的一个小城。马车出发时，观众对旅客的身份一无所知，但不难猜出两位女客之一乔治娅的身份：她风情万千地仰着头走向马车，路边的女人都窃窃私语，酒吧里的男人则撩起窗帘角悄悄窥视。待她撩着裙子上车入座，女客之二拒绝坐在她旁边，与一位男士换了位子。乔治娅显然是小镇上一个名誉不好的人。

出发后，旅客们各自小心翼翼，自我防护，但从他们之间不多的对话中，观众慢慢能将他们对号入座。四位男旅客涉足当时西部流行的几个行道：医生、商人、小镇银行家，还有从南部军队退役后沦为赌徒的军官。两位女客一路也是沉默寡言。乔治娅从一开始就看得出是个风尘女子，而另一位却神秘莫测，观众只知道她看不起乔治娅，吃饭时非得绕过整个桌子，坐在另一端不可。上路不久，护航的纠察还硬把一个去新墨西哥州监狱服刑的牛仔塞进车厢，没有座位，就让他靠门坐在地上。此人叫任狗，纠察称他为任狗小子。

知道这些人物的职业不难，而真正了解他们的性格却需要特定的情节和事件。一部马车行进在蛮荒的新边疆，什么事儿都可能出现。这群人前一天在中转客栈夜宿，被骗走了两匹马。最戏剧性的是次日夜宿，沉默高贵的女客突然晕倒，医生进屋为她做检查，却发现她即将临产。原来，这位神秘女士是在西部服役的一位上尉之妻，长途赶路，为的是在丈夫眼前生头胎孩子。此时，医生急需一个助手，大家面面相觑，眼光最后都落在乔治娅的脸上，尽管需要帮助的高贵女客从来没有正视过这位为"文明人"所不齿的女人。

接下来的日子里，乔治娅既是产妇的护理，又是新生婴儿的妈妈。她对这个新身份流露出由衷的热爱，让大家既感动又佩服。包括罪犯任狗小子。两人很快坠入爱河，但乔治娅不确信任狗小子如何看待她的过去。电影的下半部将镜头集中在乔治娅和任狗小子身上。马车继续上路后，又遭遇印第安人的袭击。乘客们轮番射击，乔治娅一手抱着新生儿，一手扶着孩子的妈，还腾出手为伤员包扎。后来驾车的牛仔中弹，六匹马失去方向。任狗小子从车厢内跳到车厢外，在箭林弹雨中跃上领头的马，驾着马车突破重围，终于到达了目的地。值得一提的是，韦恩演的任狗小子角色在这场戏中用了当时著名的替身演员坎努（Yakima Canutt），他跳上没有上马鞍的"裸马"，控制飞奔的马车，没有用任何特技拍摄，至今还让不少观众唏嘘不已。

　　到达目的地后，纠察决定成全乔治娅和任狗小子这对患难情人，放走了由他监管的罪犯任狗小子。电影结尾时，任狗小子和乔治娅驾着马车离开黑夜将尽的小城，冲进茫茫原野，奔向霞光初现的天边。这不但象征着两个被社会抛弃的小人物开始了他们的新生活，也预示着一个平等的明天。目送这对新人的远去，老纠察不无骄傲地说自己"挽救了文明赐给人的福祉"。这个"文明的福祉"是什么呢？这群来自不同阶层、职业和社会背景的旅客最初互相猜疑，相互看不起，可在生死存亡的西部之旅中，却通过理解他人而理解自己，超越了种族、钱财、社会等级等界限。他们在力争个人被他人接受和尊重的过程中，发现了群体的价值和力量。像任狗小子和乔治娅这种被上流社会瞧不起的边缘人物，以及他们所代表的探索、冒险、突破社会习俗的精神，逐渐成为新大陆的精神风向标和经久不衰的生活方式。时至今日，不少演牛仔的大明星在功成名就之后，不是在大城市购买豪宅，而是回到乡间购地养马，继续保持牛仔的生活方式。

　　演主角任狗小子的演员在形象、演技和打斗方面都必须有新意。福特选中了初出茅庐的韦恩，

戴"十加仑牛仔帽"的超级牛仔韦恩

而韦恩不负众望，一举成名。《客运马车》上映后赢得包括最佳导演、最佳演员等奥斯卡金像奖七项提名，福特则获得他一生中的第一个最佳导演奖。韦恩虽然没有赢得最佳男主角的称号，但他是最大的赢家——在观众中树立了自己作为最佳牛仔的形象。他在以后的几十年中，与福特合作拍摄了十二部牛仔片，其中不乏佳作，振兴了西部片，创造了西部牛仔电影的黄金时期。

历史上大国之兴起，大凡少不了领土扩张、强大的军事实力、科学技术上的创新和突破、经济发展，以及新的主流意识形态。美国的奇特之处在于主流文化意识与次位的通俗文化并行，华盛顿的议员们整日忙着通过议案发展工商、制定法律保护有产者权利，而西部电影却放肆地为不法分子点赞，抢银行的、拦截火车的、杀人放火的，越暴力越酷越叫座。东部十三州忙着制造蒸汽火车，修通横贯新大陆的铁路，西部牛仔却想尽办法炸火车，切断铁路，成为"反面英雄"。纽约第五大道上的银行家们忙着开银行，西部电影中劫车的盗匪们以抢银行为荣，然后却把大把大把的绿币扔向空间，由路人争抢。

西部杰作《铁血大盗》（*Butch Cassidy and the Sundance Kid*）动用了所有手段来美化两位大盗的行劫生涯：好莱坞最潇洒的两位帅哥——雷德福和纽曼出演盗贼；最美的蒙太奇——两人最后被警察包围受伤，从躲藏的破屋里孤注一掷地往外冲，子弹像雨点般落在他们身上，但响起来的却是一首流行甚广的浪漫插曲《雨点滴在我头上》（获奥斯卡金像奖最佳音乐奖）；最浪漫的结尾——两人没有在弹雨中倒下，却像云雀一般跃向空中——镜头停止，定格。一个酷且永恒的升腾。

另一部西部电影力作《徒劳无益》（*Sierra Madre*）中的牛仔们为淘金而历尽艰辛，九死一生，他们唯一在一起大笑的时刻是在电影结尾：一阵突如其来的大风把布袋中的金沙全都吹散到空中。主流文化和通俗想象中所包含的意识有时互相嘲弄，有时相互戏仿，有时相互吐槽，有时却互相补充。虽然不同轨道的起点和终点不同，但都为一个奠基性的思想做了铺垫和勾画，即新大陆是冒险家之乡，也是机会之乡，是一个没有人为等级的平等之乡。一切都可以被创造出来，一切都有待于重新分配。这就是各色人等都想去西部的原因。

西部片长期以来深得影迷厚爱，发展出不少分支。二十世纪六七十年代流行的"意大利干面条西部片"，因在意大利、西班牙的沙漠上拍摄而得名。此类西部片制作成本低，比早期新大陆的西部片更暴力，主人公多是货真价实的盗贼而非侠义之士。八十年代后期开始出现"修正型西部片"，这类电影试图反思和批判早期西部片（福特创作的大部分西部片属于早期西部片）中对印第安人的妖魔化描写，以及白人拓荒者对印第安部落土地资源的掠夺，其中最有名的是由凯文·科斯特纳导演、制作并主演的史诗规模巨片《与狼共舞》（*Dance with Wolves*）。此片长达四个小时，获当年包括最佳影片、最佳导演在内的七项奥斯卡金像奖。

科幻西部片则利用电光特技，让主人公任意穿越于过去、现在和未来之间，从今日世界的生态危机追溯往日对本土环境的破坏。西部片至今仍是观众热爱的影视类型，而好莱坞西部片的导演和演员依然频繁贡献力作，继续成为竞争奥斯卡金像奖和美国电影电视金球奖的劲旅：修正型西部片《被解救的姜戈》在2012年获五项金球奖提名，而女导演坎皮恩（Jane Campion）因导演西部片《狗的力量》获2021年威尼斯电影节最佳导演。颇具独创性的华裔导演李安几次逐鹿奥斯卡未成，但终于以表现牛仔生活的《断背山》（*Brokeback Mountain*）而遂愿。无独有偶，另一位华裔导演赵婷的第一部引起电影界同行注意的片子也是一部西部修正型牛仔片，叫《骑手》。这部片子只在艺术片放映厅中放映，很小众，但据说好莱坞的第一流演技派明星弗兰西斯（Frances McDormand）看了此片以后，大声问周围的人："谁是赵婷？"与赵婷联系上之后，她便开始物色剧本，两人合作了获得最佳影片称号的《无依之地》。刚涉足好莱坞不久的赵婷也凭此片一举拿下了最佳导演的奖项，成就了许多影坛前辈们奋斗一生而未实现之梦想。显然，一位导演在西部牛仔片上的造诣，是能否在好莱坞成大事的试金石之一。近几年美国最受观众欢迎的西部题材电视剧《黄石》更是创下了影视历史上的奇迹。本章最后一节将详细讨论此剧。

"恐怖之谷"

西部边缘最美的一片山谷——英文叫"Yosemite"——坐落在塞那 – 内华达山脉间。那里有山，有林，有溪流，有瀑布，也有湖泊。地形多样化，连绵不绝的山脉上既耸立着插向天空的尖顶，又有苍穹似的圆顶，既有峭壁又有峡谷。一个叫安华里奇（Ahwahneechee）的印第安部落在这块土地上居住了上千年。"Yosemite"的原意是什么，现在没人能说清楚。一说指"恐怖与杀戮"，因为历史上这个地方凶猛的大灰熊出没无常，土著人杀掉了很多大灰熊，让人感到杀戮的恐怖；另一说法直接把这个地名与大灰熊等同起来。不管原意是什么，专家认为，"Yosemite"是早期殖民者对印第安人的发音的记录，而且很可能是欠准确的记录。值得注意的是，美籍华人用汉字来模拟"Yosemite"的英文发音，将其转译为"优胜美地"，给人风景美妙之感，让这个地名所包含的特定历史完全消失了。为了与其他汉语文本保持一致，我下面沿用"优胜美地"一词，但有义务提醒大家不要忽视其历史名称的由来及其中的暴力原意。

据说是在 1849 年，几个慕名来加州淘金的欧洲人意外闯进了这片世外桃源，他们带着枪支，与土著发生了流血冲突，还烧了土著人的帐篷。逃出平原后，他们大肆宣称土著人野蛮，呼吁政府出兵保障淘金者的利益。林肯政府遂于次年派军队进山"清剿"。土著安华里奇人在蝴蝶林一带拼死抗争，终于无法抵挡枪炮，很多人战死，没战死的也都被活捉，押送到由政府划定的印第安人居住区。具有讽刺意义的是，这一残酷的灭绝行为却以一个美丽浪漫的名字——"蝴蝶战争"载于史册。想想这场战争的前因后果、桃花源似的发生地、喋血情节和不幸结局，跟几年前的科幻电影《阿凡达》简直一模一样。

印第安人被赶出山谷之后，进山来的欧洲旅行者增加了，其中不少是摄影家或画家，往往短住一阵子就出山了。甘林·克拉克（Galen Clark）是宣布在此永久居住的第一个欧洲人。他在古树参天的蝴蝶林一带拓荒，修了一些小木屋供拓荒人和森林纠察用，后来还建了平原上第一个供旅游者投宿的旅店。这片地方以先驱者村著称，给这片神秘的土地烙上了殖民文化的印记，尽管克拉克说他的宗旨是适当开发。由于有克拉克等人的呼吁，林肯政府于 1864 年把"优胜美地"的平原和蝴蝶林一带的管理权下放给加州政府，而克拉克则被加州州政府任命为此地的保护人。克拉克诚然是早期提倡保护自然的先锋之一，矛盾的是，他同时也主张吸引更多的旅行者来旅游赏景，这就需要修更多的旅店和可行走的山间小路，直接导致伐林砍树。

克拉克一直受到以约翰·缪尔（John Muir）为首的一批主张保护自然的有识之士的挑战。由于缪尔及其他志同道合者的大量写作、宣传和游说，联邦政府于 1890 年宣布设立"优胜美地"国家公园，成为继黄石公园和麦肯纳岛之后的第三个国家公园。"优胜美地"国家公园因其丰富的资源和独特的风景成为历史上发展与保护的热点，激发起全国上下和朝野内外想象和实践国家公园这个全新概念。"优胜美地"国家公园成立后，一个姓平丘特（Gifford Pinchot）的森林专家被任命为森林管理局的第一任局长。他和克拉克一样，是一个储存性的环保主义者：虽主张控制乱砍滥伐，在本质上仍是把自然看成服务于人类的潜在资源，这与缪尔所倡导的"把荒野当成荒野"，当成人类必须朝拜的神明的看法仍然相差甚远。缪尔何许人也？

"群山在召唤，我得进山了！"

话说 1878 年，一个带着简单行装的旅行者到达了旧金山。此人面色严峻，目光深邃，留着道士般的长胡子，带着一口浓厚的苏格兰口音。他从旧金山搭上一辆"客运马车"到今日的硅谷附近下了车，再一路跋涉，跨过平原，最后在蝴蝶林停下脚步："'优胜美地'，我终于到了！"他在锯木厂打零工，在牧场帮人放羊，在瀑布下的荒林中搭了一个小木屋住了下来。小屋的一角斜跨小溪，昼夜可以听到流水淙淙，呼吸荒野的气息。此人就是后来以"山神约翰""荒野的庇护人"和"国家公园之父"而闻名于世的约翰·缪尔。

缪尔是苏格兰人，十九岁随父兄移民到新大陆，在威斯康星州立大学学习地质、植物和环境科学，毕业后在新大陆各地徒步旅行多年，四十岁时徒步走进"优胜美地"，一辈子都不想再离开了。缪尔深受爱默生（Ralph Emerson）的"超验主义"（Transcendentalism）影

"自然之父"约翰·缪尔在"优胜美地"

响，但尤其钦慕梭罗（Henry Thoreau）在瓦尔登湖区（Walden Pond）所尝试的接近自然的生活实践，并进一步把他们的思想升华到自然神论的高度。他宣称"不相信上帝，但相信上帝的造物"，因为上帝只能经由自然和自然的各种奇迹得以显现，所以"要想见到上帝，爬到山顶上去吧！"缪尔试图用新大陆独特的自然风景来想象和构造美国的独特身份，他认为，"欧洲人竭尽全力保护他们的教堂和神庙，我们美国人则必须全力以赴保护我们的荒野，因为荒野就是我们的巴黎圣母院"，而"优胜美地"就是"上帝最神圣的教堂"。缪尔认定自然是人类的恩师，荒野中的每一块岩石、每一滴水珠、每一片树叶都具有鲜活的灵性，都能进入人的内心。他最经典的语录之一是"走'出去'就是走'进来'"，意思是说：只有走出屋子，到自然中去，一个人才能真正走进自己真实的内心。

　　与储存性环保主义者们不同，缪尔认为山林和荒野不是供人使用的"器物"，而是供人类膜拜的圣殿。这个圣殿是人类共享的福祉，所以"优胜美地"应该是一个归属全国公民所有的国家公园，而不是受某种政治实力所支持、被某公司砍伐的对象和获得利益的资源。缪尔的这些主张让他与当时占主流的发展主义者和储存性环保主义者势不两立，所以他必须得到普通人的支持，而写作是教育人民的途径。1878 年后的五年间，他搬到湾区的奥克兰，潜心写作，频繁发表文章，与当权的平丘特和其他储存性环保主义者论战，逐渐赢得了越来越多的读者和支持者，也引起了美国第二十六任总统老罗斯福（Theodore Roosevelt）的特别注意。

　　老罗斯福本人年轻时曾在蛮荒的南达科达州的牧场当过牛仔，骑马、牧牛、打猎，样样在行。他酷爱户外活动，主张保护自然，还是一位不拘泥于官僚主义的条条框框、喜欢我行我素的总统。他甚至亲自带领过一队牛仔骑士参加美西战争（1898 年月 4 月—12 月），晚年跟儿子一起去巴西探寻亚马孙河的源头，九死一生。法国作家帕特里克·德维尔的《走读亚马孙》对此有记载，但对老罗斯福的冒险不敢恭维。在缪尔等有识之士与其对手的辩论中，老罗斯福决定离开华盛顿，去包括黄石公园和"优胜美地"在内的二十多个自然区巡视。1903年3月13日，老罗斯福写信给缪尔，说想到"优胜美地"看看。缪尔当然不放过这个千载难逢的机会，改变了自己的原定日程，邀请总统来"优胜美地"平原徒步旅行几天。

　　3月27日，缪尔在奥克兰接到总统，陪他乘一辆客运马车到"优胜美地"平原。一路上，两人经过一片片被砍伐的树林和因过分放牧而被毁的草地。到了克拉克修建的"先驱村"，老罗斯福临时改变主意，决定不住旅馆，而跟缪尔去露营。第一夜，他们选择在"蝴蝶林"中一块叫"灰熊巨石"的花岗岩上露营。3月的露天之夜，非常寒冷。总统的下属怕总统受凉，在大岩石上铺了好几层被子。而老罗斯福却不以为然，把手下人都打发回奥克兰去过夜，自己却和缪尔燃起篝火，在满天繁星下烧烤、喝茶、聊天，然后在红松树的环绕中美美地睡了一夜。老罗斯福感叹道："'灰熊巨石'真是比人类所能建立的任何庙宇都更伟大"——这与缪尔的自然神论完全一致。正所谓英雄所见略同！第二天晚上，两人在雪线以上的一个地点安营扎寨。缪尔用干树枝为总统拼搭了个床，用床单把他裹起来。老罗斯福一早醒来，看到满山覆盖着一层薄薄的新雪，欣喜万分。第三天，他们各自背起背包，徒步下到平原，在一个瀑布旁露营。

　　三天的行走和露营让老罗斯福完全理解了缪尔的忧虑：神灵般的参天大树、神庙般的巨石、四百多种罕见的动物、覆盖平原的植物、日落时火焰般的"优胜美地"瀑布、横跨天际的彩虹——全都是上帝的神奇造物，全都是自然上亿年演化的结果。如果让利欲熏心的猎人、伐木人、拓荒者继续破坏下去，后果不堪设想。这次大巡访让老罗斯福做出了远超过缪尔们所期待的一系列决定：把"优胜美地"平原和"蝴蝶林"纳入"优胜美地"公园的版图，加以保护，把其他州的五个风景区也列为国家公园，还提议建立十八个国家纪念碑、五十五个鸟雀和野生动物保护区和一百五十个国家森林保护区。1916年，第二十八任总统威尔逊（Woodrow Wilson）正式将这些提案写进了法律，让美国国家公园体系初具规模。国家公园的建立无疑是政治家们最有远见卓识的国策之一。

如果说西部电影表现了与开国之初以法治、秩序、发展等为音符的主流文化相对立的"西部精神"，缪尔们尊自然为神祇的呼吁则为正在成型的民族国家意识注入了灵魂。在资本主义和工业发展甚嚣尘上的历史时刻，公司和财团大量要求木材、皮毛，筑坝建立水力发电站，而缪尔们却主张把荒野当作寺庙闲供起来，这种主张居然还得到了好几位有政治魄力的总统的支持，并将其写入法律，不得修改。这两种思潮和政治力量围绕着如何对待"优胜美地"的丰富资源争斗激烈，纠缠了多年。到1913年，美国国会终于占了上手，通过议案，在尚未被划入"优胜美地"国家公园、因此未能受到保护的 Hetch Hetchy 平原上建造水库。这块平原跟"优胜美地"一样，是缪尔心头的一块肉。缪尔为之努力了大半辈子，却终将被淹没在水下。缪尔此时的健康状况已每况愈下，国会的议案更让他心力交瘁，次年在洛杉矶病逝。

"'优胜美地'，我的生死之地"

缪尔去世后五年，一个长着歪鼻子却弹得一手好钢琴的少年摄影家加入了缪尔创办的环境保护组织"塞那会社"（Sierra Club）。这就是用小快门、长焦距加黑白色调把国家公园带进世界视野的自然摄影大师安瑟尔·亚当斯（Ansel Adams）。

亚当斯的祖父从爱尔兰移民到新英格兰，在"西进运动"中又率全家搬到了旧金山，他经营的一家木材厂砍伐了大量红杉树。祖父

亚当斯的摄影杰作《大提顿山峰与蛇河》

的发迹史日后让亚当斯颇负"原罪感"。他幼时患有多动症，还三天两头生病，更不幸的是，他在 1904 年旧金山大地震中撞断了鼻梁骨，鼻子呼吸不畅，常常只能张着嘴出气，看上去很滑稽，常被耻笑。他没有朋友，学业又滞后，先后被几所学校劝退。父亲只好把小亚当斯留在家中，请孩子的姑姑来教他读书写字。幸运的是，亚当斯一家那时住在金门大桥附近，太平洋沿岸的海景、雾中时隐时现的山峦让小亚当斯心旷神怡。父亲有一架望远镜，常常和儿子一起推敲在视框中如何观景，让他在潜移默化中积累了观赏经验。

少年亚当斯十二岁时跟会弹钢琴的邻居交上了朋友，从此爱上了钢琴，不惜花大量时间苦练，想成为一个职业钢琴演奏家。他还喜欢去"优胜美地"度夏，在林中徒步、露营、钓鱼，并用父亲送的一架老式柯达相机拍摄所见景物。自然环境不但治愈了亚当斯的焦虑症和强迫症，还让他在"塞那会社"中结交了好几个喜爱音乐、以保护自然为生活目的的终生好友，包括他未来的妻子弗吉尼亚。亚当斯很快就决定把摄影作为他的职业目标，尝试用各种技巧来找到自己独特的路子。他二十一岁时发表了第一张黑白摄影作品，从此便一发不可收拾，开始了长达半个多世纪的摄影生涯。

二十世纪二十年代中期美国的摄影时尚以哈德孙河流派为代表，推崇用柔美的聚焦、弥散的光线，外加暗室调色来拍摄岁月静好的田园风光或优雅的人物肖像，追求"似画"的美学效果。浅尝了一段时间之后，亚当斯决定放弃对"似画"的追求，开始探索一种能直接表现自然的摄影技巧。他与爱默生、梭罗和缪尔一样，相信"超验主义"，认为自然是有性灵的，与人类有交感。想找到最理想的、代表自然的影像，摄影家不应该只满足于拍摄那些看上去形似自然的东西，而应该抓住自己内心与自然发生的瞬间交感，表现那些发自于内心、再彰显于外的东西。这简直与华兹华斯的"诗是强烈情感的自然流露"异曲同工！亚当斯所拍摄的不只是一件客体，而是浸透了摄影家灵性的全新创作。

在技巧上，亚当斯尝试用小镜头、慢速度曝光来获取尽可能长的景深，以便在前景上呈现更广阔、更多样化的地表特征和植物形态。慢速度曝光让他能在同一画面上记录下深浅各异的光影，而用得最妙的是凸显黑白对比的聚焦方法。亚当斯的创作让摄影家和自然、眼耳鼻舌身和心理发生交感：花岗岩山峰变得尖利如同雕塑，阳刚如同勇士。他拍摄的桦树林是"进入世界最清晰的路"，而山间的白雪可以"融化成感性的音乐"。

随后的几十年，随着工业化在新大陆上的全面扩展，越来越多的游客开始涌入西部新建立的国家公园，"优胜美地"首当其冲，其自然境况不断受到各种商业化运作的威胁，如修建公路、铁路、旅馆、饭店、商店、台球馆、保龄球场，甚至占地广阔的高尔夫球场。亚当斯把自己已经成熟的摄影技巧和日渐显赫的声望都用在保护自然的事业上，争取得到群众支持，建立更多的国家公园，或者把更多的荒野划归于国家公园管理。1936 年他第一次在纽约举办个展，不但受到新英格兰地区收藏家和观众们的欢迎，也得到了长期充当摄影这个新兴艺术媒介"教父"的斯蒂格尼兹（Alfred Stieglitz）的称赞。在这以前，"教父"只认同纽约艺术家圈，而这次展览让西部自然摄影第一次跨进了新大陆经典摄影艺术的殿堂。1938 年，为了帮助"塞那会社"捐款建立"国王峡谷"国家公园，亚当斯出版了一部限量发行的摄影集，叫《缪尔小道》，以自己的摄影与缪尔的散文互文，致敬先师，宣传自然神论。他还代表"塞那会社"在国会的大辩论中出庭作证。"国王峡谷"国家公园在 1940 年宣布成立，亚当斯和"塞那会社"功不可没。

接下来，亚当斯与国家公园管理署签下了一个合同，计划把他的摄影按大型壁画规格印出，贴在该部门兴建的大楼里。由于第二次世界大战的爆发，这个计划最终未能实现，但亚当斯为此拍摄的一些照片，比如在新墨西哥荒野中拍的《月夜》却长存人间。1955 年，亚当斯的《威廉姆森山丘》入选一个大型国际巡回展，此作被放大到 10 米 × 12 米的巨幅，以令人震惊的视觉效果来表现人类与土地不可缺少的相互依赖。虽然亚当斯本人对放大后图像的视觉质量并不满意，但几百万观众的参与让他感到欣慰。的确，亚当斯的最大贡献是丰富了人们对土地的感知和认识。如果说爱默生、梭罗、缪尔所信奉的自然神论让新大陆的同乡们认识自然中蕴含的伦理性、灵性以及超验主义，亚当斯则再现了自然所呈现的抽象之美和对个人感性的震撼力。这种美赋予了自爱默生以降的几代知识精英们所倡导的自然崇拜以高尚圣洁的视觉形象，对后代人的深层自然意识有恒久的影响。

走在"缪尔小道"上

二十世纪九十年代后期，我在加州大学洛杉矶校区完成博士学位。那时，位于洛杉矶远郊奥海（Ojai）平原上的撒切尔学校正在创办亚洲学项目，语言、文学、艺术的课都可以开，我便去应聘，还真拿到了那份工作，是全职的。那时我心中很有几分忐忑，一是担心这样会延误完成学位，二是我素来在高校教学，去这所高中多少有些"下嫁"之感。现在才认识到那几年"下嫁"的时光所赐予我在精神、知识、经验方面的财富，是我在美国生活了三十多年中最为丰盛的，还让我认识了一些响当当、真正称得上有个性的人。

撒切尔学校的正式类属是"独立（不受当地教育署管辖）大学预科住宿学校"，用现代术语，是一所"贵族学校"。究竟"贵"在何处呢？ 1889 年，几个从耶鲁大学"西进"加利福尼亚的师生决定集资在西海岸建一所英国式的私立学校。他们在奥海平原上找到一块荒野，便拓荒建房，开始招募第一批学生。除了高水平教学之外，学校还特别注重体格训练，开展以骑马为主的户外活动。一百多年以来，新生入校后第一年除了上课，还得学骑马，尤其是得学养马，包括喂马、遛马、清洗马并打扫清理马厩，不能担负养马责任和通不过骑术考试的学生不能进入二年级。《时代》周刊特别报道过撒切尔学校用养马来培养学生责任心及多种能力的教育实践。

除了养马和学习马术之外，全校学生在每年九月开学后和六月放暑假前，都得背起背包走进自然，在荒野中露营六天五夜。这里的荒野指没有露营设施 —— 如自来水和厕所的地方。撒切尔学校师生得学会怎样在最坏的天气里野外露营，学会把溪水处理为能饮用的水，尤其重要的是怎样实践"零度影响"的露营宗旨 —— 即不在自己露营过、行走过的森林和山野中留下丝毫人迹。撒切尔学校一百多年来所坚持的这种素质教育、全能训练是其被各名牌大学视作"贵"的原因。在每年升大学的激烈竞争中，撒切尔学校的毕业生四分之一都能进入"藤校"以及斯坦福、伯克利等名校。奇怪的是，我去面试时，居然没有人跟我提到户外活动和露营的要求。

秋季正式开学前两周，我按要求到学校报到。碰到的第一个人是个二十多岁的帅哥，自我介绍说叫艾麦特。寒暄了几句，他便问我："你打算去哪儿？""去哪儿？"我一脸不解地反问。"下周学生返校，全校就得出去露营了。每个老师带六个学生，自己确定路线。你不知道吗？"艾麦特说起这事儿像是家常便饭，原来他负责全校露营旅行。"尽早来我办公室领帐篷、背包、睡袋、炉子之类。好的靴子很重要哦！城里就有一家'庞大岗'运动服装店，需要什么都买得到。"他潇洒地挥手走了，留下我一头雾水地站在那里。

接下来的一周，要学习查阅荒野小道地图、扎帐篷、找野外烹饪的菜谱，还跟其他新老师一起学习露营规则、参加训练、拿到紧急救护执照等，忙得不可开交。很多美国人自小就参加"童子军"、青少年夏令营或跟家人去露营，对露营既有热情又有经验。选择来撒切尔学校工作的人中，有不少刚从大学毕业，就是冲着它的户外项目来的。学校送你一套露营设备，每年还付你两个星期的工资去露营，哪儿去找这等美事？但是，对像我这样常年只会爬象牙塔的书呆子来说，在荒野中待整整一个星期，还得带六个正值青春期、善于制造麻烦的少男少女，那真比写多篇论文、考若干次 GRE（美国研究生入学考试）都难。真后悔签合同前不知道露营的要求，现在反悔太晚了，只得咬着牙上阵！

人生中的这个尴尬时刻逼我与塞那山脉上的"缪尔小道"打了七年交道。"缪尔小道"以缪尔命名，可能给了缪尔过多名分。其实，小道始于一个叫"Paiute"的印第安部落在很久以前修的一些互不连接的羊肠小道，以便猎狩和与其他部落交换物品。而提倡把那些小道连接成一条能支撑塞那 – 内华达荒野背脊的人叫西奥多·梭罗芒

（Theodore Solomons）。梭罗芒 1892 年加入"塞那会社"，他的提议得到第一任会长缪尔的大力支持。可是，直到缪尔去世那年，这个提议才得到加州政府拨款资助，正式开工。为了纪念缪尔几十年来对整个塞纳－内华达荒野的保护，这个小道被命名为"缪尔小道"。"缪尔小道"从"优胜美地"平原到惠特利山峰，全长约三百四十四公里，其中有二百六十公里与塞那山脉中一条更长的"环太平洋小道"合道。每年有许多个人或团队来此徒步跋涉，被公认是美国使用最频繁的长途徒步旅行小道。

艾麦特理解我需要时间积累在荒野中露营的实地经验，便安排我和一个叫贾·博里曼的新老师联手，两人合带十二个学生完成第一次露营计划，还给我们配了两位取得"一级露营者"资格的高年级学生做队长。贾是撒切尔学校的毕业生，毕业后又上了也以户外活动见长的"藤校"达特茅斯学院，刚从大学毕业回母校任教，对撒切尔学校的各项活动都很熟悉。他说话慢且温和，非常有耐心，真是上天派给我的保护神，让我学到了不少在城市生活中难以学到的生存技巧，进入了一个全新的天地。

出发的前一天下午，全队成员带着各自装好的露营背包来我的前院集合。六天的徒步旅行，所有的负荷都在队员的背上，得首先分配的是集体用的器具和食物。第一是帐篷：数量刚好够用，而且每个帐篷都必须预先设置过，检查有没有问题，再决定由谁来背帐篷。第二是食物：我事先把买好的食物按天数和早、中、晚分若干袋装好，干食物用防水密封袋装起来，以防失足落水或遇到暴雨，队员每人都得分担一定重量的食物。为集体徒步旅行准备食物大有学问：食物既要提供每天必需的营养，又不能含易腐化蛋白质的肉类制品，还得便于烹饪，因为在高海拔的地方，把食物煮熟得花更长的时间，耗费更多的液化气。再则，根据零度环境影响原则，带进荒野的所有物品，包括垃圾，都得如数带出去，所以食物的包装太重或太累赘也会造成不便。队员们不允许私带食品，我还得尽量照顾对食物有特殊要求的队员，如素食者。另外，因为沿途只能运用自然资源，从山间小溪、瀑布、湖泊或流动的河流中取水，再用药片加以处理，要想让大家喝水而不是喝药，还得加入含维生素的水果味粉末。最后，还得带做饭用的炉子以及马灯，尤其重要的是携带足够的液体燃料瓶。

待分配好了各自应尽的集体义务后，再交叉检查个人必需物品：睡袋（得密封在一个大塑料袋中，以防下雨或在涉水时落入水中）、睡垫、十六盎司（约四百五十克）的大口水杯等。当然，还有个人衣物。带什么衣物也颇有讲究，简单说，是带几件厚薄不一的运动衣，可以随时加减，外面套一件高质量的防水夹克衫。我素来爱棉麻衣裤，到这时才知道，棉麻不是徒步露营的好选择，因为路上出汗或淋雨之后，棉织品不易吹干，反而会吸走人体内的热量。走路时穿棉袜子舒服，但晚上在帐篷里睡觉时，最好换上一双毛袜，因为棉袜不保暖，而在荒野中过夜，头部和双脚的保暖是最关键的。交叉检查完毕，把背包重新打好，全都留在我的客厅里，以免有队员再乱加入东西，或取出必要的物件。我现在还记得撒切尔学校关于准备徒步露营的几条顺口溜，很管用。一条是"没有坏的天气，只有不适当的着衣选择"，另一条是"祈愿最好的，却为最坏的（情况）做准备"。天黑前，一切就绪，只等次日早上出发。

次日早上八点，我和贾各开了一辆能载八人的小客车准时出发。一上路，我便感觉车有些异常：加速时，油门踩得轻，车没有反应；加大劲儿，车就往前猛地一蹿。学生们马上就在后面埋怨上了，我也很尴尬，但不知怎么办。这时，一个高年级队员调侃说："这辆车是柴油引擎。学校只有一辆，怎么就让我们碰上了！"接着又告诉我："上了395号高速公路后，车辆就不多了，尽量保持匀速，颠簸就会减少。"他的话平息了大家的焦虑。两个小时后，我们上了395号公路，车果然少多了。395号公路很长，沿着塞那山脉一路展开，加油站寥寥无几。常去徒步露营的人上这条路前都得加足油，带够饮用水。我们今天在这条路上要开六个多小时才能进山，我舒了口气，调整了一下靠背角度，准备专心开车。

谁知没过多久，背后爆发出一阵大笑："大家来看威利的靴子！"一年级新生威利靠着车窗睡着了，一只脚跷在座位扶手上，鞋底前掌部已经磨了个不小的洞。用学生们的行话来说，威利是个"角色"，往往沉浸在自己的世界中，对外界的反应总是慢半拍。早上出发时，他抱了一把吉他上车，说是跟家人出去露营时，总离不开吉他。贾跟他讲了好一阵道理，他才同意把吉他送回宿舍，换了一个口琴。可谁也没注意到他鞋底前掌基本上被磨穿了，根本不可能完成这个星期的徒步行走。我和贾自以为准备好了应付路上可能出现的"万一"，没想到还没到目的地，问题就出来了。怎么办？唯一的办法是退回前面经过的小城，找一个鞋店买鞋。大家都知道穿新鞋上路打脚，但事到如今，也没有别的办法。威利的脚上后来的确打了好几个血泡，算是给他的教训。但这远不是他个人的事，那天晚上全队都为威利的大意冒了一次不必要的险。

话说回来，因为找商店为威利买鞋子，我们比原计划晚了两个多小时才到山脚。记得进山的那个山口叫"棉木"，山口小路盘旋上升的坡度比较平缓，但一直在走上坡路，脚步快不起来。那时，正值夕阳西下。我一边走，一边环顾四周，感觉像是被围在一个巨大的环形庙宇之中，漆黑的墙垣覆盖着彩霞镶成的屋顶，愈往上走，便离霞光愈近。不远处时有烛光加入庙宇，幽渺而神秘。原来是那些选择在山口上露营的人在进行烛光晚餐。待我们到了山口顶部，找到一个较平坦、适合搭帐篷的小树林时，天已经完全黑了，一轮新月在远处隐现。靠着微弱的月光、星光和我们所带的两盏马灯，男生们在贾的指挥下开始搭帐篷，安营扎寨，几个女生帮我去不远的小溪取水，烧水做饭。那晚我们煮了意大利通心粉，加上番茄酱、香料、意大利芝士和猪肉肠，在荒野中算是一顿美餐了。吃完饭，仔细打扫干净营地之后，所余食品和垃圾都得密封在厚塑料袋中，味浓的肉类食物塞进我们携带的两个"防熊筒"里，其余的则悬挂在树枝上。学生们离校前都接受过训练，就让他们去处理这事儿。

是夜群星灿烂，挂在天际边的是一轮新月，不太亮，但是纯净得透明。我把睡袋铺在树林边，透过树枝，看得到满天星斗镶嵌在遥远而又深邃的远古。但那并不是一片死寂，而是充满活力，每过一会儿，就有一颗流星划过天穹，直落下来，砸在远处的树尖儿上。这群存在于亿万年之外的永恒的星团似乎眨着眼问我："君自何来，又往何去？来去之间，何为之焉？"我无言以答，满怀对上苍的敬畏之心，慢慢滑入睡梦之中。

"李老师！傅老师！不好了，有熊！大灰熊！！"有学生开始用勺子、叉子敲饭盒。我摸到眼镜，把头伸出帐篷一看，只看到两个黑乎乎的背影，已经离开露营地有一段距离了。大伙儿钻出帐篷一看，几个挂在树上的食品袋，垃圾袋被咬开了，为早餐准备的大麦圈面包和面条撒落一地，幸好密封的"防熊筒"没有被打开。再一看表，已是早晨五点。晨曦透过树叶洒在路边的一块木告示牌上："此地灰熊出没频繁，严禁露营！违者罚款两千元。"学生们看了有的面露难色，有的冲着贲开玩笑："傅老师，你这个月的工资看来都被灰熊吃了！""希望不至于吧。"贲不动声色，只是调皮地和我交换了一个眼色。我们叫所有学生立即起床，准备十五分钟内离开此地。大家立马拆帐篷，打好背包，把灰熊咬开的食物和昨晚晚饭产生的垃圾都收集起来放进一个塑料袋中，再把营地彻底打扫干净。

我那时的感觉真的糟透了：既可能被罚款，还损失了三分之一的食物，尤其是早餐全没了，余下几天怎么办？我们让两位队长商量一下，提出建议。他们的提议是：贲和两位快腿队员把他们所负责的集体物品转到其他队员手上，尽量腾空背包，立即下山，开车去最近的加油站补充食物，并扔掉灰熊留下的垃圾。其余的队员则跟我一起按既定路线慢速前行——这与我们两位老师的想法不谋而合。于是兵分两路，一路继续上山，一路往下走。临分手时，贲看似轻描淡写地告诉大家："遇到其他人说声'早安'就行了，省下我们的精彩故事晚上在篝火旁讲。拜托了！"无论遇到什么事，贲总是那么酷，既语重心长，又轻松幽默——我真服了这个小同事！

可能我们第一天就把坏运气用完了，接下来的几天徒步有挑战性，但非常愉快。因为我们自己在荒野择地扎营，不用去跟别的徒步者争那些已建好的宿营地，也不用赶路。每天走八到十英里（十三公里到十六公里）不等，每日行进的快慢由当天走得最慢的队员的速度来决定。走得最慢的队员走在队伍的最前面，这跟我以前在国内参加军训时行军的规则正好相反，因为目的不一样。走在"缪尔小道"上，人们寻求的不是赶路，不是急功近利，非得达到某种目的、完成某种指标不可，而是在无意识地重复行走中忘掉日常生活带给人的约束，是一种自由平和的心灵体验。

山间的自然景色让我远离日常的烦琐事务。进山时长长的缓坡，会累得你气喘如牛，即使是很有实力的行走者，也无法加快脚步。但每往上走一步，都可以看到一截新的地平线，而走在岩石砌成的下山台阶上，则必须像从"黑色滑雪道"下山一样精确，一步之差便是万丈悬崖。走累了，把背包靠在大岩石上，喝上一口清凉的山泉，放眼左顾右望，又是一番爽快。而完成了一天的行程，找到一个幽静的宿营地，做一顿简单的晚饭，比任何山珍海味都美。饭后围坐在篝火边唱歌或者闲聊，笑声来得何等容易，何等无拘无束！甚至，连夜间的失眠都是一种享受：遥望满天繁星，目击陨落的流星划出闪亮的轨道，致敬天宫来的使者。

行走是人类的一种自然动作，不用学习，不用任何特殊的技巧，也无须购买特殊的器械，健康状态一般的人都能行走。只需身体、空间和时间，就能从中得到日常生活中难以得到的自然、单纯、身体的舒展和心灵的平静。正像缪尔所说："克服障碍登上山峰，你会感到来自自然的平静像太阳穿过树林那般流过你的全身。"的确，当我们踏着荒野中依稀可见的脚印，手臂被波动的草丛撩扰，视觉被林间交加的光影所困惑，好奇地想知道沉默的岩石为何总是被饶舌的溪流所环绕时，内心那扇被日常琐事锁紧的心之门便会倏地洞开。在电声模拟、电脑、机器人统领的现代科技时代，人类可能只有凭借双脚感触大地的脉动和心跳，才能重获感性和灵性、良知和全方位感受的能力，胜过只靠信息和逻辑进行推理的机器人。

记得那时大家围在篝火旁喜欢讨论的另一个问题是：旅行和旅游，或者旅行家和观光客有什么不同？常常是各持己见，没有定论，但大家似乎都同意这样一个描述：观光客是去看旅游公司或导游替他们选择好的景点，每天忙着打卡，拍视频、拍照或自拍，多是视觉性的，围绕着如何把自己叠加在前人认定的风景之上。观光客的旅程是按日程表安排的，按部就班，一切都在期待之中。而旅行者却不但用眼睛去看，而且用身体去体验（如步行、露营、漂流等）路途上的自然环境，从而发现自己的内心与大自然产生交感的那片景色或那个瞬间。他们不用拍照就可以把体会到的那片景色和那个瞬间内化为自我的一部分。旅行者的行旅充满了意外的发现。

第一次与"缪尔小道"结缘之后，我带撒切尔学校的学生在加州各地徒步露营过十几次，尽管积累了不少经验，但每次都会遇到新挑战，每一次都有侥幸脱险之感：在比夏普山山口上遭遇山狮，在雪线以上的南湖湖畔受到风暴袭击，在惠特利山脚被泥石流切断退路，在"海峡群岛"之一的圣塔克鲁斯岛上与野猪抢夺食物，险些被野猪击败，设法救助几条躺在沙滩上集体自杀的海豚，却没办法把它们赶回海中。而最具挑战性的，还是那些什么都想尝试一下的少男少女队员。有一次在"缪尔小道"徒步，队里有个加拿大来的新生，叫玛丽。她随父母生长在沙特阿拉伯，来到绿水青山之间，实在渴望湖水的洗礼。她趁走在队末之机，偷偷跳进湖里去游泳，殊不知塞那——内华达山上的湖都是高山湖，清澈的湖里都是融化的雪。玛丽当晚就发高烧，在海拔三千多米的山峰，怎样才能把她及时送去医院急诊室？这次历险我就不详述了。

总之，徒步行走在荒原中，所有的挑战都构成经验的一部分，同时也需要经验和勇气才能成功迎接挑战，化险为夷。再回首，萦绕于怀的却只有由山间白雪融化而成的音乐，秋风吹过荒野时枯草上弹落的金黄，盘旋于空山中的秃鹰赋予孤独者和求生者的力量，还有那些碍道的杂乱树林是如何带我们"进入世界上最清晰的道路"（缪尔语）的。

世界上第一个国家公园

说历史是血写成的不是修辞，而是对社会达尔文主义语境中的"适者生存"的暴力的实录。新大陆就是工业革命后欧洲殖民者用"文明世界"的暴力——枪支、弹药加病毒——战胜了尚处于原始文明阶段的印第安人的结果。获得土地的欧洲移民大多急功近利，享用土地，只有少数有识之士才有保护土地的愿望。在缪尔和"塞那会社"全力争取把"优胜美地"列为国家公园的同时，百里之外的黄石地区也在做着同样的努力，而且先获得成功。

黄石公园百分之九十八的土地在怀俄明州境内，延伸至蒙大拿州北部和西北部，极小一部分在爱达荷州西部。发现黄石的传说很多，较可信的是有个叫约翰·考特尔（John Colter）的人，是刘易斯－克拉克考察队中的一员，他决定留在怀俄明一带捕捉山狸，做皮毛生意。有一次，他在与印第安人的冲突中受了伤，逃出重围后伤口感染，发高烧，语焉不详地告诉周围人说，他逃出的地方是一片野火浓烟。大家认为他胡言乱语，开玩笑把那地方叫作"考特尔的地狱"。在后来的年代中，不少捕捉山狸的人和山民都说他们见过沸腾的泥浆、冒着蒸汽的河流、五彩硫黄石，还有化石树。尤其是有个叫吉姆的山民很令人信服地描述他见过沸腾的温泉、喷涌的地下水、镜子般的黄色的山岩等稀奇古怪的东西，但仍被人们认为是神话传说。

黄石公园内的五彩湖　　　　　　　黄石公园内的"老忠实泉"

　　1859年，第一支由美国政府派遣的测量队进入现划定的黄石公园地区探测。次年，由吉姆做向导，著名地质学家海顿（Ferdinand Hayden）和另一位测绘员也加入了测量队，发现这个地区有许多大大小小的间歇热泉。由于当时正在进行美国内战，他们的探测结果没有得到重视。在多次探险、丈量与测绘的同时，蒙大拿的一位律师给国会写信，并动员本地居民也写信，呼吁把间歇热泉地区设为国家公园，让所有公民都能看到地球上这片神奇的景观。

　　十年以后，国会决定出资派海顿带领另一个较大的测绘团，再次回到黄石一带进行探险和测绘。这次，海顿特地带了两位视觉艺术家同行，一位是摄影家威廉姆·杰克逊（William Jackson），他在探险中拍摄并冲洗出很多超大尺寸的风景照片；另一位是画家托马斯·莫然（Thomas Moran），他以素描的方式，画了该地区三十多个关键地标。当海顿回到华盛顿向国会提交"海顿地质测绘报告"，试图说服国会在所测绘地区设立国家公园时，两位视觉艺术家的作品提供了直观的图景，起到了比测绘数字、文字描述更关键的作用。莫然甚至把他的名字改成"托马斯·黄石·莫然"，而当年画黄石峡谷的地方现在被称为"莫然远望台"，是千千万万的旅游者远观雄伟峡谷的最佳地标。

1872 年，第四十二届国会顺利通过将黄石地区约九千平方公里的间歇热喷泉地区划为自然保护区的提案，建立了世界上第一个国家公园 —— 黄石国家公园。黄石公园的提案受到缪尔及其领导的"塞那会社"呼吁保护"优胜美地"的启发，却比"优胜美地"国家公园的建立早了十多年，很大一部分原因是黄石公园的所在地可耕种、伐木的面积远不如"优胜美地"平原大，来自热衷于开发的本地工商界的阻力也不如后者大。难怪在国会表决之前，议员们要海顿到场作证，确认黄石公园没有多少可供耕种、伐木、放牧的土地或进一步开发的潜力。

"杰克逊的平原"与口头传说

从外地通往黄石地区的必经路线之一是杰克逊平原，怀俄明州的西北部被陡峭的峡谷和长满森林的高山紧匝三圈，山间小路无法修，西进迁移者们常用的牛车和马车也就一直进不去。直到十九世纪末才逐渐有拓荒者历经千辛万苦到达此地定居，使之成为狂野的西部最后一块被外来移民控制的平原。杰克逊平原在英文中是一个专有名词，起初被叫作"Jackson's Hole"。这里的"hole"不是我们通常理解的"洞"，而是特指群山环绕中的小平原。杰克逊则是最早来此过冬的诱捕手戴维·杰克逊（Davey Jackson）的姓。这里说是平原，海拔却

被小洛克菲勒夫妇收购、已划入大提顿公园的杰克逊平原的一部分

高达六千三百多英尺（约一千九百二十米），差不多半年都是冰天雪地，像杰克逊这样的先驱者能在严寒中活下来，是后来移居者的福音。为了纪念杰克逊，后人把这个平原叫作"杰克逊的平原"。可是"hole"在英文中也指人体上的洞，时常被扩展为骂人的话，如"屁眼儿"。当地居民认为不雅观，于是去掉了"的"，生成了由两个并列名词形成的专有名词——"杰克逊平原"。

　　一个多世纪后，杰克逊平原发展成了连接黄石和大提顿两个国家公园的度假胜地，人们可以在这里滑雪、徒步观景、露营、登山、攀岩、骑山地车，也可以在大牧场上骑马或观看赛马表演、在蛇河上钓鱼或体验皮划舟激流回旋、从山顶乘无引擎滑翔机或降落伞落下、乘马车或狗拉雪橇观看地道的西部音乐剧或街头牛仔枪战、欣赏土著印第安工艺品和珠宝以及去牛仔酒吧喝本地酿的啤酒，参加跳舞、聚会等各种活动。

平原的中心有个小镇，叫杰克逊镇，现在是各类人等的聚集处：嬉皮士、雅皮士、中西部来的真牛仔、东部来的准牛仔、本地的运动狂、环保主义者和外国观光客，他们在几条"王"字形的街上摩肩接踵，为吃顿简单的饭，等上一两个钟头是常事。去杰克逊平原游览的亚洲游客尤其多，二十年前主要是日本人，而最近十多年则是中国游客居首位。从冰淇淋店到珠宝店，到处都贴着"接受支付宝"的字样。遗憾的是，这些跟随旅游团的游客来杰克逊平原后，多半只去镇上打卡：在用上千个大角鹿的角筑成的街心公园门前照几张相，再乘专供游客体验的客运马车在小城里兜一圈。其实，杰克逊镇旧时只是杰克逊平原的邮局所在地。因注册者在登记时忘了写全名"杰克逊平原邮局"，结果就成了"杰克逊镇"。听朋友说北京郊区修了一片高级住宅区，模仿杰克逊平原的景色和建筑风格，也取名"杰克逊"。不知当年靠诱捕山狸闻名的莽汉杰克逊对他的名字走红遥远的东方会有何反应。

一个地区历史地名的混乱，说明该地区历史文化的流传多依赖于民间口头传说，杰克逊镇以及整个怀俄明州的文化历史传承正是如此。书写杰克逊平原以及怀俄明历史和文学的作品至今寥寥无几，最有名的是安妮·普如克斯（Annie Proulx）的三部短篇小说集：《近视距：怀俄明故事》《脏土：怀俄明故事之二》和《跟昨日一样好》。普如克斯获得过普利策和国家图书小说奖，但不是因为她写怀俄明的短篇。她的怀俄明故事多以荒寂的怀俄明山间或牧场为背景，描写牧羊人、牛仔、以参加马术表演为生的骑手、小牧场主、牧场工人等群体艰辛而又充满暴力的生活。其中《断背山》写两个受雇的羊倌，常年在荒无人烟的断背山区放羊，身不由己，陷入爱河，最后侥幸闯过了深山中各种自然险关回到小镇。为了得到社会的认可，他们分别结了婚，并想方设法避免让他们的过去伤害家人，但最终没有逃过小镇人群的偏见和敌视。一位蒙祸死于轮胎爆炸，幸存的一位被死亡的阴影笼罩，不能自拔。

华裔导演李安将这篇仅三十二页的短篇故事改编成一部动人、发人深思的杰作。影片中有大量对怀俄明山间风景的描绘，不是早期约翰·福特的西部片中"英雄加美人"的浪漫故事，而是用现实主义的手法所突显的荒寂、彪悍，咄咄逼人。这部片子可划归"修正型牛仔片"的类型，即通过牛仔的生活和传统牛仔片的类型来展示和讨论当下的热门社会问题。作为一个亚洲导演，李安用美国传统牛仔片来回应这个有争论的社会问题，实为勇敢之举，完全配得上因此而荣获的奥斯卡"最佳导演奖"。阅读小说、看电影诚然是外来者了解西部的途径之一，但要真正了解杰克逊镇以至怀俄明州的当地历史和习俗，还得从口头文化的语境入口，身心沉浸，加以体验。

"人生太短，要讲的故事太多"

口述历史和民间传说是早期人类文明得以传承的重要方式，但在进入现代以后逐渐被书写取代，口语传统与书写之间的鸿沟变得越来越大，几乎无法跨越。这里，请允许我绕个圈，从瑞典文学院把2016年的诺贝尔文学奖授予美国作曲家兼歌手鲍伯·迪伦（Bob Dylan）这一事件说起。

诺贝尔文学奖怎么成了一个事件？原因之一是颁奖名单公布之后，世界上一片嘘声。迪伦不敢及时去瑞典领奖，因为领奖时得作一个阐释自己写作的"获奖演讲"，而他不知道如何阐释自己的音乐创作与文学的关系。迪伦的怠慢让评委会主席颇为恼火，批评迪伦"傲慢、不礼貌"。到了年底，迪伦才终于准备好了演讲稿，去瑞典专为十八名评委作内部演讲，领取了九十万美元的奖金。

这一事件对世界的冲击力并未到此停止。迪伦的演讲长达四千多字，在网上发表后，又引起一片争议。迪伦着重讲了民歌手巴迪·洪利（Buddy Holly）给他的灵感，激励他走上歌曲创作之路，而文学对他的影响则在于给了他"做人的原则和感性"。他不厌其烦地列举了三部作品，即荷马的《奥德赛》、梅尔维尔的《白鲸》和雷马克的《西线无战事》，但主要集中于情节的转述，难怪《纽约客》杂志毫不客气地说他的演讲如同一篇冗长的"读书报告"。

各国文学都起源于口头吟诵，孔子收集在《诗经》中的"风"篇均为民歌民谣。西方文学也如此，第一部史诗《奥德赛》是盲诗人荷马根据收集来的口头传说而作，而最早的抒情诗，也是萨福与她的女弟子们的吟诵之作。苏格兰文学之父罗伯特·彭斯以收集民谣为业，而莎士比亚的剧作也是为了在舞台上诵读和表演而写的。这些口头形态的作品被记载、流传下来，成了文学的奠基性经典之作。诺贝尔文学奖评委会不但从迪伦的歌词中看到了远古口头文学的优秀品质，而且看到这种品质可以进一步连接，激活现代文学创作。诚然，迪伦的创作多元组合，"众声喧哗"，既结合了包括传统吟游文化、西部民歌、民间传说等口头文学之精髓，又融合了波德莱尔、兰波、庞德等人的现代主义诗歌中的意象。把争议抛在一边，细心的人不难从这次颁奖"事件"中看到诺贝尔文学奖评委会对整合口头文学与书写文学的一片苦心。对迪伦来说，歌曲是为听而创作的，要是你受了感动，那就是一切。迪伦的获奖讲演并不是写给批评家们看的"读书报告"，而是要让诺贝尔文学奖评委们重新听听这几部经典作品的声音。要是读者能找到迪伦讲演的录音，坐下来安静地听，就不难领会迪伦的独特音调、阅读韵律，用于断句的节奏所带给你对这几部文学名著的声外之音是一种全新"阅读体验"。

书归正传，杰克逊平原的历史传说主要是通过口头形式流传下来的，而杰克叔叔是这个传统中高举火炬的传承者。杰克叔叔叫杰克·海勒（Jack Huyler），是我在撒切尔学校的同事。其实，他在我去撒切尔学校任教之前就从英语教师的职位上退休了，但一直是学校里不拿薪水的总管，大大小小什么事儿他都热心参与，尤其是养马、驯马，主持一年一季的全校赛马比赛等。我一去撒切尔学校任教就和杰克叔叔成了"哥儿们"，因为他是同事中唯一会说汉语的。杰克叔叔从普林斯顿大学毕业时，刚好碰上美国在长期袖手旁观后，终于决定参加反击德意日的第二次世界大战。他毅然参军，被派往中印缅战场，在云南昆明一带驻扎了近两年。赴中国之前，杰克叔叔在普林斯顿大学强化学习了半年汉语。所谓强化，指避开汉字，只学口语，用以应付与当地驻军和百姓的交流。他说汉语有些口音，但词汇还挺丰富的，尤其是俗语。我们周日在学校餐厅吃早餐时，总是用汉语聊天，常常开怀大笑，让旁人羡慕不已。更有甚者，我后来才知道杰克叔叔与我长辈是琴瑟之交。为了让他们的后代一起长大，他们很早便在杰克逊平原上购置了毗邻的牧场，让两家后代每年夏季能共享牧场上的家。我也有幸在那里度过了愉快而有意义的十多个夏季。

杰克叔叔出生在"文明"的东部，六岁随父兄西进，迁居到蛮荒的"杰克逊平原"，长大后成为远近有名的牛仔、驯马人、猎人、牧场主、民歌手、吉他手、摄影家、英语教师、旅行家、社会活动家，但最重要的是讲故事和写故事的高手。知道他的人都说他是一个比生活本身还丰富的人，因为他不但多才多艺，有无尽的生活热情，还能通过讲故事，让逝去的生活和人物随时生动地呈现在你面前。他一生主持过杰克逊平原上的很多活动，比如每周一晚上的"雨帽"乡村音乐会，不但吸引民歌民乐高手来献艺，也鼓励从未登过台的新手加盟，本地常住者和来访的过客临时排练合作或者即兴表演。杰克叔叔亲自参加了一百多场演出。这个传统被年轻一代继承下来，即使在新冠病毒感染疫情中，也通过变焦镜头在全国播放。

杰克叔叔发起的另一项社团活动名叫"八月的圆月之夜"，也在平原上家喻户晓。那天晚上，平原上的牧场人每家带一份供十人吃的菜到杰克叔叔家外面集体野餐。饭后大家坐在用原木搭的环形长凳上，点起篝火，喝着新鲜的热苹果汁，欣赏参与者即兴讲述的故事，有的引人入胜，有的让人捧腹大笑。每个夏天去牧场上度假，这两个活动是我最向往的，身心收获满满。杰克叔叔是一个有心人，尽管旧时录音技术水平不高，他还是请人把这些故事录了下来，后来从中选了一部分，出了一本口述故事集，是记载"杰克逊平原"历史的重要资料。

《八月的圆月之夜》封面

　　杰克叔叔还写了一本"杰克逊平原"的口述史，叫《杰克逊平原：旧日之道》（and That's the Way It Was in Jackson's Hole），由杰克逊平原历史协会和博物馆出版。这本书记录了很多现在已失传的文化传统和历史，如"木屋热病"、禁酒时代的牛仔酒吧、禁赌时代的地下赌场、牛仔舞厅的变迁、西部民歌、关闭时期的"杰克逊平原"以及下面提到的"访客牧场"和建立大提顿国家公园的曲折历史。其中最精彩的是形形色色的江湖人物：杀人犯、赌徒、枪手、马贩子、赶骡子的人等。曾任怀俄明州州长和参议员的克里夫·汉森（Cliff Hansen）——杰克叔叔在平原上的老乡欣然为之作序，他写道："极少人像杰克那样对'杰克逊平原'了如指掌。杰克对平原上的民间故事和史实的追述堪称一流，把那些在雄伟的大提顿山峰下定居的先驱者描绘得栩栩如生。这部回忆录中最诱人、最有意义之处在于所描写的人的生活以及这种生活是怎样与'杰克逊平原'的原生形态及其惊人的自然美混合于一体。"的确，杰克叔叔记录下来的口头历史和人物是后人理解这片土地的最佳途径。因篇幅所限，我无法在此一一列举这些故事。杰克叔叔还是写民间故事的高手，本人的文字远不能表现他原文的生动性，所以不敢贸然直译，只试着转述其中第一个故事简化后的一小部分，希望读者能对书中人物和杰克叔叔的叙事风格略见一斑。故事叙述者"我"指杰克叔叔。

老爷子（汉语转述，节选）

这本书要写的第一个人，非老爷子（1867—1933）莫属。他是所有称得上是"人物"的人中最让人难忘的"人物"。对这一点，我确信无疑。

老爷子不喜欢有邻居。众所周知，他至少让三个邻居"蒸发"在荒野里。当然，那是发生在"杰克逊平原"有法可施之前的事，与他接壤的土地卖价倍儿低。

为何不喜欢有邻居？是他特别重视个人隐私吗？早年在荒原上打地基、修房子的人都希望邻近的土地空着，留给自己的子孙再打地基和建房子，这些人"不鼓励"别人搬来做邻居，但对老爷子来说，原因不只这一个。

亨利和卢比从爱达荷州搬来，打算在老爷子的对面打地基。一天早上，亨利出去撒尿，一颗子弹从他的胯中间穿过。听到枪声，卢比伸头出来看，也一声不吭地倒在了地上。杀手把两具尸体拖到附近的一个破屋里，一把火烧了。这事儿本来可以被当成一桩事故，不了了之。但偏偏那座木屋顶上盖着一大片草皮，掉下来遮住了一具尸体。清理事故的巡捕到场时，发现亨利的尸体上有个枪眼。

老爷子的儿子比利承认说是他干的，被判了十多年刑，但被提前释放了，因为平原上的人都知道那事儿不是他干的。

后来在那儿买地的人都待不长。有个邻居买了老爷子家对面的一块地，只一个月就想卖掉。人们问他："干吗费这等事儿？"他说："每天清早钻出帐篷，我第一眼看到的就是丛林边亮晃晃的一道光，直端端地照在我的脑门儿上方……那是太阳光在老爷子的枪筒上闪亮哩！老爷子无时无刻不盯着我。""他不是没对你下手嘛！""是还没有呢，但我不想再送他一次机会！"

就这样，我爹以一块钱一亩的价钱买下了一百六十亩地，就在老爷子的地旁边。记得有天下午我们全家一起去看地，我们前脚到，老爷子后脚就驾着马车来了。我那时虽然只有八岁，但早听大人说过老爷子的故事，吓得我一把拽住我娘的牛仔裤，却扑了个空。老爷子盯着我爹，开口就说："我不喜欢有邻居！"我爹早有对策，不卑不亢地回答："我也不喜欢有邻居……除非是好邻居。"然后换了口气，又说："我打算当个好邻居，你呢？比如说，你我地界中那座桥得修理了，要是你出人工，我愿意出材料费。"那时材料可比人工贵得多。

"听起来不错，海勒先生……你想要四分之一的麋鹿肉吗？"我那时不够高，没有看见老爷子马车后部盖着一块遮雨布。记得那阵子才八月，离法定的猎狩季节还有好几个星期呢！老爷子爬上座位，撩开雨布，卸下麋鹿的前半部分。这时，我老爹想和老爷子开个玩笑，便说："你真不怕在这个季节载着这么一头麋鹿在公路上走？"（这可能是我爹在老爷子面前说错了的唯一一句话）"你放心！'杰克逊平原'上，谁敢爬上我的车来撩起这块遮雨布？"

一语中的。谈话结束。

"十加仑牛仔帽"与"访客牧场"

"杰克逊平原"上的牧场分两类，一类叫"Cattle Ranch"，可直译为"牛群牧场"，就是以养牛来盈利的牧场。蛇河牧场是平原上现存最大的一个牛群牧场，我们从外面回自家的剪刀牧场时，必经之路的两旁都属于蛇河牧场。要是骑马、走路或骑自行车经过，没问题；要是开车，可得特别小心，弄不好会影响牛仔们作业。有一次，我带一个来访的朋友去看牛仔们怎样把牛群引导去一片肥草之地。朋友急于拍照，走得靠近了一些，惹得头牛受了惊，跑了起来。刹那间，上千头牛四处跑散，浪费了七八个牛仔一早上的劳作。后来每次经过蛇河牧场，我都恨不得把脸蒙起来。牛群常给人懒散、一团糟的印象，其实它们也可以守纪律。我最心仪的牧场景色之一，就是从自家原木小屋的大窗户远眺蛇河牧场的牛一头接一头往回走：夕阳如血，剪影般的大提顿山峰，平原上缓缓地移动着一队无止无休的黑点。

另一类牧场叫"Dude Ranch"，要把这个名词解释清楚，得花费一些笔墨。首先，什么是"Dude"？"Dude"按字面意思指那些"潇洒时髦""有绅士派头"的人，美国建国之初他们一般都住在东部文化发达的城市里，如纽约、费城、波士顿。杰克叔叔说，在他小时候，来"杰克逊平原"上修建"Dude Ranch"的人大多数是从费城来的，不少人是"藤校"的毕业生。他们在平原上买地、盖木屋、修马厩，然后招募新英格兰地区有钱、有教养的城里人来住上十天半月，体验"狂野的西部"。

从功能上来看，"Dude Ranch"可以被称作"访客牧场"。那客人们在来访期间做些什么呢？杰克叔叔写的回忆录《旧日之道》中提供了他家曾拥有的一个叫"熊掌"的访客牧场的大量细节，我把它一天的日程简化后列在下面，希望能让读者多少得到身临访客牧场的感受：

熊掌牧场，海拔 6300 英尺

早上五点：两个牛仔骑马上山，去四里路以外的草场找回在那里过夜的马匹；有时，两三个访客也和他们同行。与此同时，在牧场住宿基地，大厨的助手们把砍好的木材抱进厨房，开始点火烧水，准备食物。天气：尽管访客们来牧场的季节往往是从初夏到仲秋，早晨的牧场上常常覆盖着厚厚的一层白霜。

　　早上六点：大厨上阵，开始为牧场工作人员和访客做早饭（牧场工人和牛仔们每天三顿都得吃肉）。

　　早上七点：牧场工作人员早餐；访客们这时还在鸭绒被下酣睡，除了远处的小溪发出潺潺的流水声，四周一片寂静。

　　早上七点到七点半之间：干杂活的小伙计或小姑娘去敲访客的门，在他们的床头柜上放上一杯热咖啡，再替他们把壁炉的火生起来。小伙计或小姑娘出门后，访客们就得考虑起床了。

　　早上八点到八点半之间：客人们会听到越来越近的马蹄声和口哨声，牛仔们赶着今天需要用的马回到基地。

　　早上八点到九点之间：食物丰富的访客早餐，如各种鸡蛋（荷包蛋、双面黄、鸡蛋炒蘑菇等）、各种面包、煎饼、香肠、培根等。大家吃饭时，杰克叔叔大声宣布是日的活动项目，譬如："有谁想跟我一起去蛇河划船钓鱼？有人打算骑马去死亡谷进午餐吗？有几个人想去布兰德利湖或者飞利浦湖游泳，由你们挑！我得去下面的牧场把几头刚满周岁的小牛带回来，有人愿意跟我一起去吗？我们回基地吃中饭。"

　　早上十点以后：每个人按照自己的选择跟带队的牛仔出发，在外面进午餐的人可以选择冷餐，常常是三明治和色拉或者热餐（用保温纸包裹着的"赛百味"一类食品）。

　　下午四点以后：各路人马相继回到基地。回来的路上要是有时间，可以下马参观沿途的其他牧场，但得派人快马先去得到口头许可。回到驻地后，大家都喜欢跳进蛇河游泳，顺便给马匹淋浴。

　　下午六点左右：晚饭，一般是新鲜蔬菜沙拉，外加各种烧烤——牛排、鹿肉、鸡腿、肉肠等（熊掌牧场的烧烤远近有名）。

　　傍晚时分：大家聚在木屋中间的广场上燃起一堆篝火，聊天、唱西部乡村歌曲（《红河谷》《牧场上的家》是大家喜爱的民歌之一）。每周三晚上，成人们乘"客运马车"去城里参加活动。最浪漫的傍晚莫过于每月满月那天的篝火晚会，以及随后在马背上的月光漫游。有一次我们还邀请了印第安人来参加聚会。他们搭起印第安式帐篷，吹起笛子，大家点起篝火，仰望满天的星斗，祈祷和平。令人神往！

　　每个周日：早上，全体访客都乘马车去城里参加教堂礼拜。周日只开两餐，下午所有工作人员放假，访客们自由活动。

　　从文化意义上来看，"Dude"指那些穿戴得很"酷"的人，但在西部穿什么、戴什么才被认为"酷"有其特定内容：紧身的牛仔裤，还有一条能遮住腿前部尤其是膝盖的皮护腿；"万宝路"香烟广告上的那种宽松牛仔夹克，更"酷"的还加上皮质长风衣。妇女穿的是拖到脚踝的棉花布裙。不管男女，脚上的牛仔靴最显个人品位和做工质量：靴筒上的雕花、后跟微往后斜，一对银质的马刺，再加上一条超宽的雕花皮带，前面镶有绿松石的银质皮带扣。当然，牛仔少不了一顶十加仑牛仔帽，外搭脖子上打着结的小方巾。除了这些之外，一副讲究的马鞍、马笼头加缰绳也会给骑手添辉。当然，最神气的是有一匹剽悍的骏马。牛仔文化对通俗文化的影响巨大：牛仔裤本是牛仔们的工装裤，在二十世纪却发展成为雅俗共赏、世界上穿的人最多、不断推陈出新的服装种类。牛仔靴也是时尚爱好者的宠儿，还有皮制品、珠子艺术、银质手工品和绿松石为主的各类宝石都与印第安部落文化有千丝万缕的联系，但最有意思的还是牛仔帽的来龙去脉。

　　正宗的牛仔帽叫"十加仑牛仔帽"。加仑是液体容积单位，何以用来丈量帽子？这个名称从何而来？有语言学家发现这个词源于西班牙语，原指墨西哥牛仔戴的一种牛仔帽，帽筒很大，牛仔们可以在头上裹上十圈帽带，叫"galon"。"galon"与英语中液体计量词"gallon"（加仑）很接近，所以就被美国牛仔借来想象，塑造自己的新版"十加仑牛仔帽"了。还有人认为，这个名称来源于西班牙语中的"tan galan"，意为"彪悍"，特指骑在马上、戴宽边牛仔帽的牛仔。美式的"十加仑牛仔帽"帽筒较深，帽顶略呈三角形，尖角超前，帽檐宽大，左右两侧略向上弯曲，很多人还在帽筒上系一条具印第安风格的织带或精致的马尾辫。

"十加仑牛仔帽"在十九世纪二十年代随着西部无声片中的牛仔进入了大众文化的视野，不仅成了西部边疆特有的穿戴标志，而且帮助美国人塑造了自己独特的集体形象。以生产牛仔帽著名的斯特成公司（Stetsen Company）干脆将错就错，用一个正在用牛仔帽盛水喂马的牛仔作为商标，彰显牛仔的浪漫生活态度，反被认为是独树一帜。当然，就算帽子可以盛水喂马，盛十加仑的水显然过于夸张。美国历史上的不少总统都着力陶冶自己的原野风格，从杜鲁门、约翰逊、老罗斯福，到更近一些的里根、布什父子都常戴着"十加仑牛仔帽"出席关键性的公共聚会。1979年邓小平首访美国时登在《时代》周刊封面的就是他戴着"十加仑牛仔帽"的照片。当时美国各地的报纸杂志都以通栏标题写着"十加仑牛仔帽帮助中美建立友好合作关系"。服饰与政治的亲密关联，由此可见一斑。

具有讽刺性的是，不管从东部来的访客穿得有多像牛仔，当地牛仔们一眼就能看出他们是冒牌货。这不是因为他们的穿戴不到位，而是因为太过头了，他们的举动也无声地泄露了秘密。戴"十加仑牛仔帽"，正确的方式是用拇指和中指把住帽子前筒凸出的三角形顶尖，从前面戴上，再进行调整，前面稍低。需要持帽向群众招手致意也是用这两根手指握住同样部位，而不是抓住帽檐的边缘使劲挥舞，因为那样做会损坏帽檐的弧形曲线。

尽管热情有余的访客不可能在短期内变成真正的牛仔，但他们在牧场上的经历帮助了更多人了解西部、欣赏西部的原初自然，不少来过的人重访，甚至投资购地，长住下来。在缪尔等人争取建立国家公园的努力中，很多曾经来过的访客去华盛顿游说国会，使之通过了维护自然的各种立法。"杰克逊平原"上大多数被购买的土地要么被纳入了国家公园系统（如后面要谈到的洛克菲勒家族所购的土地），要么由地主自愿加入各种民间自然保护协议。这个协议允许土地拥有者自家享受已有牧场（也有人修建了与周围自然环境不相称的大型豪华房屋），但不能卖给房地产开发商作商业开发之用。

小洛克菲勒的秘密交易

1926 年，约翰·洛克菲勒（John D. Rockefeller）——俗称小洛克菲勒——和夫人安碧首次到黄石国家公园旅行。没想到，他们乍一到，就被黄石国家公园的总监奥布赖特（Horace Albright）邀请继续往南，去黄石界外的大提顿山脉一带看看。小洛克菲勒是当时美国最富有的人，而奥布赖特则被尊为"国家公园之父"。这次见面会有怎样的历史意义呢？

大提顿地区包括"杰克逊平原"、长达四十多英里的大提顿山脉（其中的山峰"北面"是世界级的地标）和山间的六个高山湖。连绵不绝的原始森林将此地与十英里之外的黄石地区连接起来，构成大黄石区域生态系统的一部分。十九世纪中后期，诱捕山狸的人频繁到达这片山地，挖坑打洞，生态环境遭到很大破坏。奥布赖特出任黄石公园的总监后，甚至听说一些公司打算在风景如画的吉利湖上修水力发电站，这让大提顿地区原生态环境危在旦夕。

救援之路有两条，一是向国会建议，把大提顿地区也列入黄石国家公园的版图，一并加以保护；二是把大提顿地区单独列为一个保护区。根据杰克叔叔的记载，1923 年 7 月 26 日，奥布赖特召集"杰克逊平原"上的"牛群牧场""访客牧场"等商户，还有《杰克逊日报》的代表开了个非正式但颇具历史意义的会议。会议是在诺贝尔夫妇的小木屋里开的，坐落在山脚大角羊沼泽地附近，现在仍完整无缺。诺贝尔夫妇的女儿玛格丽特姑姑后来成了杰克叔叔的妻子。与会的各界代表都同意要竭力保护大提顿地区的原生态环境和文化。如果当地人今后无法承受外界施加的"发展"压力，他们认为最理想的方法是按照"访客牧场"的模式来发展旅游和休闲产业，以保持本地的原初地貌和环境，而绝不能让大公司兴建大型建筑、铁路、高速公路等。这次会议的六年后，国会通过了一个建立大提顿国家公园的议案，但只限于保护大提顿的主要山峰不受捕狸猎手和其他人的破坏，并不包括"杰克逊平原"和大提顿山间的湖泊。

那时，"杰克逊平原"上已有 500 多人定居，还有几十个"牛群牧场""访客牧场"以及个人分散拥有的私有土地，占地大小不等。如果出现几个薄弱环节，有人同意卖地给房地产开发商建高楼，或卖给挖矿、采石油的公司，整个平原上的风景便会毁于一旦。是否有可能把私人拥有的土地先买下来，然后赠送或转手卖给联邦政府加以保护？这就是奥布赖特盛情邀请小洛克菲勒夫妇到"杰克逊平原"一游的原因。真可谓用心良苦！

奥布赖特没有花多大力气便说服了小洛克菲勒夫妇。两人对"杰克逊平原"的自然美景一见倾心，而人类已留下的大大小小的破坏痕迹让他们深感立即行动的必要。小洛克菲勒夫人尤其感叹山间的六个高山湖之圣洁秀美，对丈夫最终做出决定来拯救这片"上帝的杰作"起了至关重要的作用。奥布赖特和洛克菲勒都知道购买土地这事儿绝对不能由洛克菲勒出面，只能由可靠的中介公司进行，而且必须绝对保密，否则会讨价还价，没完没了。洛克菲勒的土地收购计划后来由蛇河土地交易公司进行。到 1930 年末，洛克菲勒花了 140.03 万美元收购了 35310 英亩土地，每英亩平均价为 39.66 美元。杰克叔叔认为这个价在当时算是公平的。蛇河土地交易公司后来对公众宣布了这些土地是代表小洛克菲勒购买的，准备作为礼物送给国会，合并入大提顿国家公园的版图，以便得到联邦政府的保护。

　　洛克菲勒可能万万没想到他的善意之举在朝野引起了一片责骂之声。一般老百姓感觉上了当，"早知道当初是在和美国最有钱的人打交道，何不多敲他百十来块？"前面提到过，"杰克逊平原"与黄石两地都有旅游价值，但不同之处在于：黄石公园里的土地多少受硫黄矿污染，不能种植，而"杰克逊平原"上每年至少可以耕种一个季度，还可以喂牛养马来盈利，而且地下还有石油和矿石储藏。那些有更大发财欲望的人深知，要是洛克菲勒的计划获准，就一刀斩断了他们今后投资挖矿、钻井、修建大型建筑的经济前景。这些人通过各种渠道游说国会，阻止将这批土地列入国家公园的保护圈内；而国会议员是选民的代表，很快就表决否定了扩展大提顿国家公园的决定。这可让洛克菲勒进退两难：一大片土地握在手上，不但捐不出去，还得给州政府和联邦政府交一笔巨大的房地产税。

　　到了 1942 年，洛克菲勒坐不住了，便直接去找内政部部长，要挟说要是政府还不接受他所捐的土地，他就把这片土地转卖给第三者。内政部部长找到当政的小罗斯福总统，给他出了个锦囊妙计——启用"古物保护法案"。此法案允许总统不需经国会同意，就可以把一定数量的土地储存起来，供将来使用。小罗斯福便据此把洛克菲勒夫妇所捐土地和大提顿山上的森林加在一起，成立了"杰克逊平原国家纪念地"，将之先保护了起来。待到第二次世界大战之后，普通民众和精英阶层的环保意识加强了，更多人支持环境保护项目，"杰克逊平原国家纪念地"才被正式划入了"大提顿国家公园"，直属国家公园局管理。合并时，国家公园管理局同意让洛克菲勒家族的后裔在公园内保留一个供自家人使用的牧场，叫 JY 牧场，这个牧场也于 1972 年小洛克菲勒的儿子劳伦斯去世后，交给了国家公园管理。

　　现在，在通往菲利普湖的路上，可以看到一个以劳伦斯·洛克菲勒命名的展厅，那就是 JY 牧场的旧址。展厅里展示了大提顿公园的历史，也可看到此地的风景摄影。我每年夏天都去两三次，最心仪的是那儿的自然体验馆：随意坐在地上，被落地式的环形屏幕所环绕，让季节变化在眼前一一展开，蛇河旁的第一片亮绿丛林，第一朵艳红的"印第安画刷"花慢慢开放，火一样燃烧的枫叶在吉利湖边满天飞舞，而依然白雪覆盖的"北面"峰顶又下起了一场新雪。耳畔时而跳跃着抑扬顿挫的鸟鸣，时而塞满了蜂鸟和蜜蜂的呢喃，带我向飘渺中隐去；而蛇河的潺潺流淌声，似乎让我也遁作一条河流，清澈而神秘。

"黄石"——一个无法结束的故事

美国国家公园与英国湖区国家公园有很多不同之处。第一个不同点，是美国国家公园区域内基本上没有常住民，黄石公园即如此。但在约九千平方公里的公园地域之外，依然存在着很多私人牧场。这些牧场分布在蒙大拿南部、爱达荷东北部和怀俄明的西北部，它们的现状与工业发展、城市化的扩张、跨国资本的垄断和全球性旅游息息相关。这些牧场上的传统生活方式与现代旅游消费文化的抗争延续着大西部讲不完的故事。

2017 年，好莱坞电影人谢里丹（Taylor Sheridan）写了一部叫《黄石》的电视连续剧，就是讲蒙大拿州内黄石地区的牛仔们在各种"发展"的高压之下，为保持传统生活方式所作的生死争夺。谢里丹开始只写了一季十集，每周一集，于 2018 年开始放映。殊不知只放了前几集，便龙卷风似的席卷全国，千百万观众每个周日晚上都迫不及待地等着沉重的片头音乐响起。众望难负，谢里丹只好继续写下去，拍下去，到 2022 年，共出了五季，将近五十集。观众仍欲罢不能，至今还热切期待着第六季上映。除了《黄石》一扩再扩之外，谢里丹同时又创作了《1883》和《1923》两部多集电视剧，分别加盟作为《黄石》的"前序"。这三部剧作携手，以史诗般的规模来展现西进的历史过程，引起了美国观众对西进历史和西部现状的空前兴趣，被称为黄石现象。据说，该剧在 2021 年度的观众人数可以与观看被视为"国球"的橄榄球赛的观众人数相匹敌，实为罕见。

谢里丹在好莱坞涉足颇广，既演又编，还兼制片。论演技，他只是个三流演员，但一开始便是一流的编剧，尤擅长悬念西部剧。他的成功，可以说一半来自他的头脑，一半来自他的血脉。谢里丹生于东部的北卡罗来纳州，却深深得益于有着西部根基的母亲的影响。他八岁时，母亲坚持要丈夫在得克萨斯州买一块牧场，因为她深信只有乡间和自然才能让儿子获得心灵的平静和自由。少年谢里丹每个夏天都和母亲去得州的牧场生活，不仅学会了牛仔必须掌握的各种技巧，还学会了像牛仔们一样，在粗犷的自然环境中求生。他的名字后来居然上了"得克萨斯牛仔荣誉榜"，这在有"牛仔王国"之称的得克萨斯州可是一份来之不易的殊荣。

《黄石》受欢迎的原因之一是"原汁原味"。除了谢里丹之外，主角约翰·达腾的扮演者凯文·科斯特纳也是一个货真价实的牛仔，深谙牛仔历史和骑术，在科罗拉多州红枫山区拥有自己的牧场，过着绅士牛仔的生活。他在自编、自导、自演的史诗级大片《与狼共舞》中扮演牛仔，获得了奥斯卡最佳男主角奖。其实，出演牛仔片是好莱坞超级明星的试金石。他们中的不少人都擅长骑马、射击和野外生活，还在西部拥有自己的牧场，因为拥有牧场是保护土地和传统西部生活方式的一种手段。当谢里丹筹备拍《1923》——《黄石》的"前续"时，一辈子都瞧不起电视剧的大明星加里森·福特（Garrison Ford）也按捺不住了，主动请求出演老一辈的达腾，还说服了英国大明星海伦·米拉（Helen Mirren）搭档，扮演他的妻子。加里森在《星球大战》中扮演的韩保罗人人皆知，而海伦演的女王也为人称道。"韩保罗加女王，现身黄石牧场"一时成为报刊和互联网上的新闻。

　　《黄石》及后来加盟的《1883》和《1923》是一套正宗的西部牛仔剧，展现出许多早期牛仔片的构成因素：英雄牛仔、骏马追逐、精彩枪战、恶棍恃强凌弱、快手捕役、印第安人袭击，当然这些都离不开无边无际的西部荒野。谢里丹的电视剧花了大力气表现牛仔们在传统牧场上生活的方方面面，如骑马、驯服野马、为幼驹钉马蹄、套牛、给牛马烙牧场标识图形、包扎驮子等，堪称西部牛仔生活的史诗。但此剧能引起全国性轰动效应，不是因为它亦步亦趋地追随西部片类型，而是因为编剧大大扩展了牛仔片这种类型剧的包容性，让牛仔故事与千百万观众所生活的现代社会接轨，成为讨论他们所关心的政治、社会和文化问题的公众论坛。而且，这些问题都是通过精彩的故事情节和演员的一流表演提出来的。谢里丹说他自己早期出演过的一些电影常常用各种冗长的解释来讲故事，让人生厌，所以他写剧本时避免用语言解释，而是把重点都放在紧凑的情节和人物塑造上。他还调集了传统牛仔文化中的关键象征元素，最显著的是用不同颜色的"十加仑牛仔帽"来展示主要角色的性格和对他们的社会文化与道德定位。

　　《黄石》讲的是约翰·达腾辛苦经营从父亲手上继承的黄石牧场，但天不时，地不利，年年亏损。本地竞争者为了争水源，争草场，明枪暗箭，不择手段，内卷空前。牧场位于蒙大拿州南端，临近黄石国家公园，于是先后面临工业化和全球化进程中各种外来商业集团轮番进攻，他们想方设法迫使达腾一家出卖牧场，以便用来采石油、建度假村、修机场，甚至连住在附近的印第安部落也打算放弃牧业，靠建赌场来赚钱。商业利益自古与政治利益相交错，故事里的背叛、敲诈、威胁、暗杀、收买，比纽约城里的意大利黑手党还有过之而无不及。技高一筹的牛仔、有名望的牧场主、"蒙大拿牧场联合会"的主席，这些不过是约翰场面上的身份。他暗中与受联合会支持而当选的女州长私情不断。女州长当了国会议员后，还让约翰替代她当了州长。约翰一生目标明确，不管用什么手段，都要兑现他对父亲的承诺——"保住牧场！一寸地也不出让！"无论是借钱贷款把牛送往千里之外的牧场去饲养，造假证据掩盖手下人违法乱纪，为保护自家的牛群而猎杀国家公园放生的野狼，还是暗杀对手、背叛家人，约翰从来都不犹豫，活脱脱一个牛仔"教父"。

如前所述，"十加仑牛仔帽"早在二十世纪二十年代牛仔片出现的早期就是牛仔们驰骋西部荒原的必备之物，而且那时的导演们常用帽子的颜色来代表剧中的人物角色：黑色代表恶棍、罪犯，白色则代表正面英雄，尽管白色在夜间枪战时常常成为目标。这个传统一直传承到现在。但谢里丹创作的这套西部剧中突破了这种非黑即白、二元对立的传统，他让主角们戴中间色调的牛仔帽，还在不同场景戴不同颜色的帽子。其更大突破在于：剧中主角们所戴帽子的颜色并不取决于观众认为他们是好人或坏蛋，而是取决于他们自视为哪一类人，认同哪种伦理价值。

故事中的头号角色约翰·达腾在电视剧中的大多数时间都戴浅色牛仔帽，戴得最多的是一顶象牙色的牛仔帽，显得从容潇洒。但到了电视剧的第四季、第五季，剧情变得越来越险恶，约翰的帽子变成了深黄褐色、深橄榄色，指涉他愈来愈黑暗的内心世界。约翰只戴白帽子出现过一次，而且是在倒叙中，暗示老谋深算的约翰曾经单纯过。到第五季结束时，约翰还未戴纯黑色的帽子，这并不是因为他为非作歹还没到达极点，而是因为在内心深处，他始终认为自己不惜一切代价——合法或非法——保护祖传牧场和西部传统生活方式的努力是符合道德的。把各种颜色混合在一起，约翰算得上是一个"灰色英雄"，而正是灰色才能充分表现出人物的多面性和复杂性。

约翰丧妻，膝下有四个成人子女，都具有多重人格，高深难测。大儿子是约翰的至爱，但很早就在一次帮派交锋中中计，饮弹身亡；二儿子吉米是被约翰夫妇收养的，他被送去上哈佛法学院，毕业后回到家乡当律师，靠着约翰的支持，做官做到州检察长。到第四季时，吉米终于知道了自己的身世，决定"弑父"。他不但与约翰竞争州长，还想方设法把"达腾牧场"的地契卖给支持他竞选的一个投资公司修机场。吉米这个角色，性格软弱，容易受人摆布，法律运作上却老奸巨猾，又常常摇摆于对养父效忠与背叛之间。他在出生和职业方面都不算出自达腾庶族，所以他一般西装革履，只有偶尔回牧场时才戴一顶颜色难辨的帽子，影射其身份不明，道德暧昧和心理诡谲。吉米的生父是约翰的老对手，但败在约翰手下，被关进了监狱。待吉米知道自己的身世，想法找到已被释放的生父时，这个刑满释放犯居然戴着一顶白色的牛仔帽。这是因为他一直认为自己和约翰一样，也是一心一意想拯救家庭牧场，却遭约翰暗算，受到不公平的惩罚，坐了一辈子牢。

约翰的老三是个女儿，叫贝丝，被公认为电视剧中最精彩的角色，尽管她为人糟糕透顶。贝丝是吉米的死对头，在城里主持一个投资性的房地产公司，暗中专门和打达腾牧场主意的房地产公司对着干。贝丝从不以牛仔自称，只是偶尔着牛仔装，戴的是一顶深橄榄色的"十加仑牛仔帽"。她有自知之明，常常称自己是个"邪恶女人"，每天早上离开牧场进城工作时，总是骄傲地对家人宣布："我出门毁什么人去啦！"她在家帮助父亲管理财务，既是父亲的同伙和朋友，也有明显的恋父倾向：三十好几了还嗲声嗲气地叫"爹爹"，在饮食方面对父亲"妻管严"，还胆敢面对面地挑战父亲以及跟父亲上过床的女人们。贝丝看人一眼就能看透，心狠手辣，不达目的不罢休，而且满口脏话。虽然她对待外人极不道德，但在家中却很道德，因为她对父亲和牧场的爱是无条件的。有人制造了一次爆炸事件来谋杀她，她幸免于难，但眼眶下却留下了一道永远抹不去的伤痕，远看上去像刻在皮肤上的一串泪珠。贝丝是剧中又一个难以定义的灰色角色，让人既同情又恨。在有关该剧的问卷调查中，"剧中你最喜欢的角色是谁?"一项中,很多观众毫不犹豫地选择了"贝丝"。

瑞普是个无家可归的少年,被约翰收养,与贝丝青梅竹马,一起在牧场上长大。他以其苦干、苛严的管理方式,对约翰的忠诚和慎言,慢慢接手主管牧场,是约翰不可缺少的左右手。他对牧场上的牛仔工人使用暴力管理:牛仔们之间有矛盾,他让当事人自己动拳脚来决定胜负;他对新入伙的牛仔连哄带要挟,给他们烙上牧场标记的火印,像古代对付战俘或奴隶;面对那些不忠实的逃兵和涉嫌的敌人,他总是满脸堆笑,宽容地允许他们回家:"上车吧,我送你去火车站。"殊不知,那火车站是一片无名的荒山野岭,有去无回。作为牧场工头,瑞普每天从早到晚都着牛仔装,但从未戴过浅色的牛仔帽,穿过浅色牛仔衣和牛仔靴。他显然不认为自己是行为高尚、有道德的人,但也不是无缘无故乱杀人的恶棍。瑞普是剧中又一个挑战黑白二分法的"灰色英雄",以他对生于斯、长于斯的牧场的热爱,对主人的无条件的忠诚,对贝丝的宽容的爱以及杀手的冷酷而赢得了众多粉丝。

约翰的小儿子杰西服役于海军陆战队,刚从伊拉克战争中返乡。他在战争中目睹了太多的鲜血和死亡,不愿再看到暴力和死亡。虽然他理解达腾家族的使命,但不同意父亲为达到目的所使用的手段,所以一度拒绝接手父亲的生意。他的妻子莫妮卡是印第安断岩部落的后裔,夫妻俩和年幼的儿子泰德住在政府划定的印第安人保护区内。杰西是达腾家中的道德坐标,却颇具讽刺性地戴着黑色的牛仔帽。这种视觉上的讽刺象征的是杰西的内在矛盾所在:他认为达腾家族和其他从欧洲迁移来的牧场主在二十一世纪所做的保护土地的努力,与十七世纪土著印第安人为生存所作的浴血奋战是相同的,父亲目前奋争的土地其实属于莫妮卡的祖先所有。杰西的自我矛盾由此混杂着自我质询、白人对土著印第安人的负罪感、对战争和杀戮的厌倦,以及对父亲和家族的责任。黑色的帽子象征的是杰西心中深埋的黑色意识。当外来威胁集中在他和他的小家庭身上——妻子受种族主义者侮辱和人身攻击，家中汽车被炸导致妻子流产，儿子被绑架，等等，杰西认识到自己作为达腾牧场的继承人，无法逃脱厄运，终于决定把父亲的使命当成自己的使命，参与拯救达腾牧场。他和妻儿一起搬回牧场，还鼓励儿子走上牛仔的道路。约翰送给孙子的座右铭是："杀戮是每个想活下去的人都不得不做的事。"杰西在观众眼中是道德的坐标，但他却认为自己是一个不得已的黑色骑士，终年戴着黑帽。

《黄石》的故事情节、角色塑造和表演诚然都是第一流的，但一部能制造出龙卷风效应的虚构作品往往不完全是因为艺术的魅力，而是其通过情节和角色传达出的信息与观众达成的共识。在当前保守主义和激进派的政治势力势均力敌的时刻，《黄石》在美国的文化风景线上占有特殊的位置。剧中所触及的热点问题包括枪支、土地、牛仔传统的未来、历史属于胜利者的意识、大男子主义、暴力，以及像约翰那样拒绝正视变化的世界，固守自己旧有的生活方式。《黄石》在中西部"阳光腰带"上的得克萨斯、亚利桑那、新墨西哥等支持共和党的各州引起的反应尤其强烈。在这些州的一些骑术竞赛上，虚构的达腾家族人员竟被视为真人。他们的名字被写在广告牌上，有黄石牧场标识的"Y"被印在奖牌和纪念品上，而最受欢迎的纪念品之一是印有"别逼我像贝丝那样对付你！"的 T 恤衫——警告那些想占女人便宜或瞧不起女人的男人和政治家。

编剧、导演和制片人谢里丹在一次与记者的访谈中被问到《黄石》是否在弘扬保守主义的意识形态时，他反问道："你这不是在开我的玩笑吧？这部剧中尖锐地触及土著印第安人被强迫迁移，尤其是印第安妇女被残酷对待的问题，还有商业集团的贪婪、西部的等级化、争夺土地等，你认为这些都是在迎合保守意识形态吗？"公平而论，谢里丹的剧本不能简单地以红与蓝、保守与激进来概括，正像剧中人物大都是灰色的一样。

不少人认为这部系列剧作中最闪光的地方之一，是突破传统西部片中的男权统领，塑造新女性，而恶女贝丝即是挂帅的穆桂英。的确，贝丝喜欢主动挑战，还长于攻心，但严肃的女权主义者恐怕不屑于与她相提并论。贝丝少女时代就穿得像个妇人，有性感之躯，但心态上却一直是个以自我为中心的任性小姐。为了对付男性对手们，她只得以过度夸张、走极端为武器，把自己变成一个比男人更男人的女人：比男人抽更多的烟，喝更多的酒，骂更脏的脏话。但说到底，她只是一个有心计却没有智慧、有勇气却没有道德的反英雄人物而已。真正有新女性光彩的角色是杰西的印第安妻子莫妮卡，她对杰西温柔但不软弱，尊重自己的印第安血统，但不像受够了白人的气的小媳妇那样过分敏感和情绪化，总是冷静地据理力争。她在怀俄明大学讲本地印第安历史，让那些开始对她百般挑衅的白人男生也变得服服帖帖。加盟的《1923》中还塑造了一个印第安少女提阿娜的形象，她挑战英国修道院学校对印第安少女的洗脑和体罚，打死也不屈服。

《1883》《1923》和《黄石》作为一个整体，最成功之处是编剧试图还原西进过程的复杂性，表现土著印第安人所遭遇的残暴掠夺和不公平的结局。《1883》是谢里丹创造的这部西进史诗的开始。那是移民的黄金时节，虽然流行曲《这片土地是你的》还没出世，但新大陆的空气中已经飘荡着"从加利福尼亚到纽约岛，这片土地是你的，这片土地也是我的"之天真的共享精神。故事讲的是一队拖家带口的德国移民，试图越过中西部大草原，去西海岸的俄勒冈给自己找一片土地。路上有山水阻碍，还有"野蛮"的印第安人，所以他们雇了几个牛仔护送他们，而达腾家族的祖先詹姆斯和杰克布就是护送移民的牛仔。

一路上千辛万苦，群山阻隔，湍流挡道，蚊虫遍地，疾病不断。谢里丹在剧中正面描写了印第安人与欧洲移民和牛仔们的流血冲突，但没有像早期西部片那样用古怪的服装、原始的涂面、不可理喻的怪叫把印第安人妖魔化，而是揭示了印第安人拼死保护土地和家人的动机是合情合理的。詹姆斯的长女死在途中，他和妻子梅琪决定带着她的遗体前行，一直走到他们再也站不起来的地方——那就是他们命定之家，剧中的黄石牧场。

《1923》继续讲达腾的牧场在欧洲移民的内卷中求生存的故事，但把被欧洲殖民者征服了的印第安人的遭遇放在中心位置。这部剧以印第安少女提阿娜被关进英国修女学校接受强制教育开始，提阿娜无法忍受修士和修女的暴力、侮辱和精神折磨，杀死了一个修女，逃出了修道院。编剧用细节展示了印第安人被白人传道士和纠察追踪与残酷对待。历史是胜利者的历史，而胜利者总是抹杀掉他们不愿记录的史实。谢里丹想通过这些故事修正传统的西部片，还原历史的真相。他的这种努力比凯文·科斯特纳的《与狼共舞》涉及面更广，更直截了当，也走得更远。《与狼共舞》对印第安部落的同情当年被视为激进的态度，颇受好莱坞的好评，获得七项奥斯卡金像奖提名，而谢里丹的这部巨作，连一个艾米奖提名也没有得到。好莱坞目前"政治正确"的界限看起来与地缘政治纠缠在一起，越来越难以捉摸。

的确，这三部电视剧中塑造了一批精彩的角色，但最光亮的一个角色叫"西部"。《1883》展示了西进时期原始、难以驾驭却充满生机的草原、茂密的树林、湍急的河流。按照剧本，运载移民及其行李的马车在进入俄勒冈时得跨越一条水流湍急的河流，摄制人员和演员都望河兴叹，建议删掉这个细节，导演却坚持按剧本拍摄。剧组花了好几天时间，马匹、马车、剧组人员全被激流冲走，好在没有造成人员伤亡。《1923》展现了印第安人被强制居住的所谓保护区。与蛮荒但也生机勃勃的大草原相比，保护区都设在寸草不生的旷野，贫瘠而且荒凉。《黄石》则展示了黄石地区的各种地景、小镇、公路、印第安保护区，依然是绿草覆盖的达腾牧场以及山中的草原。然而，伴随片头音乐的是由重叠并置的单色图片所展示的一个反乌托邦的世界景象：庞大的石油钻井机一口一口地啃着地表，一棵棵像史前巨人般的红杉树被砍倒，横躺在观众面前。每一个画面都为观众复述着约翰·缪尔的尖锐质询："淹掉 Hetch Hetchy 平原？你们敢用大教堂来储水吗？"缪尔常用这类既具讽刺性又满怀愤怒的修辞性疑问句来强调他的信仰。对他来说，自然物比任何人为创造的东西都更值得珍惜："砍掉一棵树比砸碎一架钢琴更糟糕，而杀香獐子取皮与杀孩子来扒他们的衣服有什么两样？悬崖上剩下的最后一棵红杉树，不就是钉在十字架上的耶稣吗？"

《黄石》开始只计划拍一季十集，结果一发不可收，拍了五季，仍没有结束之意，千百万观众还翘首期待着第六季今年能问世。然而时运不济，今年上半年开始的好莱坞的编剧罢工一直持续到现在，随后又有传言，说演头号主角约翰·达腾的凯文·科斯特纳打算中途退出，原因是老婆克丽丝婷受不了他花了五年时间在得克萨斯拍剧，扔下三个未成年孩子不管。这个传言最后还真成了事实，克丽丝婷年底正式与凯文·科斯特纳终止了十八年的婚姻，但特别声明说自己并未逼迫老公退出《黄石》剧组。凯文·科斯特纳退出的真正原因，是他正在筹划拍摄另一部宏大巨制、以西部为主题的大型电影，叫《地平线——西部史诗》，由他自编、自导、自演。观众为他撤出《黄石》大为失望，批评声此起彼落，可能还会闹到法庭上去。其实，《黄石》再拍五季恐怕也收不了尾，因为它的情节线索与人类目前面对的现实同步，平行展开。只要自然与人、传统生活方式与日趋增长的人口对土地和自然资源争夺之间的冲突继续下去，炸山、砍树、采石油等场景就会伴随着片头紧张的音乐重复出现，愈演愈烈，除非人类能通过保护自然、保护生物而拯救自己。不然，西部这片曾经充满希望的原野很快就会成为工业文明遗留给人类的一曲挽歌。

各章主要参考书目

（除特别注明出处之外，书中所引用译文均由本书作者译出）

前言

[1] Mitchell, W.J.T.. Landscape and Power [M]. Chicago: The University of Chicago Press, 2002.

[2] Pavord, Anna. Landskipping: Painters, Ploughman and Places[M]. London: Bloomsbury, 2016.

[3] Solnit, Rebecca. A Field Guide to Getting Lost[M]. New York: Penguin Books, 2005.

[4] Tuan Yi-fu. Language and the Making of Place: A Narrative-Descriptive Approach [J]. https://about.jstor.org 10 Feb. 2020.

[5] 唐晓峰. 新订人文地理随笔 [M]. 北京: 生活·读书·新知三联书店, 2018.

第一章

[6] Beard, Mary. Pompeii – The Life of a Roman Town [M]. London: Profile Books, 2008.

[7] D'Oriano, Domenico. I Have Seen Vesuvius: Phlegraean Fields and Solfatara [M]. Pompeii: Pompeii Service, 2022.

[8] Goethe, Johann Wolfgang. 1787 Neapolitan Journey [M]. Napoli:Intra Moenia, 2019.

[9] Newitz, Annalee. Four Lost Cities: A Secret History of the Urban Age [M]. New York:W.W. Norton & Company, 2021.

[10] Sontag, Susan. The Volcano Lover [M]. London, Penguin Classics, 2009.

[11] Sontag, Susan. Regarding the Pain of Others [M]. New York: Picador, 2003.

[12] 苏珊·桑塔格. 苏珊·桑塔格文选 [M]. 台北：麦田出版社，2002.

第二章

[13] Cooper, Suzanne Fagence. To See Clearly: Why Ruskin Matters [M]. London: Quercus, 2019.

[14] Cosgrave, Denis. Geography and Vision: Seeing, Imagining and Representing the World [M]. London and New York: I.B. Tauris, 2008.

[15] 飞白. 世界诗库[M]. 广州：花城出版社，1994.

[16] 葛霍，斐德利克. 走路也是一种哲学[M]. 徐丽松，译. 台北：八旗文化，2015.

[17] The Ruskin Museum & Research Center, Lancaster University Ed. John Ruskin in the Age of Science [J]. 2022.

[18] Smith, Will and Polly Atkin Eds. Companions of Nature: A Lake Poets Anthology [M]. UK: Rothay Books, 2019.

[19] Wordsworth Dorothy: An Anthology [M]. Grasmere: The Wordsworth Trust, 2021.

[20] Wordsworth, William. An Anthology [M]. Grasmere: The Wordsworth Trust, 2021.

第三章

[21] 茨威格. 昨日的世界：一个欧洲人的回忆[M]. 徐友敬, 译. 上海：上海译文出版社, 2018.

[22] 茨威格. 茨威格文集：第1-3卷[M]. 张玉书, 译. 北京：中央编译出版社, 2006.

[23] Hickey, Elizabeth. The Painted Kiss: A Novel [M]. New York:Atria Books, 2005.

[24] O'Connor, Anne-Marie. The Lady in Gold: The Extraordinary Tale of Gustav Klimt's Masterpiece, Portrait of Adele Bloch-Bauer [M]. New York: Alfred A, Knopf, 2012.

[25] Kandel, Eric R. The Age of Insight: The Quest to Understand the Unconscious in Art, Mind, and Brain,from Vienna 1900 to the Present [M]. New York: Random House, 2012.

[26] Schorske, Carl E. Fin-de-Siecle Vienna: Politics and Culture [M]. New York: Vintage Books, 1981.

第四章

[27] Hall, James Norman. Ultimate Collection [M]. Prague: E-artnow, 2021.

[28] 毛姆. 月亮与六便士[M]. 王圣棻, 魏婉琪, 译. 台北：好读出版社, 2016.

第五章

[29] Cather, Willa. Collected Novels [M]. New Delhi: Bahribook, 2017.

[30] Huyler, Jack ed. Every Full Moon in August: Campfire Tales of Old Jackson Hole [M]. Wyoming: White Press, 2012.

[31] Huyler, Jack. and That's the Way It Was in Jackson's Hole[M]. Wyoming:Jackson Hole Historical Society and Museum, 2000.

[32] Kinsey, Joni. Plain Pictures – Images of American Prairie[M]. Washington and London: Smithsonian Institution Press, 1996.

[33] Proulx, Annie. Close Range: Wyoming Stories [M]. New York: Simon & Schuster, 2000.

[34] The Rockwell Museum. American Western Art [J]. 1989.